新潮文庫

機巧のイヴ

新世界覚醒篇

乾　緑郎著

新潮社版

10931

機巧のイヴ

新世界覚醒篇

○東洋の黄色い悪魔、処刑さる

（タブロイド紙『ゴダム・ニュース・ポスト』一八九三年十月二十五日の記事より抜粋）

「ゴダム市内でのホテル経営者および宿泊者の大量殺人、日下國《くさかのくに》館からの展示品盗難など複数の罪に問われていた、ジョー・ヒュウガの電氣椅子《いす》による死刑が執行された。先日、弊紙でも報道した通り、ヒュウガは過去にスカール炭鉱に於《お》いても作業員の不慮の事故死や労働運動関係者の暗殺などに関わっていた疑いがあり、ゴダム市を震え上がらせた殺人鬼の死刑執行に、市民の間では安堵《あんど》の声が上がっている」

○白昼の怪奇。ジェイソン・ゴーラム氏殺害の犯人は未《いま》だ見つからず。新たな殺人鬼の登場か？

（ゴシップ雑誌『ゴンドワナ・マガジン』一八九三年十月号のコラムから）

「鉄道会社ＪＧレールライン社主であるジェイソン・ゴーラム氏が自邸でバラバラ死体となって発見された件で、当局はゴダム市民を恐怖に陥《おとし》れた『東洋の黄色い悪魔』こと、ジョー・ヒュウガ（すでに逮捕）に続く新たな殺人鬼の登場かと警戒している。屋敷からはゴーラム氏の蒐集《しゅうしゅう》していたコレクションがなくなっており、物盗《ものと》りの犯行とも見て捜査を続けている。また、当誌記者の取材によれば、雇われていた女中が、屋敷にあった動かぬ筈《はず》の人形が走って逃げる姿を目撃したとも話しており、市民はヒュウガの時とは別の意味で恐怖に眠れぬ夜が続きそうだ」

1

ゴダムは風の町だと言われている。

新世界大陸《ムンドゥス・ノーヴス》の東寄りに位置し、広大な水晶湖《クリスタル・レイク》の畔《ほとり》にあるこの町には、常に強い南西風が吹いており、乾燥した干潟《ひがた》から飛んでくる黄色い砂埃《すなぼこり》が舞っている。

「世界コロンビア博覧会」、通称ゴダム万博がこの地で開催されることが決定したのは、ほんの三年前のことだ。

開催までの工期はすでに一年と少しというところまで迫っていたが、殆《ほとん》ど仕上がりかけている「日下國館」を除けば、工事の進行具合は惨憺《さんたん》たるものだった。

十三層の木造建築である日下國館の最上層近くで、外回廊の高欄越しに万博の会場を見下ろしていた総監督のコリン・バーネットは、大きな溜息《ためいき》をついた。

万博会場はクリスタル湖に面しており、日下國館は浚渫《しゅんせつ》してそこから水を引いた人工の潟湖《ラグーン》の真ん中にある島に位置している。十三層と一緒に巨大な太鼓橋《たいこばし》も建設されており、それを渡れば、遠き島国の異国情緒が溢《あふ》れる一角に足を踏み入れる趣向となる予定だった。

太鼓橋の向こう側には、やっと基礎工事が終わった電氣館の予定地があった。敷地に積み重ねられた資材の山を演壇代わりに、ちっとも働かない労働者どもを相手に演説しているのは、「万博労働者共済組合《Expo Worker Mutual Aid Union》」の組合員だろう。

バーネットは舌打ちをした。今、手元にライフルがあったら、頭を撃ち抜いてやりたい気分だった。

振り向くと、日下國館の建設を担当している「有限責任有田佐七土木会社」の番頭が、揉《も》み手をして気味の悪い笑みを浮かべている。

皆、日下《くさか》式の奇妙な服を着ていた。ボタンなどは使わず、布を重ね合わせて紐《ひも》で縛ったような衣服だ。男のくせに、まるでスカートのように裾《すそ》の広いズボンを身に着け、爪先《つまさき》の割れた靴下を履いている。

何故《なにゆえ》にこの連中は皆、常に薄笑いを浮かべているのだろうか。

バーネットには、黄色人種の顔は日下人も華丹《カタイ》人も、全部同じに見える。それでもまだ、労働組合を仕切っているエアルランド系の連中よりはずっとマシだ。やつらが自分と同じ白人だとは、バーネットは認めていない。

すでに内装工事が始まっている日下國館の装飾をバーネットは見回っていた。高欄から会場全体を見渡したのは、そのついでだ。

日下人は勤勉で、無言で黙々と手を動かし続ける様は、まるで蟻《あり》のようだった。

この十三層の木造建築物も、元は日下國の天府《てんぷ》にあったものを解体し移築した。表側の太鼓橋も、同様に天府にあるものを模して建造されている。

聞いたところでは、この十三層の建物は日下國では大掛かりな娼窟《しょうくつ》だったらしい。その意匠の秀美さは認めるものの、万博の品格や、社交界の口うるさい婦人方からの抗議などを考えて、バーネットは当初、この展示には反対していた。

許可するように万博委員会を通じて指示してきたのは、万博の大口スポンサーである「JGレールライン社」の社主、ジェイソン・ゴーラム氏だった。内戦の際には奴《ど》隷《れい》解放派を支持した、人権派として知られる資本家である。

だが、ゴーラムは金も出すが口も出す男だ。大陸の東海岸沿いにある大都市アグローからの長距離列車を含む、ゴダム万博への乗り入れ線の権利は、すでにJGレールライン社が独占して工事が進められている。

「機巧人形《オートマタ》というのを見てみたい」

すでに搬入が始まっている展示物を眺めて回りながら、ふとバーネットは口にした。蟋蟀《こおろぎ》同士を闘わせる競技に使う盆や壺《つぼ》などを、一つ一つ手に取って丁寧に説明していた土木会社の通訳の社員が、困ったような表情を浮かべ、それを番頭に伝えた。

生憎《あいにく》だが、日下のサムライたちの間で流行しているという「闘蟋《とうしつ》」という遊びには、バーネットは少しの関心もない。彼《か》の国では、物によっては領地や人の命よりも価値があるという、闘蟋に使われる道具も、がらくたにしか見えなかった。

通訳の社員は、あまり言葉が堪能《たんのう》ではなく、何を聞いても何を伝えようとしても、バーネットは同じことを三回は繰り返さなければならず、苛々《いらいら》していた。万博委員会を通じて、もう少しマシな通訳を探さなければならない。

番頭に案内されながら、ぞろぞろと土木会社の社員たちを引き連れるようにして、バーネットは幅の広い階段を上がって行く。廊下は畳とかいう草を編んだ厚手のカーペットが敷き詰められており、この感触は悪くないとバーネットは思った。もっとも、いちいち靴を脱がなければならないのが不便ではあったが。

最上層の一つ下の層は、フロア全体が次の間になっているようだった。

聞いたところでは、上に行けば行くほど、格の高い娼婦の控える部屋となっており、最上層に控える娼婦――「太夫《たゆう》」というらしいが、それは天府の男たちには女神のように思われていたという。奇妙な話だ。

十二層目の部屋の出入口には扉があり、厳重に錠前を使って施錠されていた。日下國館の展示物で、もっとも価値のある物は、今のところ、この十二層目と十三層目に集められ、保管されているようだった。保管倉庫の建設が間に合わず、予定よりも早く日下國から展示物の数々が船便で到着してしまったからだ。

他にも、この類《たぐ》いの手違いは多発していた。展示の目玉として暗黒大陸から呼び寄せた、背の小さいピュグマイオイ族の家族が、予定より一年も早く到着してしまい、仕方なく今は万博会場の隅で生活させている。他にも資材や展示物が早く届きすぎたり、逆に届かなかったり、届いても違うものだったりというトラブルは把握しきれないほど起こっている。

土木会社の社員が、出入口に下ろされているいくつもの錠前を開けるのに手間取っている間、ふと高欄の向こう側を見てバーネットはぎょっとした。

陶製の瓦《かわら》で出来た屋根の縁に少年が一人、命綱もなしに万博会場を見下ろすように立っていたのだ。手には金属製のコテと、白いモルタルのような材料を載せた盆を持っている。少年の着物の裾は、社員たちが着ているものとは違い、動きやすいようにするためか、ゲートルに似たもので膝《ひざ》から下を絞っていた。

「八十吉《やそきち》っ、視察があるから漆喰《しっくい》塗りの作業は中断だと言った筈だぞ！」

バーネットの傍らにいた社員の一人が少年に気づき、慌《あわ》てて高欄から身を乗り出して怒鳴りつけた。無論、バーネットには言葉の意味はわからない。

「そんなこと言ってたら開催日まで間に合わねえよ。みっともねえ仕事をして、日下國の職人が世界中から笑われるのはご免だぜ」

「このっ、見習いのくせに生意気な」

手を振り上げて声を上げる社員の男に向かって、少年は手に持った盆から、器用に白いモルタル状の材料をコテで取り分けると、二、三度、跳ね上げるようにして形を整え、それを思い切り投げつけた。

白い塊が、パイ投げのようにべちゃっと男の顔に命中する。

バーネットは感嘆の声を上げた。ナショナル・リーグのピッチャー並みのコントロールだ。

少年は猿《ましら》のような身軽さで走って行くと、屋根への昇降のために竹で組まれた足場に飛びつき、そのまま階下へと逃げて行った。

顔を真っ白にした男は、まだ何か怒鳴っていたが、さすがに高欄を越えて追い掛けていくのは怖いらしい。足を滑らせて地面まで落ちたら一巻の終わりだ。

「あれはニンジャというやつか」

傍らにいる社員にバーネットは問うた。

このところは工事遅滞で上の万博委員会からも下の労働組合からも叩《たた》かれてストレスが溜《た》まっていたから、久々に胸がすく気分だった。

「滅相もございません。後で厳重に叱《しか》っておきます」

だが、通訳の社員は真面目《まじめ》くさってそう答える。

やがて錠前が開き、バーネットは案内されるままに中に入った。

部屋を仕切っている、竹と紙で出来た襖《ふすま》という建具は、いずれも金箔《きんぱく》を貼《は》る装飾がされており、鶏や虎《とら》、亀《かめ》、東洋の竜《ドラゴン》などが描かれている。まだ未完成だが、専門の絵師を何人も日下國から呼び寄せており、万博の開催日には、建物全体がこのような意匠で飾られるということだった。

「この上でございます」

番頭が、そう言ってバーネットを先導する。

フロアの中央には螺旋《らせん》階段があった。どのような技術が使われているのか、支柱のようなものはなく、ただ段差だけが、巻き貝のような美しいカーブを描いて上層へと続いている。

手摺《てす》りを頼りにしながら、バーネットは階上へと上がった。

「これは……」

階上の部屋、すなわち最上層の十三層には、女が一人、座っていた。

いや、女ではない。

これが日下國の秘術、「機巧人形」か。

バーネットも、目《ま》の当たりにするのは初めてである。

「『伊武《イヴ》』でございます」

番頭が言う。

上段の間にいる女は、虚《うつ》ろな目でバーネットをじっと見下ろしている。

「生きているのではないか？」

思わずバーネットはそう疑った。

どこから見ても生身の女にしか見えない。バーネットをからかって、生きている女に人形のふりをさせているのではないかと勘繰った。

通訳の社員を通じての番頭の説明だと、ほんの百年ほど前までは、人間同様に動いたり喋《しゃべ》ったりしていたと言われているらしい。だが、当の番頭も通訳も、言いながら苦笑を浮かべているところを見ると半信半疑のようだ。

「ふむ……」

バーネットは、伊武が鎮座している上段の間に足を踏み入れる。社員の一人が止めようとするのを番頭が制した。

腰を屈《かが》め、バーネットは至近距離からじっくりと伊武の顔を眺めた。

確かに息はしておらず、瞬《まばた》きなどをする様子もない。

これは万博の呼び物になる――。

直感で、バーネットはそう考えていた。

太古のロスト・テクノロジーだという前評判は聞いていたものの、所詮《しょせん》は極東の島国の技術である。くだらない玩具《がんぐ》のようなものを思い描いていたが、目の前にいることれが生身の人間でないとするなら、そのことだけでも驚嘆に値するものだった。

少し離れ、今度は距離を置いて、バーネットは伊武を眺めてみる。

白磁よりもなお白い肌、月のない夜のような漆黒の髪、遠き世からこちらを覗《のぞ》き込んでいるかの如《ごと》き、瑪瑙《めのう》を思わせる緑色の瞳《グリーン・アイズ》。新鮮な果実にも似た色合いの唇。

衿《えり》を白く縁取った赤い着物を纏《まと》っており、金色の太い帯が腰回りを覆《おお》っている。付属の調度品にまで、細かい意匠が凝らされていた。奇怪な海の怪物《シー・サーペント》――通訳に問うと、長須鯨《ながすくじら》という答えが返ってきた――の絵があしらわれた四つ脚の箱の上に、伊武は尻《しり》を載せて腰掛けている。

「動かないのか」

返事はわかっていたが、聞かずにおれなかった。

この伊武なる機巧人形は、天才機巧師、釘宮久蔵《くぎみやきゅうぞう》の作と言われており、その衣鉢《いはつ》を継いだ田坂甚内《たさかじんない》が没して以来、誰の手でも修繕が叶《かな》わず、動かすための秘法は謎《なぞ》とされている――。

語彙《ごい》が貧困で、たどたどしい通訳の社員の話を纏めると、そういうことだった。

ゴダム万博は、何としても成功させなければならない。

これが動いたら、数年前に開催されたルテティアの博覧会を超える三千万人以上の動員が可能になるだろう。

君こそが、この万博を成功させる女神になるかもしれないな――。

そう思いながら、バーネットは指先で伊武の頬に触れてみたが、その肌は驚くほど冷たかった。

アグローに降る雪はまるで小麦粉のように軽く、積もったものを足で蹴《け》るとふわりと宙に舞う。

2

日向《ひゅうが》丈一郎は北国の生まれだったが、幼い頃から慣れ親しんできた水っぽい日下國のぼた雪とは、まったく違っていた。

だがこれも、朝になれば溶け出すという点では一緒だ。明日の午頃《ひる》には道端に捨てられた馬糞《ばふん》と混ざり合い、薄汚い水溜まりとなって、やがて排水溝へと流れて行くだろう。

コートの下に抱えている紙袋の中には、味も香りもしない安い蒸留酒《シュナップス》の瓶が二本、入っていた。これを買ったせいで週末までストーブの薪《まき》代もない。今以上の寒波が訪れれば、部屋で凍死することになるかもしれないが、それはそれで悪くない終わり方だと日向は思った。

有色人種ばかりが住むアグローの片隅、六〇六番地にある古いアパートメントに戻ると、正面玄関のドアを押し開き、日向は中に入った。

「てめえのようなやつは、電氣椅子で殺され《テクノロジック》ちまえ！」

オーバーコートの肩に積もった粉雪を手で払っていると、アパートメントの中のどこからか半狂乱で喚《わめ》く女の声が聞こえてきた。続けて、ガラスか皿の割れる音。

このアパートメントでは、四六時中、誰かが喧嘩《けんか》をしたり罵《ののし》り合ったりする声が聞こえてくるが、「テクノロジック」は、最近、流行《はや》りの言い回しだ。

――ご家庭に明かりを点《とも》すフェル電器、犯罪者をあの世へ送るテクノロジック。

広告などで、フェル電器産業《Fell Electric Industry》が必死に喧伝しているコピーだ。

電氣や科學のことは日向にはよくわからないが、商業送電のビジネスでしのぎを削っている、発明家のM・フェルが率いる「フェル電器」の直流陣営と、交流方式を主とする「テクノロジック社」の争いは、電流戦争などと揶揄《やゆ》されて、このところ新聞を賑《にぎ》わせている。

大都市アグローなどでは、すでに先駆者であるフェル電器の直流電流網が敷かれていたが、テクノロジック社は高電圧による送電と変圧器による家庭への配電を提案した。

元はフェル電器のエンジニアであったテクノロジック社の社主はこう語っている。

「フェルには閃《ひらめ》きはあるが理論がない。交流についてもきちんと理解しているとは思えない。あと、あいつはとても付き合いづらい」と。

交流電流による死刑執行装置である「電氣椅子」を考案し発明したのは、しかし直流陣営のフェル電器だった。交流は危険という印象を世間に植えつけるための一種のネガティブ・キャンペーンである。一説では、前述の発言に激怒したフェルが、たった三日で勢いで完成させたと伝えられていた。

電球を見つめて不思議そうに首を傾《かし》げる、フリジア帽を被《かぶ》った可愛《かわい》らしい少女のイラスト。それに添える形で新聞などで大量に垂れ流されたフェル電器の自社広告コピーの効果により、「電氣で殺す＝テクノロジックする」という、ライバル社を貶《おとし》める新しい動詞の普及にフェル電器は成功した。

薄暗い階段を上り、自分の部屋の前に立つと、日向は手に貼りつきそうなほど冷たくなった真鍮《しんちゅう》製の把手《とって》を握って回した。鍵《かぎ》など掛けていない。どうせ盗まれるものなどないからだ。

「ずいぶんと待たせるじゃないか、ジョー・ヒュウガ」

だが、思い掛けず部屋の奥から男の声がした。

慌てて日向はポケットを探したが、愛用の自動回転式拳銃《オートマチック・リボルバー》は仕事机の抽斗《ひきだし》に仕舞ったままだった。油断していた。

玄関からは相手の姿は見えない。

日向が開設している私立探偵事務所の客とは思えなかった。

すると、アパートメントの大家が雇った取り立て屋だろうか。半年以上も滞納している家賃を催促するため、エアルランド系白人で血の気の多い大家は、先月は鹿玉《バックショット》を込めた猟銃を手に部屋で待っていた。今月の支払いも遅れたら、今度は大砲を持って来ると言っていたが、プロのごろつきでも寄越してきたのかもしれない。

「何をまごついている。どうした。俺の声を忘れたか」

奥からまた声がした。

「……小鳥《フィンチ》か」

そうだとすると信じ難いことだった。六年ぶりか。

どちらにせよ歓迎すべき相手ではない。大砲を抱えた家賃の取り立て屋の方が、まだマシだ。

日向は、奥にある事務所兼応接室兼書斎兼寝室となっている部屋に入る。

堅苦しいデザインのフロックコートを着込み、丸眼鏡にホンブルグ帽を被ったフィンチが仕事用机の椅子に座っており、まるで自分が部屋の主《あるじ》であるかのように日向を迎え入れた。

「いい暮らし向きのようじゃないか」

肘掛《ひじか》けに腕を載せたまま、フィンチは部屋の中を見渡す。

嫌みったらしいやつだ。

「仕事の依頼に来た」

「俺はもう、ニュータイド探偵社は辞職している」

「もちろん知っているとも」

フィンチは懐《ふところ》から紙巻煙草《シガレット》ケースを取り出す。

「煙草《たばこ》を吸っても？」

日向は無言で頷《うなず》いた。

開いたケースを差し出してくるので、日向も一本、そこから摘《つま》み上げる。

シガレットは喫したことがなく、フィンチがマッチを擦って先端に火を点《つ》けるのを真似《まね》て、自分も火を点けた。

「日下人向けの仕事がある」

紫煙を鼻から吐きながらフィンチが言う。

「生憎、当社には今、優秀な東洋系の工作員がいない」

だからこそニュータイド探偵社のエージェントであるフィンチが、アグローで私立探偵事務所を開業している日向の元をわざわざ訪ねてきたのだろう。

「順を追って話そう」

日向が無言でいるのを、話を聞く気になったと勘違いしたのか、フィンチが身を乗り出してきた。

「ゴダムで来年四月から、万国博覧会が開催されるのは知っているな?」

新世界大陸発見から四百年を記念して行われる、その万博の正式名称は、子供向けの童話や絵本ではお馴染《なじ》みの、大陸発見の架空の英雄、コロンブスの名を冠して「世界コロンビア博覧会」と名付けられている。

「この不景気と奴隷解放戦争の影響で炭鉱や鉄道会社を解雇されたエアルランド系の労働者たちが、仕事を求めて大量にゴダムに移っている。万博会場で働く非熟練労働者の実に七割がエアルランド人だ」

何となく、話の雲行きが察せられた。

工事が遅れに遅れているというのは知っていた。新聞各社は写真《しゃしん》入りで、開催を危ぶむ記事を、興味本位で連日書き立てている。パビリオンの多くは開催初日の完成は絶望的で、呼び物となる筈の直径七十五メートル、同時に二千人を乗せることができるという巨大な観覧車《ホイール》は、まだ土台すら着工していない。そんなものが本当に建設可能なのかすら疑問視する専門家の談話なども取り上げられていた。

資金もすでに予算を大きくオーバーしており、銀行家が万博委員会に監査を送り込むという噂《うわさ》も出ている。

「工事が遅れている最大の理由は、技術的な問題でも資金難でも労働力不足でもない。何だかわかるか」

「わかるさ」

うんざりした気分で日向は答える。ニュータイド探偵社の工作員だった頃、散々に関わってきた案件だ。

「労働組合だろう」

フィンチが頷く。

「『万博労働者共済組合』というのが結成され、立て続けにストを決行して賃金を引き上げている。万博の建設会場で働く殆どのエアルランド系労働者が加盟しており、工事が思うように進まない状況だ。何しろ――」

大きく深呼吸するように煙を吸い込み、シガレットを灰にすると、フィンチは吸い殻を何か月も磨いていない床に放り捨てて靴底で揉み消した。

「工事には絶対の期限がある。形だけでも初日に間に合わせなければならないのだ。

国の威信も懸かっている。雇用している万博委員会側には労組と駆け引きなどしている時間も余裕もない。最初からフェアな争いではないわけだ」

「俺にまた労働スパイをしろということか」

日向の頭に、いくつもの顔が思い浮かぶ。

かつてスカール炭鉱に潜入していた際、日向が作成した報告書のせいで逮捕され、ろくな裁判も受けられずに絞首台《こうしゅだい》に送られた組合幹部や、妻や幼い子供と共に自警団に誘拐され惨殺《ざんさつ》された組合員たち。

「今回は少々、趣が違う」

フィンチが頭を振る。

「君の察する通り、万博委員会から依頼があり、すでに当社からは何名か、万博労組にスパイを送り込んでいる」

ニュータイド探偵社は、新世界大陸では最大手の民間の調査・警備会社だ。

本拠は万博が開催されるゴダムにあり、工作員の数や、組織としての規模は公警察であるゴダム市警を上回っている。

「最近は商売敵が多くてね。労組《ろうそ》潰《つぶ》しが成功したら、万博の警備は独占して当社が請け負うことになる。何十万ドル単位の大口の仕事だ」

「そりゃ良かったな」

話しているうちに、だんだんと日向は相手をするのが嫌になってきた。

紙袋を抱えたままなのに気づき、それをフィンチが座っている机の上に置く。

「相変わらず酒浸りか」

「俺の勝手だろう」

ニュータイド探偵社の規律では、工作員の飲酒と虚偽の報告は、いずれも即刻免職となっている。但《ただ》し、日向が同社を解雇になったのは、酒が原因ではない。

「悪いが、ニュータイド探偵社の仕事はお断りだ」

机の上にあった、置きっ放しで洗っていない空のコップに、日向はシュナップスを注ぐ。

「お前らが、スカール炭鉱に潜入していた俺に何をしたのかは覚えているよな。信用できない」

「何のことかわからないな。君は誤解しているようだ」

フィンチは肩を竦《すく》めてみせる。いいタマだ。

「……万博労組には、おそらく『モーレイズ』が関わっている」

そして、日向の反応を窺《うかが》うように、そう言った。

「何だって」

コップの中の液体を口に運ぼうとしていた日向の手が止まった。

「興味が湧《わ》いたか？」

「いや……」

見上げてくるフィンチから目を逸《そ》らし、日向は一気に酒を呷《あお》った。

「ヒュウガ、君に頼みたいのは労組潰しの仕事ではない。新しいビジネスだ。言うなれば……そうだな、産業スパイといったところか」

フィンチは立ち上がり、懐から名刺を取り出す。

「これ以上の詳しい話は、お前が仕事を引き受ける気になってからだ」

机の上にあるペンとインクを使い、名刺の裏側にフィンチは何か書き込む。

「明後日まで、このホテルに泊まっている。話を聞きたくなったら、ここを直接、訪ねてくるか、電文をくれ」

「報酬は？」

「いくらでも」

「では、五千……いや、一万ドルだ」

断るつもりで吹っ掛けた金額だった。

「わかった。契約書と手付金を用意しておこう」

あっさりとそう言うと、フィンチは軽く帽子を持ち上げる仕種《しぐさ》をし、事務所から出て行った。

3

四輪馬車《フェートン》がゴダム市の高台にある屋敷の車回しに入ると、正面玄関には執事と思《おぼ》しき老齢の男と、数名の女中たちがバーネットを迎えるために出てきていた。石畳の地面に足を降ろし、案内されるままにホールに踏み入ると、中は夕刻過ぎとは思われないほどに明るかった。

どうやら瓦斯燈《ガスとう》ではなく、白熱電球《マツダランプ》のようだ。屋敷全体が電化されているらしい。贅沢《ぜいたく》なことだ。さすがは新世界大陸で一、二を争う鉄道会社の社主の邸宅だけのことはある。

内装の意匠はおおよそルテティア調だった。白を基調に、円柱や窓、出入り口のアーチなどに、幾何学的な凝った飾りが施されている。

先にドレッシング・ルームに通され、そこで女中に外套《がいとう》を預けた。やや緊張しながらバーネットは鏡の前で襟元の蝶《ボウ》タイの位置を直す。続けて嗅ぎ煙草《スナッフ》を一服してハンカチーフで鼻を拭《ぬぐ》い、気持ちを落ち着かせると、執事に案内されて部屋を出た。ジェイソン・ゴーラムに夕食に誘われるのは初めてだったが、大事な話とは一体何であろうか。

万博委員会への報告の席上で工事遅滞の責任を問われたバーネットに、ニュータイド探偵社に労組潰しを依頼してはどうかと提案したのは、ＪＧレールライン社の社主であり万博委員会の理事も務めているゴーラムだった。

奴隷解放派を支持していた、人権派で知られるゴーラムの口から、悪名高いニュータイド探偵社の名前が出てくることが、バーネットには意外に感じられたが、考えてみると不思議なことではない。

ゴーラムは大陸鉄道の黎明《れいめい》期、石炭を運ぶ貨物路線の経営から成り上がった立志伝中の人である。

一方のニュータイド探偵社は、内戦の際、奴隷解放派要人の警備や、対立する保守派勢力への工作活動などに暗躍したとして知名度を上げ、その後は資本家の手先として労組潰しのような汚れ仕事で組織を拡大させた。ある意味では、新世界大陸の表の顔と裏の顔の代表だと言ってもいい。バーネットには思いもよらない繫《つな》がりもあるのだろう。

「やあ、よく来てくれたね、バーネットくん」

案内された部屋に入ると、すでにゴーラムは待っていた。

バーネットの姿を見て椅子から立ち上がり、親しげに握手を求めてくる。

「お招きいただきありがとうございます。サー・ジェイソン」

ゴーラムは恰幅《かっぷく》がよく、口元にはセイウチのように硬そうな髭《ひげ》を生やしている。いや、まさに雄のセイウチそのものといった精力的な雰囲気があった。

部屋には、人の背丈ほどの笠《かさ》付き電氣スタンドがいくつも置いてあり、天井にはやはり、発明家のM・フェルが開発した白熱電球がぶら下がっている。

火の入っていない暖炉の上と、白いクロスと銀食器が並べられたテーブルの上にも、小型のスタンドが置かれていた。

その黄金《こがね》色の明かりの中、テーブルに肘をついて指先を組み、その上に細い顎《あご》を載せて、値踏みするようにバーネットを見ている妙齢の女性がいた。

胸元が大きく開いたカスケードの赤いドレスを着ており、襟や袖《そで》、フリルなどには黒いレースで凝った飾りが施され、フォルムを縁取っている。ブロンドの髪はシニヨンに纏めてあった。

女も立ち上がる。胸元は豊かで、腰回りはコルセットで引き締められているようだ。

「奥様ですか」

ゴーラムはもう老齢だ。一方で女の方は、まだ三十手前といったところだろう。だが、ゴーラムのような実業家や、上流階級に属する男たちの中には、驚くほど若い女を妻にしていたり、しょっちゅう伴侶《はんりょ》を取り替えている者もいるから、珍しいことではない。

「まさか。そんなふうに見えます？」

だが、ゴーラムが返事をする前に、女が先に口を開いた。さも可笑《おか》しげに口元に手を当てて、声を上げて笑っている。

バーネットは困ってしまい、ゴーラムの顔色を窺ったが、女の不躾《ぶしつけ》な物言いや態度も、さして気にはしていないようだ。

「残念だが、私の細君は繊細で病弱でね。屋敷の奥で休んでいないといけないから、今日は挨拶《あいさつ》できない」

肩を竦めながらゴーラムが言う。

「紹介するよ。マルグリット・フェル女史だ」

「サー・コリン・バーネットですね」

「ええ」

「お会いできて光栄ですわ」

そう言いながら、どういうわけか女はバーネットの隣に立っている執事の方にお辞儀をし、手を差し出した。

「いや、私めは……」

執事の方が慌てて後退《あとしざ》る。

「あら、ごめんなさい。こっちかしら」

今度はゴーラムの方に歩いて行く。

わざとやっているのだろうか？

あまりに無礼な態度に、バーネットは気分を害した。

「違う。私はゴーラムだ」

「ううむ」

腕組みをして唸《うな》り、女は少し考えてから言葉を続けた。

「失礼。やはり私はこれがないと何も見えませんわ」

女は大きく開いたドレスの胸元に手を突っ込むと、その間から眼鏡を取り出した。

ツルを耳に掛けてそれを装着すると、瓶底のように分厚いレンズが、魅力的だった彼女の碧眼《へきがん》を隠してしまった。

「ああ、よく見える。初めまして、サー・コリン」

「いや、ですから私めは……」

再び女は執事の方に手を差し出した。

「バーネットは私の方です。ユニークな方だ」

むっとした口調を抑えて、バーネットは引き攣《つ》った笑みを浮かべた。

「あら、私ったら……」

女が差し出してきた手に、仕方なくバーネットは接吻《せっぷん》をした。

「その蝶タイ、とても素敵ですわ」

「これはどうも」

「それから……ええと」

眼鏡のツルに手を添えて上下に動かしながら、女はバーネットの頭の天辺《てっぺん》から足先まで、まじまじと観察した。

「……とても素敵な蝶タイ」

そして、褒めるところが他に見つからなかったのか、困ったように眉根《まゆね》を寄せ、同じことを言った。

「妻が私の誕生日に選んでプレゼントしてくれたものです。褒めていただけて嬉《うれ》しいですよ」

ゴーラムの前でなければ、とっくに腹を立てて帰っているところだ。だが我慢して、紳士的にバーネットは受け答える。

「ごーかーていーに明かりをおーともっすフェル電器。ご存じかしら」

どういうわけか唄《うた》うような口調で、女が指先を左右に振りながら言う。

何なんだ、この女は。

そう思った時、先ほどゴーラムから紹介された女の名前に気がついた。

「ああ、すると……」

バーネットは頷く。そういうことか。

「お会いできて光栄です。発明家のフェル氏の奥様か……もしかするとお嬢様ですか？」

「いや……」

傍らで二人の会話を聞いていたゴーラムが、苦笑いを浮かべながら口を開いた。

「発明家でフェル電器社主の、M・フェル氏本人だよ」

そう言われても、バーネットは一瞬、意味がわからなかった。

生牡蠣《なまがき》に白ワイン。

じゃがいもとキャベツのくたくた煮スープ。

クリスタル湖で獲《と》れたブラックバスのムニエル、サルザールソース。

牛ヒレ肉とフォアグラのポワレ、ペディベリーソース。カーラナッツ添え。

子牛胸腺《リードヴォー》のカツレツ、パヴォーナ風。

エトセトラ、エトセトラ……。

ひと通り食事が済み、デザート後のコーヒーと葉巻が女中の手によって運ばれてくると、早速、フェルが本題を切り出した。

「万博会場を彩《いろど》る送電システムに関してなのですけど」

葉巻に添えられたシザーカッターで吸い口を切っていたバーネットは、そらきたと思った。

発明家のM・フェルが女だとは知らなかったが、フェル電器の社主が、わざわざ万博委員会の重鎮であるゴーラムに働きかけ、総監督であるバーネットとの食事の機会をつくろうとする理由など、他に思い当たらない。

万博の開催時には、瓦斯燈に代わって何千何万もの電球を使い、日が暮れてからも会場内を照らし出す予定になっていた。

今のところ、電氣は一部の富裕層を除いて殆《ほとん》ど普及していない。会場に訪れる一般庶民の多くが、初めて見る電力に驚異を感じる筈《はず》だ。それは新世界大陸の科學力を広く海外に対しても誇示することになる。

万博会場内に電氣を供給する蒸氣式発電機は、「電氣館」の内部に設置され、実際に稼働《かどう》しながら客たちに展示される予定だった。

だが、電氣館自体が、やっと基礎工事が終わったところという体たらくである。先頃、日下國館の高欄から見下ろした光景を思い出し、バーネットは思わず舌打ちしそうになったが、我慢した。

「工事が遅れているのは存じておりますわ」

肩を竦め、首を傾げながらフェルが言う。眼鏡越しだと瞳《ひとみ》が見えず、表情を読み取るのは難しかった。

「お恥ずかしい話です」

バーネットは口に含んだ煙をゆっくりと吐いた。

「おそらく当社だけでなく、テクノロジック社も検討の対象になっているのでしょうね」

「ええ、まあ」

　送電事業に関しては、直流《DC》を主とするフェル電器と、交流《AC》を主とするテクノロジック社との間で、熾烈《しれつ》な市場の奪い合いが発生していた。

　無論、万博に於《お》ける電氣供給についても、この大手二社のいずれかを選ぶことになるだろう。施工などを含めても数十万ドル規模のビジネスだが、それ以上に大きな意味があった。万博会場での送電事業を一手に引き受ければ、それはとてつもない宣伝になる。おそらく万博での仕事を取った方が、今後の我が国での電力の主流を担《にな》うことになる。

　だが、実のところバーネットは、すでにテクノロジック社に送電事業を任せる案に傾きかけていた。広告などを使い、フェル電器が頻《しき》りに交流に危険な印象を抱かせ、テクノロジック社の評判を落とそうと躍起になっているのは知っているが、そうせざるを得ないことが、すでに交流陣営の有利を物語っている。直流送電はもう時代遅れになりつつあるのだ。目の前にいるこの女が、それを認めなかったとしても。

「まあ、どちらにせよ送電システムの施工は、工事の最終段階になるな」

　ゴーラムが口を挟んだ。

　確かに、万博会場を彩る送電システムの工事は、建築物や通路、庭園などの整備が終わってからの施工になるから、言うなれば作業の流れの川下となる仕事だ。場合によっては昼夜を分かたぬ突貫工事になるだろう。

「フェル電器にお任せいただければ、技術者を総動員して、間違いなく開催初日に間に合わせて御覧に入れます」

フェルは前屈みになって肩を狭め、谷間を強調するように胸元を寄せた。色仕掛けのつもりなのだろうか、それともたまたまか。

この手合いには、バーネットはうんざりしていた。送電システムだけでなく、あらゆる業者が、万博での利権を得ようとバーネットに接待や賄賂《わいろ》、その他の手を使って接触しようとしてくる。

しかし、提案をするのはバーネットだが、決定権は万博委員会が握っている。委員会の指示なら、バーネットも従わざるを得ない。その意味では、このフェルという女は厄介に思えた。ゴーラムと何らかの関係を持っているなら、万博委員会にも働きかけて強引にフェル電器の直流送電システム採用を押し付けてくるかもしれない。

実際、同じような軋轢《あつれき》はあちこちで起こっていた。

例えば、「女性館」だが、設計に女性建築家を起用し、先進的な職業婦人たちの我が国での業績や成果などを展示する予定だった。ところが、委員会に所属する、さるゴダム市議の令夫人が、無断で友人知人の女性芸術家から作品を募り、集まってきた素人《しろうと》同然の酷《ひど》い油絵や彫刻、工芸品などで展示や装飾が埋まることが決定してしまった。これに抗議した才能ある若い女性建築家は、その令夫人によって解任され、失意のあまり鬱病《メランコリア》となって自殺してしまった。

思い浮かべただけで頭が痛くなるような、そんな話が、バーネットの周囲にはごろごろしている。

万博の送電システムに関しても、女性館で起こったような理不尽が起こらないとは限らない。この世はとかく政治なのだ。

「検討させていただきましょう。万博の会場が、無数の白熱電球で照らされる様を想像すると、わくわくしてきますね」

気持ちとは裏腹の心にもない言葉を笑顔で口にするのにも、もうバーネットは慣れてしまっていた。

4

「我が社の創業者は、天才機巧師と呼ばれた釘宮久蔵の最後の弟子の一人なのです」

日向と並んで万博会場を歩く、日下國館の施工を担当する土木会社の番頭が、聞いてもいない自慢話を始めた。

「元は卯月《うつき》藩の藩士でしたが、志あって機巧師となり、その後は学んだ技術を生かして、御維新後に有田佐七土木会社を興《おこ》したのです」

「では日下國館で『伊武』が展示されているのも何かの縁というか、巡り合わせのようなものですね」

相手に合わせて感心したような調子で日向は答えたが、実のところ、さしたる興味もない。

「日向殿も士族の出だとか」

「まあ、そうです」

無論、でっち上げだ。

「ただ、よくある話でお恥ずかしいが、商売に手を出したが侍気質が抜けずに失敗しましてね。私も気楽な遊学というわけにはいかないのです」

「なるほど、お察し申し上げる」

衿に屋号の入った長羽織を着ている番頭は、歩きながら深く頷いた。

万博委員会に通訳として日向が雇われたのは、つい数日前のことである。

裏で手を回したのはニュータイド探偵社だが、委員会の方でもちょうど人材を探していたらしく、割合にすんなり決まったらしい。

「貴社を創業された有田佐七殿は、さぞや高い見識をお持ちだったのでしょうな。日《ひの》下《もと》狭しと、このように新世界大陸にまで事業の手を広げておられる」

「お褒めいただいて光栄です。ところで、今日は現場を見ていただいた後、当社で一席設けているのですが」

「ああ、そうなのですか。だが……」

少し躊躇《ためら》いがちに、日向は言葉を続ける。

「私は肉が食べられないのです」

「ああ、それは……。では、後で知らせておきましょう」

「恐れ入ります」

「いや、先に言っていただいて、むしろよかった。お気になさらず」

そんな会話を交わしながら歩いていたが、予想していた以上に万博会場の整備や工事は進んでいなかった。

形になっているものは、遠くに聳《そび》える日下國館の十三層を除けば、殆どない。

鉄骨などで骨組みができているのはマシな方で、多くの建物は、まだ漸《ようや》く地ならしや基礎工事が終わったといったところだった。あちこちに資材が山となっている。

手を動かしている作業員の姿は少なく、代わりに会場内のそこかしこで小さな集会が開かれていた。数名から十数名が集まり、仕事用の脚立《きゃたつ》や、積まれた資材の山の上などで拳《こぶし》を振り上げながら、口角泡を飛ばして演説している者の姿が目に付く。

「あれは？」

かつてスカール炭鉱に労働スパイとして潜入していた時に見慣れていた光景だったが、わざと事情に疎《うと》いふりをして日向は問う。

「組合運動とかいうものらしいですよ」

眉根を寄せ、番頭が答えた。

「不思議なものです。目先に仕事があるのに、彼らは手を動かさずに理屈を捏《こ》ねる方を優先している」

「ほう」

むしろ日下人が勤勉すぎる嫌いがあるのだが、それは日向が故国を離れて久しいから、感じることなのかもしれない。

「嘆かわしい。これでは無事、万博の初日を迎えることができるのか……」

このような心配の仕方も、日下人独特のものだろう。良いのか悪いのかは、日向にはわからない。

事前に調べ上げたところでは、万博で働く労働者の七割ほどが、エアルランド系白人だった。奴隷《どれい》解放後に炭鉱などに入ってきた黒人たちに安い賃金で職を奪われ、流れてきた連中だ。残りの三割は黒人や華丹人などの有色人種だが、これらの者は、万博委員会と敵対している「万博労働者共済組合」には加入していない。いや、させてもらえないのだ。

フィンチは、万博労組の裏側に「モーレイズ」が関わっていると言っていたが、確かにこの状況は、それを感じさせた。

新世界大陸で労働者として働いているエアルランド系白人たちの多くは、故郷で起こった大規模なジャガイモ飢饉《ききん》によって食い詰め、職を求めて海を渡ってきた者たちだ。彼らは白人たちの間でも、過去にアンゲルン系の支配を受けていたことや、宗派が違うことなどから一段下に見られている。一方でエアルランド系は有色人種を見下しており、有色人種間でも、黒人と東洋系の間では確執があった。違うのは肌の色や宗教だけなのだが、そこにアイデンティティを置く連中は、強くその点にこだわる。

これは島国である日下國にいると、なかなか気づきにくい感覚だ。

だが、モーレイズはニュータイド探偵社によって壊滅させられた筈だった。幹部だと目された者たちは、殆どが絞首台送りになった。

ただ一人、「眠れる者《スリーパー》」と呼ばれるボスを除いては。

「見てくださいよ、この太鼓橋《たいこばし》。天府にある十間橋《じっけんばし》にそっくりでしょう」

日下國館が建っている小島へと渡る橋の袂《たもと》に辿《たど》り着き、番頭がそう言った。

「ああ、大川に架かっているやつですね。中洲《なかす》観音の参道へと向かう……」

日向はその橋を見上げる。

確かに、天府にあるものと同じく、橋の幅は十間（約十八メートル）はありそうだ。

山なりになった太鼓橋の天辺は高く、橋というよりは坂を見上げているような気分になる。

「見事ですね。これも移築ですか」

「いや、こちらにある材料で造ったものです。日下國とは材木の種類や質も違っていて、柔らかすぎるやら、すぐに反るやら、造るのに苦労しました」

それでも、これだけのものを再現してしまうのだから大したものだ。

万博会場は、広大なクリスタル湖に面している。日下國館と名付けられた十三層を含む、日下式の庭園などは、浚渫《しゅんせつ》工事によって会場内に造られた人工のラグーンに浮かぶ小島の中に建設されていた。

日向は番頭と肩を並べて太鼓橋を渡る。いや、渡るというよりは登るといった方が適当だろうか。

欄干から下を覗《のぞ》くと、やはり大川とは違い、水は流れもなく浅くて、鱒《ます》類と思われる大きな魚が数匹、ゆうゆうと泳いでいるのが見えた。

万博開催時には、クリスタル湖には交通のための巨大な蒸氣船が就航し、ラグーンには遊覧の客を乗せたカヌーやカヤック、猪牙舟《ちょきぶね》や舢舨《サンパン》、プラウ船やダウ船などの、各国の特色豊かな小舟が何種類も浮かび、この橋の下を行き交うことになる。

橋の向こう側に辿り着くと、確かにそこは日下國を模した箱庭のように整備されていた。道沿いには二年前に造成が終わった直後に植樹された桜が並んでおり、番頭の話では庭師たちの手入れで上手《うま》く根付いているという。万博が開催初日を迎える四月には、十三層へと続く道は満開の桜の花で埋め尽くされるだろうということだった。他にも美しく葉を刈り込まれた松や柳の木、川の流れや波紋を描いた石庭などがあった。

歩いて行くと、早速、見習い工と思われる少年が白人の技師に捕まって質問攻めを受けているところに遭遇した。

日下人たちは木と竹と紙だけで家を建てる——。

そんな噂が、万博の建設に関わる者たちの間で広がっていた。物珍しさから、ひっきりなしに設計士や建築家、果ては画家や彫刻家なども、この場所を訪れて見学を申し込んでくるという。こういう者らの相手をするためにも、現場でも通訳を欲していたというわけだ。

サックコートを着た白人の紳士は、おそらく万博内の他の現場の設計などを担当している建築家だろう。

話し掛けられている少年は、まだ十五、六といったところだ。身振り手振りに片言を交えて必死になって相手の質問に答えようとしているが、なかなか達者だった。やはり若いと言葉を覚えるのも早いのだろう。

「早速、出番のようですな」

「ええ」

傍らにいる番頭にそう答えると、日向はそちらに近づいて行った。

「通訳の者です」

まず質問をしている紳士に、次に答えている少年に、日向はそれぞれの言語で同じことを言った。

「後は私が引き継ごう。君は仕事に戻りたまえ」

「この人は、壁に塗っている漆喰《しっくい》の材料を聞いているんだ。あんた、答えられるのかい」

話を中断させられた少年は、むっとした様子で日向にそう言った。

「いや……」

確かに、言葉は通じても、職人の仕事の詳しい内容はわからない。

「こらっ、八十吉、失礼な言葉遣いは慎め。こちらは万博委員会から派遣されてきた通訳の日向丈一郎氏だ。士族の出で、こちらの大学に遊学しておられる」

「何が士族だ。侍なんざ、ちっとも怖かねえや」

日向にしてみれば仔犬《こいぬ》にきゃんきゃん吠《ほ》えられているようなものだが、天府時代の風潮が色濃く残っている日下國では、今でも士族相手にこんな口を利《き》く度胸のある者は、そうはいない。なかなか肝の据わった少年だ。

「そら、答えてやれよ」

八十吉と呼ばれたその少年が煽《あお》ってくる。

白人紳士は困った表情を浮かべ、日向と八十吉の顔を見比べている。

「すまない。君の言うとおりだ。教えてくれないか」

「人にものを頼む時は頭を下げろよ」

士族出身で遊学中のインテリの鼻を明かしてやったと思ったのか、得意げに指先で鼻の下を擦《こす》りながら、八十吉はそう言った。

「八十吉、いい加減に……」

番頭の方が先に怒りを顕《あら》わにしたが、日向はそれを制し、八十吉に深々と頭を下げた。

「何卒《なにとぞ》教えを乞《こ》いたい。この通りだ」

この日向の態度には、八十吉の方が面食らったようだった。

「え、えーと、消石灰にふのりを混ぜて、麻の繊維と水を加えてよく捏ねりゃいいんだよ」

調子が狂ったのか、八十吉は、ばつが悪そうにそっぽを向いて答えた。

「ありがとう。君のおかげで恥を掻《か》かなくてすみそうだ」

笑顔を浮かべ、日向は八十吉から教わったことを、なるべく近い形で白人紳士に伝えた。

消石灰は何とか伝わったが、海藻《シーウィード》を使った糊《のり》というのが相手にはピンと来ないようで、さらに多くの質問が返ってくる。

「面倒くせえな。百聞は一見にしかずだ。漆喰を捏ねて塗るところを見せてやるから付いて来いよ」

白人紳士と日向の会話に耳を傾けていた八十吉が、舌打ちまじりにそう言った。

日向は感心した。傍らで聞いていて話の内容が大まかにわかっているようだ。

この少年が案内してくれる、と白人紳士に伝えると、八十吉が先に立って十三層の建物の裏側に向かって歩き始めた。

「どうもご無礼を……。悪い子ではないのですが、跳ねっ返りなやつでして」

「いや、構わない。彼は？」

「轟《とどろき》八十吉と申しまして、大工見習い、鳶《とび》見習い、左官見習い、庭師見習いの小僧です」

「ふむ。見習いのエキスパートか」

日向が口にした冗談に、番頭が苦笑いを返す。

故国を離れて、何十日もかけて海を渡り、見知らぬ土地で二年から三年もの間、過ごすのだ。そんな仕事を好んで請ける奇特な者など、そういるわけもない。あのくらいでないと務まらないのだろう。

「ところで……」

日向は番頭の方を向き直る。

「展示品の装飾が始まれば、今度は委員会の者らや、新聞記者たちにも、あれこれと説明しなければならない。今のうちに見ておきたいのだが」

「承知しました。では、何から？」

「機巧人形の『伊武』を見たい」

それこそが、日向が万博会場に送り込まれた目的だった。

5

辻馬車《つじばしゃ》を使って二十分ほど揺られ、万博会場のサウスサイドにあるレイヴン通り沿いの広い十字路で降りた日向は、「ゴダム・パラダイス・ホテル」と金色の飾り文字が描かれたガラス戸を押し開き、中に入った。

「やあ、お帰りですか」

フロントにいたホテルの主《あるじ》が顔を上げ、鼻眼鏡の位置を直しながら、気さくに声を掛けてくる。

「今日、初めて万博の会場を見てきましたよ、マードックさん」

羽根ペンの先をインクに浸し、差し出された宿帳に日向はサインをする。

万博委員会に出掛けたり、土木会社の重役と会っていたから、このホテルに泊り始めて数日が経《た》つが、今日やっと、肝心の現場に足を向けられたのだ。

「どんな様子でした？」

興味津々《しんしん》といった感じでマードックはフロント越しに日向を見上げてくる。小柄な男で、背が足りないのかフロントの向こう側には、どうやら踏み台を置いているようだった。

このホテルも、来年に開催される万博の景気を見込んでオープンした新興のものらしいから、会場の様子は気になるのだろう。

「きっと大成功しますよ。素晴らしい万博になる」

がっかりさせては悪いと思い、日向は抱いていた印象と真逆のことを言った。

「それはよかった」

胸元に手を当て、マードックは安心したようにほっと息を吐く。

「いろいろと嫌な噂《うわさ》ばかり聞こえてきますからね。このままだと開催初日に間に合わないとか、大失敗に終わるとか……」

「新聞が面白おかしく書いているだけですよ」

微《かす》かに薬品の匂《にお》いがする。これはホテルの一階に併設された店舗でマードックの細君が薬屋を営んでいるからだ。

　マードックの妻は背の高い美人で、言うなれば蚤《のみ》の夫婦というやつだった。

「ああ、そういえば、ヒュウガ様が欲しがっていた睡眠薬、入荷しましたよ」

「そうですか。では店の方に寄っていきます。さすがに仕事が早いですね」

　日向が言うと、マードックは背筋を伸ばして胸を張って見せた。

「何しろ薬の行商とセールスで、鞄《かばん》一つから身を立てましたからね。今だって、そこらの者には負けません。ゴダム周辺の問屋や同業者に片っ端から電文を打って、ご所望の品を取り寄せました」

「素晴らしい。私はいいホテルを見つけたようだ」

　マードックは、どうも商売人や実業家特有の、少し自分を大きく見せるように語るところがあったが、悪い印象はなかった。この人当たりの好《よ》さで、ビジネスを成功させてきたのだろう。

　実際、このホテルは居心地が良かった。日下人である日向にも分け隔てない。

　ゴダムに到着して最初に訪れたホテルは、有色人種《カラーズ》は川っ縁にでも行けとけんもほろろで、次に行ったホテルは泊めてはくれたが、埃《ほこり》とダニだらけのベッドが置いてある物置のような部屋に案内された。その点、この「ゴダム・パラダイス・ホテル」は、けして高級とはいえなかったが、そんな嫌な思いとは無縁だった。マードックの方も、日向が万博会場で通訳の仕事をすると聞いて、長期滞在の上客だと思ったのだろう。

預けていた鍵《かぎ》を受け取り、フロントの近くにある店への扉を開いて、日向は薬屋に入った。表通りに面した側にも出入口があり、この薬屋はホテルの中からでも外からでも利用できるようになっている。

「あら、ヒュウガさん、お帰りなさい」

カウンターの奥にある棚に品物を並べていたマードックの妻……確かリンディという名前だが、彼女が日向の方を見て笑いかけてきた。

「睡眠薬が入荷したと聞いたのですが」

「ああ、はい。今出しますね」

マードックは三十代半ばといったところだろうが、それよりも十歳以上、若い妻だった。赤毛で、愛嬌《あいきょう》のある顔をしている。

前に世間話のついでに聞いたところでは、マードックは二年前まで西海岸近くの田舎町で薬店を営んでおり、リンディは得意先の医者の娘だったそうだ。一目惚《ひとめぼ》れしたマードックが、まめに口説き、その真面目《まじめ》さや誠実さに心打たれてリンディは妻になるのを決意したのだという。このホテルの開業資金も、マードックに説得されて彼女の両親が出したものらしい。

「何か良いことでもあったのですか」

鼻歌を奏《かな》でながら棚を探しているリンディに、日向は問う。

「おわかりになります？」

頬を赤く染め、リンディはそっと自分の下腹部に手を添えた。ははあ、これはと日向は察したが、頷《うなず》くだけに留めた。

「ちょっと向こうを探してきます」

リンディがカウンターの奥にある部屋に引っ込む。

レイヴン通り沿いの側は、大きなガラス窓になっており、外からも店の中がよく見えるようになっていた。日射《ひざ》しも十分に入ってくるので、店内は明るく感じられる。路面機関車《スチームトラム》が一台、蒸氣を噴き上げながら走って行くのが見えた。

店の棚には薬品の他に、ホテルの宿泊客用に新聞や雑貨、菓子類や缶詰などの食料品も置いてある。それらの中にシュナップスの瓶を見つけ、つい日向は手を伸ばしそうになったが、思い止《とど》まった。万博での仕事が終わるまでは、酒は断たなければならない。睡眠薬を頼んだのも、アルコールがなければ寝付けないからだ。

「このお薬、アルコールと一緒に飲んでは絶対に駄目ですよ」

声がして、日向はそちらを振り向いた。

「心臓が止まってしまいます」

薬瓶をカウンターの上に置き、心配そうな目でリンディが日向を見つめる。

「見られていましたか」

酒の代わりに棚にあったゴダム市の地図を手にすると、日向はカウンターへと戻った。

「大丈夫。大事な仕事に就いているので、今は断酒中です」

「だったら、良いですけど……」

「包まなくて結構ですよ。このまま部屋に戻るので」

カウンターの上に置いてあった薬瓶を手にしてポケットに突っ込むと、まとめて代金を支払い、再び店の扉を押し開いてホテルの内部に出た。フロントにはもうマードックの姿はなく、無人だった。

まだ万博も始まっておらず、日向の他は、やはり仕事で滞在している客が数名だけのようだから、さほど忙しくもないのだろう。

このホテルも、いざ万博が開幕したら、大忙しになる筈だ。宿泊施設がまだまだ不足していると、ゴダム市議会でも問題になっているくらいなのだ。

もっとも、それもまともに万博が初日を迎えられたらの話だが。

日向は廊下の突き当たりにある階段を、上階へと登って行く。四階建てで、各フロアに数室ずつのこぢんまりとしたホテルだ。

部屋は四〇四号室だった。日下人の感覚からすると不吉な数字だが、異国の地でそんなことを考えている自分に、むしろ可笑しみが込み上げてくる。

靴のまま部屋に入り込み、ベッドサイドのテーブルに薬瓶を置いた。

そのままベッドに倒れ込む。目を閉じると、不意にスカール炭鉱にいた時のことが思い出された。

あの時の日向は、フー・フグンという偽名を使っていた。軍事探偵として華丹に潜入していた頃、出会った男から拝借した名前だ。

嫌な記憶だ。酒がないと、次から次へとその頃のことが思い出され、日向の心を苛《さいな》む。

そういえば、あのスカール炭鉱の所有者だったJGレールラインの社主、ジェイソン・ゴーラムは、今度の万博で委員会の理事を務めており、その立場を利用して近隣都市とゴダムとを結ぶ旅客鉄道や、市内を走る路面列車の新設を独占している。

かつて貨物路線を経営していたゴーラムは、いち早く同業者を取り纏《まと》めてカルテルを締結する先見性があった。運賃を吊《つ》り上げて炭鉱の運営会社を圧迫し、青息吐息に追い込んで次々と所有権を奪っていった。その頃と違うのは運ぶのが石炭ではなく人間になったこと、そして今やＪＧレールラインはカルテルからトラストへと、より強固に発展していることだ。

ゴーラムはスポンサーとして大金を万博に注ぎ込んでいるが、無事に万博が開催されれば、その何十倍もの利益を得ることになるだろう。

炭鉱を買収しながら路線を延長し、急成長を果たしたその様は、当時は「蛸の足《Octopus feet》」と揶揄《やゆ》されていたが、大陸に伸ばされた蛸《たこ》の足の端を齧《かじ》る者たちがいた。エアルランド系移民労働者による秘密結社「モーレイズ」である。モーレイとは、蛸の天敵であるウツボのことだ。

そう考えると、フィンチが言っていたように、万博労組の背後にモーレイズが関わっているという説も信憑《しんぴょう》性を増してくる。

スカール炭鉱で労組《ろうそ》潰《つぶ》しのためにニュータイド探偵社を雇ったのはゴーラムだ。

世間では奴隷解放を支持した人権派と目されているようだが、それも合法的に安い労働力を確保できる方法だったからに過ぎない。内戦は解放派の勝利に終わり、そちら側に賭けた企業家は、現在はあらゆる面で優遇を受けている。結果、大量に炭鉱などに入ってきた黒人労働者に仕事を奪われ、スパイを送り込んだり手荒な真似《まね》をするまでもなく労働組合は解体し、エアルランド系の労働者は続々と解雇されるに至った。ウツボどもにとっては、探偵社は蛸の足、ゴーラムは蛸の頭のようなものだろう。どちらにせよ、ずたずたに食い千切ってやりたいと思っているのは間違いない。

だが、本当にモーレイズはまだ存在しているのだろうか。

幹部だと目されていた者の何人かは、日向の報告によって絞首台《こうしゅだい》に送られた。炭鉱の私警察であった自警団に誘拐され、家族ともども惨殺《ざんさつ》された者もいる。

スカール炭鉱事件の際には、日向もまた命を落としそうになった。今こうして生きていて、両手両足、いや、指の一本すらも欠けずに五体満足でいるのは奇跡といっていいだろう。

目を閉じていても、ちっとも眠くならなかった。

最後にぐっすり眠った日がいつなのかも思い出せない。

眠りを浅くしていなければ、誰かが自分の寝首を掻きにくるかもしれない。そんな強迫観念から、日向は逃れられずにいる。

モーレイズには、まだ生き残りがいる。

――眠れる者、「スリーパー」。

皮肉な名前だ。そいつのお陰で、こちらは眠れない夜が続いているというのに。

それは、モーレイズのボスだと目されていた男だ。

いや、男だという確証すらもない。

若い女だという者もいれば、老婆《ろうば》だというやつもいる。女装をした男だという説すらあった。あまりに謎《なぞ》めいていて捕らえどころがないため、探偵社の工作員たちの間では、実在しないのではないかと疑う意見もあった。

その名前の由来は、おそらく「枕木《スリーパー》」であろうと言われていた。坑道を走るトロッコの仮設線路に敷く木の板の名称だ。つまりスリーパーもまた、炭鉱で働くいち労働者なのではないかというのが、もっとも一般的な説だった。

すると、この万博の会場内にスリーパーは労働者として潜み、こっそりと労組活動を指導しているのかもしれない。

考えれば考えるほど、うんざりした気分になってきた。

本当なら、こんな仕事からは、もう足を洗いたかったのだ。ニュータイド探偵社とも関わり合いを持ちたくない。これは駆け引きだった。油断すれば、また使い捨てにされ、危ない目に遭わされることになる。

金だ。

日向がこの仕事を受けた理由は、とにかく金だった。

溜《た》まりに溜まった借金を清算し、西海岸から日下國に帰る船に乗り、何なら新しい人生を踏み出すために商売でも始める資金になるほどの金が入る。

機巧人形の「伊武」と、機巧の詳しい図面が描かれているという「其機巧巧之如何《そのきこうこうのいかん》を了知するに能《あた》わず」という、舌を嚙《か》みそうな長ったらしい名前の書物。

この二つを、日下國館から盗み出すのが、日向に与えられた仕事だった。

期限は万博の開催期間が終わるまでだから、時間的な余裕は、まだ一年以上ある。依頼主が誰なのかは教えてもらえなかったが、これはよくあることだった。気にする必要もない。経費は使い放題。必要なら、労働スパイとして潜入している工作員や、会場の警備員として動員される予定のニュータイド探偵社の従業員らと情報を交換したり、協力を仰いでも構わない。

最初は容易な仕事だと思ったが、現物の「伊武」を見ると、なかなか骨の折れることになりそうな予感がした。

あれでは女を一人誘拐するのと一緒だ。いや、自分の足で歩かない分、手間はそれ以上だろう。

機巧人形を見たことがなかった日向は、せいぜい大きさ二、三尺程度の、玩具《おもちゃ》の人形のようなものだろうと思っていたが、十三層の最上層で見た「伊武」は、ひと目見たところでは……いや、顔を近づけてまじまじと眺めても、生身の女と見分けがつかないほどの出来だった。

「……初めて『伊武』を見る人は、皆、そのような表情を浮かべますな」

日向を案内した土木会社の番頭は、そんなことを言っていた。

日下國館から「伊武」を盗み出すよう依頼した人間が何を目的としているのかは知らないが、なるほど、これなら手中にしたいと思う者が現れるのもむべなるかなという気持ちにさせられた。

委員会では、「伊武」は観覧車《ホイール》と並ぶほどの万博の呼び物になると考えているようだったが、確かにそれだけの潜在的な価値があるように思われた。

書物の方は盗み出すのは簡単だろう。問題は「伊武」で、何かうまい計画でも練らなければ運び出すのは難しい。工事が進んでいる現在は、あまりに周囲が閑散としすぎており、目立ちすぎる。かといって、万博が始まってしまえば「伊武」は注目の的になるだろうから、さらに人目を避けるのが難しくなる。番頭に聞いたところによると、「伊武」の中には、金属製の削り出しの骨格や、何条もの束になった鋼線、大小の歯車などが隙間《すきま》なくみっしりと埋めこまれており、見た目よりもずっと重いらしい。

一人で運び出すのは難しく、仮に運び出せたとしても、どこに隠すか、そして隠し場所までどう運ぶか、綿密な計画が必要に思えた。

——あの機巧人形が、自分で歩けるのなら、楽な仕事なのだがな。

ふと、日向はそんなことを考える。

百年ほど前までは、あの「伊武」という機巧人形は、己の意思で歩き、考え、話すこともできたというが、とても信じられない。

テーブルの上の薬瓶に手を伸ばし、中から睡眠薬の錠剤を取り出して、日向は飲み込んだ。

そしてまたベッドの上で目を閉じ、眠くなるのをじっと待つ。

また嫌な記憶が頭に蘇《よみがえ》る。華丹での潜入作戦の時、同僚を処刑するために後頭部に銃を突きつけた時のことだ。

同僚は命乞いをせず、ただ、用意された食事を摂《と》り、おいしゅうございましたと言って、箸《はし》を置いた。それを合図に、日向は引き金を引いたのだ。あれは慈悲だった。今でもそう信じている。

薬屋でシュナップスを買わなくてよかったと日向は思った。手元に酒があったら、迷わず胃に流し込んでいるところだ。マードックの妻であるリンディが忠告してくれたように、そのまま心臓が止まってお陀仏《だぶつ》でも、それはそれでいいような気もした。

仕方なく起き上がり、何となくサイドテーブルの抽斗《ひきだし》の中を探ってみると、便箋《びんせん》が出てきた。

テーブルの上には、燭台《しょくだい》とインク壺《つぼ》、それにペンが置いてある。

眠くなるまでの間と思い、日向は手紙を書くことにした。

宛先《あてさき》は、日下國に残してきた妻のお夕と、まだ十歳にもならない息子の勘助だった。

『ディア、お夕。ディア、勘助』——。

ふざけてそこまで書き、日向は口元に笑みを浮かべる。気障《きざ》すぎないか。

だが、どうせ投函《とうかん》されることのない手紙だ。何を書いたって構うものか。

『お夕、今も君のことを愛している。こちらに来てからの私は、後悔ばかりだ』

それは本心だった。

だが、日下國に残っていたら、自分はもっとひどいことになっていただろう。

『勘助、父はいつも、君の成長した姿を思い浮かべている。最後に会ったのは乳飲み子の頃だったが、ちゃんと母上の言うことを聞いて、良い子にしているか』

もっと気の利いたことを書きたかったが、何しろ手紙に書いている通り、赤ん坊の頃の印象しかなかったから、他に何も書きようがなかった。

『今、取り掛かっている仕事が終わったら、大金が入る。私はそれを手に日下國に帰りたいと思っている。良ければまた一緒に住んで、汁粉屋でも古着屋でも何でもいい、何か商売でも始めて』――。

便箋に綴《つづ》っている字が、どういうわけか滲《にじ》んでいる。やがて、ぽたりぽたりと水滴がインクの上に落ち、書きかけの手紙の上に広がって、いくつもの斑点《はんてん》を描いた。

間違いない。あれはスカール炭鉱にいた労働スパイのフーだ。

ホテルの地下室に入って中から鍵を閉め、マードックは独りごちた。

宿帳には、「ジョー・ヒュウガ」とサインをしていた。やつは華丹人だとばかり思っていたが、今度は日下人のような名前を使っている。実際、万博では日下國館で通訳をやっていると言っていた。

どちらが本当でどちらが嘘《うそ》なのか。それとも、どちらも嘘なのだろうか。

やつが万博に姿を現したということは、またニュータイド探偵社が動き出していると考えるのが妥当だろう。いや、だが確かフーは探偵社を首になったのではなかったか?

これは「スリーパー」に知らせなければなるまい。

マードックはそう思ったが、タイミングが重要だった。すでにモーレイズは解体している。かつて部下だった時のように、馬鹿《ばか》正直に報告する必要はないだろう。うまく金に換える方法を考えなければ。

ふと部屋の隅に目を向けると、耐火煉瓦《れんが》を積んで作った焼却炉があった。石油バーナーを利用したもので、千五百度まで熱することができる。どんなものでも灰にしてしまう自慢の逸品で、ホテル内のどの設備よりも金を掛けた。だが残念なことに、まだ一度も使っていない。

「あなた？　いらっしゃるの」

その時、地下室の鉄の扉をノックする音が聞こえた。

愛する妻、リンディの声だ。そちらに歩いて行き、マードックは扉の内側から鍵を開けた。

「やあ、もう店は閉めたのかい」

「ええ。お客様も皆、戻られたようなので……」

並んで立つと、リンディの方が頭一つ分以上、マードックよりも背が高かった。

上から見下ろされていると、己が卑小に思われているような気がして、ぞくぞくしてくる。

リンディは手に、液体の入った茶色い薬瓶を手にしていた。

「これ、ヒュウガ様が注文されていた睡眠薬と一緒に、今日、お店に届いたのですけど……」

「ああ、私が頼んでおいたんだ」

「入ってもよろしいかしら」

「もちろんだとも」

マードックはリンディを中に招じ入れる。

「このお部屋に入るのは初めてですわ」

「何もないよ。ゴミを燃やす焼却炉があるだけさ。……さあ、こちらへ来て座って」

地下室の隅には、病院に置いてあるような簡素なベッドがあった。

リンディは素直にその縁に腰掛ける。田舎町の医者の一人娘として育った、人を疑うことを知らない素朴な女だ。

ああ、私は君の、そういうところを好きになったのだよ。心から愛している。

「さあ、その薬瓶をこちらに」

ベッドの縁に腰掛けたリンディに、マードックは優しい声を掛ける。

「これは何のお薬ですの？」

「喘息《ぜんそく》の薬さ。君が苦しんでいるのを見ていられずに、取り寄せたんだ」

無論、嘘だ。

「まあ……」

潤《うる》んだ瞳でリンディがマードックを見る。

「何てお優しいの。やっぱり私、あなたに付いて来て良かったわ」

「これは気管支を広げる薬なんだ。飲むのではなく、鼻と口から吸い込むのさ。母体に何かあってはいけないからね」

それも詭弁《きべん》だった。

リンディから、子供ができたかもしれないと聞かされたのは先週のことだ。

胸ポケットからハンカチーフを取り出すと、マードックは薬瓶の蓋《ふた》を開き、十分にそれを布に染《し》みこませた。

「さあ」

そしてリンディの傍らに座って肩を抱き、そっと鼻に押し当てた。

途端に、リンディが激しく咳《せ》き込む。

「大丈夫かい」

ハンカチーフを外し、心配するような声でマードックはリンディの背中を擦《さす》る。

「このお薬、ひどい臭《にお》い。鼻がひりひりしますわ……」

「仕方ないよ。良薬ほど味や臭いはひどいものさ。さあ、我慢して、もう少し試してみよう」

マードックがそう言うと、リンディは意を決したように頷いて瞼《まぶた》を閉じた。

再びマードックはハンカチーフを鼻と口に押し当てる。リンディは眉根《まゆね》を寄せ、膝《ひざ》の上に置いた拳をぎゅっと握ったが、今度は咳き込むこともなく、我慢して吸引を続けている。

「あなた……気分が……まだ続けますの……」

数分が経過した頃、漸《ようや》くリンディが消え入りそうな声を出した。

「そうか。じゃあベッドに横になりたまえ。だが、ハンカチーフを離してはいけないよ」

リンディの体に手を添えてベッドに寝かせると、マードックは立ち上がった。

壁にある棚を開くと、そこには鋸《のこぎり》やプライヤー、木槌《きづち》などの七つ道具が並んでいる。他には縫い針やテグスなど。

炭鉱時代、モーレイズの手先として、自警団の連中や炭鉱の企業側管理職、時には労組潰しのために潜り込んできた労働スパイの誘拐や殺人、拷問《ごうもん》などを行っていた頃から愛用している、使い込んだ道具ばかりだ。

振り向くと、リンディはハンカチーフを顔に当てたまま、ぐったりしていた。ベッドに近づくと、マードックはまず呼吸を確かめ、リンディの胸の谷間に耳を当てた。よし、死んではいないようだ。微かだが心臓は動いている。

少しくらい意識が残っている方が、ずっといい。

「世界中で一番綺麗《きれい》になれるよう、今から私が改造してあげよう」

風船のようにお腹《なか》を膨らませたリンディの醜い姿など想像したくもなかった。

「女」と「母」は違う生き物だ。リンディがそうなってしまわないうちに、とびきり美しい姿を銀板写真《ダゲレオタイプ》に残しておきたい。

残念なのは、それが済む頃には、愛《いと》しい人とはお別れが来ているということだ。

肉屋が使う前掛けを身に着け、ゴム手袋を嵌《は》めると、マードックは棚にある道具から、まず裁ち鋏《ばさみ》を手に取った。

6

真夜中になると厳重に施錠され、正面から入るのは難しくなる日下國館の十三層の楼閣も、外の足場を伝っていけば、案外簡単に上層に辿り着くことができる。

最上層の次の間となっている十二層目の外回廊に足を踏み入れ、マッチを擦って持参してきたランタンに火を点《とも》すと、八十吉は針金を取り出して錠前を破りに掛かった。

建物の施工を担当している「有田佐七土木会社」の職人たちは、万博会場の外れにある仮設の長屋を宿舎にしていた。お隣には手違いで一年も早く到着してしまった、十数名のピュグマイオイ族の家族が住んでいる。

職人たちは朝が早いので、意外に宵っ張りの者は少ない。酒盛りや賭《か》け事をしていても、日が暮れて湖畔から梟《ふくろう》の声が聞こえてくる頃には、皆、布団《ふとん》の中に潜り込んでしまう。

八十吉が動き出すのは、他の連中がすっかり寝静まった真夜中過ぎからだった。宿舎を抜け出し、万博会場の中を日下國館があるラグーンに向かって走り出す。作業用に設置されている瓦斯燈《ガスとう》は、午後九時になると消灯されてしまうから、頼りになるのは月明かりだけだった。

もう何度もやっているから手慣れたもので、針金だけで錠前は簡単に外れた。土木会社のお偉方や、他の職人たちも、夜中にこっそり八十吉が十三層に出入りしていることは気づいていないだろう。

次の間に入り、周囲をランタンで照らすと、金箔《きんぱく》が貼《は》られた襖《ふすま》に描かれた鶏や虎《とら》や亀《かめ》や竜に、まるで番人のように睨《にら》みつけられているような気分になった。こればっかりは、何度忍び込んでも慣れない。

辺りには、まだきちんと整理されていない展示物の入った箱が所狭しと置かれている。

闘蟋《とうしつ》に使われる養盆や虫壺《むしつぼ》、茜草《せんそう》。樟脳《しょうのう》の香りが漂ってくる木箱には、天府時代に描かれた危《あぶ》な絵《え》や、捔力《すまいとり》の絵などが入っている。

いずれも故国ではたいへんな価値のあるものだ。

だが、八十吉の興味はそこにはなかった。

伊武。

夜な夜な八十吉を呼び寄せるのは、あの機巧人形だった。

深呼吸をし、八十吉は螺旋《らせん》階段を踏みしめるように一段一段上がる。

最上層に入り、ランタンを翳《かざ》すと、上段の間に伊武の姿があった。

相変わらず同じ姿勢のまま、長須鯨《ながすくじら》の絵が入った四つ脚の箱に腰掛けている。

伊武を初めて見た時の衝撃は忘れられない。それまで一度も感じたことのない、胸が締め付けられるようなあの気持ち。相手は血の通わぬ人形だというのに。

床にランタンを置き、八十吉は伊武の正面に端座した。

長い睫毛《まつげ》の奥にある暗緑色の瞳《ひとみ》の中で、炎の明かりが揺らめいている。

かつて天府にあったこの十三層は、建物全体が遊廓《ゆうかく》を形成しており、最上層にあるこの部屋は、遊女たちの頂点たる太夫《たゆう》の控える部屋だった。「伊武」というのは、その幻の太夫の名で、機巧人形の伊武も、そこから名付けられたものだという。

無言のまま、伊武はじっと八十吉を見下ろしている。

八十吉も伊武を見つめ返す。そうやって何時間でも過ごすことができた。気がつけば夜が明けそうになっていたことも何度かある。

伊武に触れたことは、まだ一度もなかった。その姿は神々《こうごう》しくて、近づく気にもなれなかった。己のような者が伊武に触れれば、汚してしまうか壊してしまいそうな気すらした。

この機巧人形は、百年ほど前までは己の意思を持ち、生身の人間同様に動き回り、話していたと聞いた。

どのような声だったのだろう。八十吉は想像を巡らせる。

娘のように高い声をしていたのだろうか。それとも艶《つや》やかな低い声か。その声が、八十吉の名を呼ぶところを想像すると、身悶《みもだ》えしそうになった。

伊武と出会えただけで、新世界大陸に来た甲斐《かい》があったと八十吉は思った。このまま伊武が万博に寄付されるようなことがあれば、八十吉も故国を捨て、この国で生きていこうとすら思っている。

八十吉は童貞だった。

一緒に働いている職人たちは、給料日には連れ立ってゴダム市街の外れにある娼館《しょうかん》に繰り出し、からかい半分に八十吉も誘ってくるが、八十吉は半ば本気で、伊武のために生涯純潔を守ろうかとすら考えていた。

これが初恋というものなのだろうか。

だが、伊武を己一人のものにしたいと思っても、それは叶《かな》わない。伊武は日下國を代表する展示物であり、そもそも個人が所有できるものではなかった。金を積めば、或《ある》いは何とかできるのかもしれないが、八十吉にそのような財力があるわけもなく、今後もどうにかできそうには思えなかった。

伊武を盗み出し、生涯、大陸を逃げ続けることも考えたが、現実的ではない。まずこの十三層から盗み出す手段すら、八十吉には思い付かない。

このように伊武と二人きりの夜を過ごせるのは、今のうちだけなのかもしれない。

不意に八十吉はそう思った。万博が開幕すれば、たくさんの客がこの日下國館を訪れるだろう。修繕のために残る何人かを除けば、職人たちも帰国することになる。万博が終わった後は、もう八十吉には伊武に近づく機会すら訪れない恐れもあった。

そんなことを考え始めると、いてもたってもいられない気分になった。

八十吉は立ち上がると段差を上がり、伊武が生きている女なら、その息づかいすら感じられてもおかしくない距離まで近づいた。

跪《ひざまず》くようにその傍らに座し、細く白い指先を握ってみた。

冷たい。

その冷たさに、今さらながら八十吉は切ない気持ちに駆られる。

伊武は虚《うつ》ろな瞳で、先ほどまでと同じ場所を見下ろしていた。

「伊武」

初めて八十吉は、そう伊武に語り掛けた。

無論、返事はない。

「……許してくれ」

こんなことは最初で最後にするつもりだった。

縋《すが》りつくように、八十吉は伊武の体を抱きしめる。

細かったが、しっかりとした骨格が感じられた。

伊武からは、梅の果実のような香りがした。うっとりとした気持ちで瞼を閉じ、八十吉は伊武の着物の合わせに耳を押し当てる。胸板は薄かったが、確かに柔らかな女の乳房の感触があった。

ああ、このからくりが動いてくれたなら――。

かちり。

どこかで微かな音がした。

瞼を閉じた八十吉の耳の奥にある蝸牛《かぎゅう》の輪が、伊武の胸の奥にある音を拾う。天輪《てんわ》が回転し、振り石にぶつかる微かな金属音。小さな力だったそれは、やがて微少なものから大きなものへと、力を増幅させて何十万もの歯車を動かし始める。巻き上げられた撥条《ぜんまい》やバネが軋《きし》み、束ねられた何条もの鋼線が伸長し、張り詰める音。

八十吉は、自分は夢想しているのだと思った。伊武の体の内側に隙間なく詰め込まれた歯車が噛み合い、動いている様が、頭の中にはっきりと像として浮かび上がる。

俺も機械になりたい。伊武の歯車の一つになりたい。洪水のように押し寄せ、回転する歯車の渦の中を漂うような気分で、八十吉はそう思った。

「縋りつくのはよしてください」

どこからか、女の声がした。

はっとして八十吉は瞼を開く。

誰かに見られたか。

すぐさま伊武から離れ、最上層の部屋の内部を見回す。

見たところ、誰もいない。

先ほどと同じように、ランタンの明かりが部屋の中を照らし、炎が揺れるのに合わせて影が揺らめいているばかりだ。

空耳であろうか。後ろめたいことをしていたから、そんな声が聞こえた気がしたのかもしれない。

ほっと胸を撫《な》で下ろし、伊武の方を振り向いた時、八十吉の心臓は破裂しそうになった。

腰掛けていた四角い箱から、伊武が立ち上がろうとしている。

まるで初めて二本の足で立つ幼児のように、うまく均衡が取れず小刻みに揺れていたが、確かに伊武は動いていた。

長い睫毛のついた伊武の瞼が、何度か開いたり閉じたりする。

じれったくなるほどのゆっくりとした動きで伊武は腕を前に挙げると、そのまま一歩、二歩と近づいてくる。

「あなたは、どなた?」

果実のような唇が開き、その間から白い歯が覗《のぞ》いた。

言葉は、確かに動き出した機巧人形の口から発せられている。

情けないことに、八十吉は腰を抜かして、その場に尻餅《しりもち》をついてしまった。

あまりのことに気が動転し、自分でも何故《なぜ》、そうしたのかわからなかったが、あわあわと声を上げながら、床を這《は》いつくばるようにして逃げ出した。

螺旋階段を転げ落ちるように下層に降り、破った錠前を元に戻すのも忘れて外回廊に出ると、八十吉は高欄を飛び越えて十三層の外に出た。

7

——何があったのだ。

螺旋《らせん》階段の下にある十二層の部屋で、籐《とう》製の衝立《ついたて》の陰に隠れていた日向は、飛び出して行く八十吉の背中を見ながらそう思った。

上層で何かあったのは間違いなかったが、様子を窺《うかが》っていても、これといって物音も聞こえてこない。

伊武を盗み出す段取りを練るため、下調べに日向は人気のない日下國館に忍び込んだが、錠前を開けるのに思いのほか手間取ってしまった。

そこに、建物の外に架かった足場を誰かが上がってくる気配があり、見廻りかと思って日向は身を隠したが、現れたのは数日前に会った八十吉という見習い職人の少年だった。

手慣れた様子で八十吉は錠前を開き、中に入って行った。暫《しばら》く待ってから、気づかれないよう気配を殺して日向も後に続くと、最上層から、伊武の名を囁《ささや》きかける八十吉の声が微かに聞こえてきた。

何をしているのか覗いてみるか迷っているうちに、八十吉の叫び声が聞こえてきた。日向がすぐさま身を隠すと、間髪入れず、鞠《まり》のように八十吉が螺旋階段を転がり降りてきて、そのまま振り向きもせずに部屋の外へと逃げ出して行った。

暫く待っていても、何も起こる様子はなかった。意を決し、日向は物音を立てないよう用心しながら螺旋階段を最上層へと上がる。

「ああ……私のお尻の形がこんなにくっきりと……ごめんなさい、鯨《げい》さん」

八十吉が置き忘れたランタンの明かりが揺れる中、女の声が微かに聞こえてきた。

「誰が……誰がこんな酷《ひど》いことを……腰掛けじゃないのに……」

恨めしげに呻《うめ》く若い女の声に、日向は一瞬、背筋が粟立《あわだ》つのを感じた。

薄暗がりに目を凝らすと、四つ脚の箱の表面にふうふうと息を吹きかけ、己が着ている着物の袖《そで》で必死になって拭《ふ》いている女の姿があった。

これはどういうことだ。

床に蹲《うずくま》り、長須鯨の絵が描かれた箱を抱え込んでしくしく泣いている女の背後に、ゆっくりと日向は近づく。ほんの一間ほどの距離まで近づくと、女が身に着けている着物や、頭に据えられている絢爛《けんらん》な飾りが、以前、案内された時に見た伊武と同じものであることに気がついた。

まさか……。

そうは思っても、目の当《ま》たりにしているものを信じることができなかった。

嗚咽《おえつ》していた女が、近づいてきた日向の気配に気づいたのか、背を向けたまま動きを止めた。

「誰？」

女が呟《つぶや》く。

「いや……」

日向は言葉を詰まらせた。

「私を鯨さんに座らせたのは、あなたですか」

「違う」

相手が何のことを言っているのかわからず、日向はそう答えた。

女が振り向く。

やはり伊武だ。

黙って箱に座していた時には荘厳な雰囲気があったが、動き出した伊武は、ずっと幼く見えた。

涙で顔をぐしゃぐしゃにしており、目元の化粧を拭《ぬぐ》った跡が滲んで、隈《くま》のようになっている。下唇を強く噛み、眉間《みけん》に皺《しわ》を寄せて、抗議するような眼差《まなざ》しを向けてくる。

「ここはどこなのです。甚《じん》さんを呼んできてください」

伊武は立ち上がったが、花魁《おいらん》風に大きく盛って結われた髪と、無数の簪《かんざし》と櫛《くし》、笄《こうがい》が突き刺さった頭が重いのか、首を前後左右にぐらぐらと揺らしている。

うまくバランスが取れないのか、足を縺《もつ》れさせて今にも転びそうだ。三枚歯の高下駄を履かされており、何とか踏ん張ろうにも重くて持ち上がらないらしい。まるで頭と足元に枷《かせ》でも付けられているような按配《あんばい》だった。

「ああ、何てむごい仕打ち。私が何をしたというのです」

鼻緒が千切れるぶちっという音がして、伊武が体ごと日向の方に倒れかかってきた。慌《あわ》てて日向はそれを抱き止める。

ずしりとした重量が腕の中に感じられた。明らかに生身の女とは違う。

「大丈夫か」

「も、申し訳ございません」

錯乱していた様子の伊武が、日向の腕の中で、やっと少しだけ冷静さを取り戻したように言う。

「ここはどこなのです」

「……ゴダムという町だ」

日向から離れると、伊武は不安げな表情を浮かべて部屋の中を見回した。

「聞いたことがありません。天府からは、だいぶ離れているのかしら」

「ああ」

どれだけ遠いところにいるのか、説明しても通じるとは思えなかったので、日向は首肯するに留めた。

「私は眠っていたのでしょうか」

「そうだな」

「どのくらい……」

「聞いたところでは、百年ほどだというが……」

「え……」

口を開いたまま、伊武は絶句してしまった。

それから唇を震わせ、微《かす》かに言葉を漏らす。

「じゃあ、もう甚さんも……」

「誰だ、それは」

そう問うてから、日向は土木会社の番頭から聞いた話を思い出した。

伊武を製作したのは、釘宮久蔵という機巧師だったと言われている。

田坂甚内はその弟子だ。長らく公儀の精煉《せいれん》方手伝の役職に就いていたが、伊武は甚内の死後、機能が停止した状態で田坂邸の地下室で発見された。

伊武が言っている「甚さん」とは、おそらくその田坂甚内のことであろう。

「ここから出よう」

呆然《ぼうぜん》としてしまっている伊武に、日向はそう言った。

「事情は後で詳しく話すが、俺は伊武殿を連れ出しに来たのだ」

「私を……？」

曇りのない、緑色の澄んだ瞳で伊武が見つめてくる。

「その通り。必ず天府まで送り届けてやろう」

騙《だま》して連れ出すのは少し後ろめたい気もしたが、日向はそう続けた。

「よくわかりませぬが、付いていきます。私を鯨さんに座らせるような人たちのところにはいられません」

伊武はそう言うと、頭に突き刺さっている何十本もの飾りを鬱陶《うっとう》しそうに引き抜き、放り捨てた。高く盛られていた髷《まげ》が解け、付け毛や詰め物の綿が床に落ちる。

下げ髪になると、伊武の黒髪は腰の辺りまでの長さがあった。かつらなどではなく、頭皮となる部分に植毛されているらしい。

伊武は笄を二本だけ拾い、長い髪を手早く纏《まと》め上げて交差させて突き刺すと、簡単に髷を結い直した。続けて伊武は、腰掛けていた箱と同じ長須鯨の絵が入った分厚い帯を解き始める。動きやすくするためか、長襦袢《ながじゅばん》一枚の身軽な格好になった。

「せいっ」

そして伊武は袖を捲《まく》ると、気合いを込めて己が腰掛けていた四つ脚のついた箱を持ち上げようとした。

「持っていくのか」

まさかと思って日向はそう言ったが、伊武は頷《うなず》いた。

「これを置いて行くというなら、私もここから動きません」

「その箱は？」

腰掛けとしか思えなかったが、何やら訳があるらしい。

「正しくは天徳鯨《てんとくげい》右衛《え》門《もん》様と申します。見た目は箱にしか見えませんが、元は人間。今は機巧によって命を取り留めております」

何を言っているのかよくわからなかったが、伊武の表情は真剣そのものだ。

「大事なものなのか」

「そうです。命よりも」

箱を持ち上げようとする体勢のまま伊武は頷き、少し戸惑いながら付け加えた。

「この私に、命なるものがあればの話ですが……」

内心、日向はげんなりとした気分になったが、それでも機能停止していた時の伊武を担《かつ》いで万博会場の外に出るのに比べれば、ずっと容易《たやす》い。

予定外だったが、伊武を連れ出すなら今しかなかった。長ったらしい名前の書物の方は後回しだ。

「わかった。準備するからちょっと待て」

日向は自分が着ている外套《がいとう》を脱いで伊武に手渡す。

「どうすれば？」

受け取りながら、伊武は困惑した声を上げる。

「その格好は目立ちすぎる。上からそれを羽織ってくれ。足元は……足袋跣《たびはだし》で我慢するしかないな」

「わかりました」

洋装に慣れないのか、ボタンをはめるのに四苦八苦している伊武の横で、日向は帯と一緒に伊武が脱ぎ捨てた腰紐《こしひも》を使い、背負えるように箱の四つ脚を縛り付けた。

担ぐとずしりと重かったが、華丹《カタイ》戦役の時には、五十瓩《キログラム》を超える装備を背負って行軍したこともある。それを思えば、ずっとマシだ。甲羅でも背負っているような不格好さが気になるくらいだ。

「万博会場の外に出て、辻馬車《つじばしゃ》を拾おう」

振り向いた日向は、目に入ってきた伊武の姿に息を飲んだ。

男物の外套を着込み、頭を金色の笄で髷にして纏めた、和洋織り交ざった伊武の格好からは、ちぐはぐさは感じられなかった。むしろ、新しい調和のようなものすら覚える。

どうしてだろう。

歯車と撥条仕掛けの機巧人形が動いて喋《しゃべ》っているという異常な事態であるのに、それを素直に受け入れていることに日向は自分でも驚いた。

動き出すまでは、とても信じられぬと思っていたというのに。

伊武が顔を上げ、不安げな表情で見つめてくる。

その瑪瑙《めのう》を思わせる緑色の瞳の色合いの深さに、日向は背筋が寒くなった。

百年とは、もしかするとこの女にとっては一瞬の出来事なのではあるまいか。

或いはこんな眠りと目覚めを、何度も繰り返してきたのではないだろうか。

するとこの女は、想像を絶する太古からやって来たようなものだ。

そんな考えが日向の頭を過《よ》ぎる。

「あまり見ないでください。着方が間違っているのですか？」

だが伊武は、そわそわと自分の格好を見下ろして、不安げにそう言った。

8

万博会場の隅っこにある宿舎に逃げ帰った八十吉は、結局、一睡もできないまま夜明けを迎えた。

二階建ての飯場になっている有田佐七土木会社の宿舎の大部屋では、職人たちが思い思いの場所に薄っぺらい布団を敷いて潜り込み、鼾《いびき》の大合唱をしている。夜更《よふ》けに八十吉が戻ってきても、誰も気がつく者はいなかった。

慌てて飛び出してはきたが、八十吉は自分が見たものを信じることができなかった。己の妄想の果てに見た幻かとも思ったが、耳の奥には、伊武の唇から漏れてきた声がしっかりと残っている。

――縋りつくのはよしてください。

伊武はそう言っていた。

あれは、伊武の胸に顔を埋めるような真似《まね》をしたことの後ろめたさから聞こえてきた声だったのだろうか。

「今日は仕事は休みだってよ」

八十吉が職人仲間からそう聞いたのは、朝飯を食うために二階の大部屋から下の炊事場に降りて行った時だった。

「雨も降ってねえのに、外壁塗りも屋根《やね》葺《ふ》きも、造園の仕事もなしってのはどういうこった」

「こちとら故国《くに》の親兄弟に仕送りしなきゃならねえんだ。出面《でづら》が減ると困るんだよ」

文句を言いながら、白米に味噌汁《みそしる》、佃煮《つくだに》に漬物の朝飯を口に運んでいる男らの間に入り、同じように八十吉も食い始める。

飯場の賄《まかな》い女中たちが、あれこれと工夫して食材を和風に仕立てているが、八十吉はどうも、こちらの米が苦手だった。細長くて水分が少なく、炊《た》きたての白飯からは癖のある独特の香りがする。無理に日下《くさか》の食い方に寄せなくても、現地の旨《うま》い食い方が他にあるだろうと思うのだが、どうも洋食は年輩の職人たちには評判がよろしくないらしい。

「日下國館に泥棒が入ったらしいぞ」

仕事は休みと聞いて、朝飯のおかずをつまみに、早速、一杯やり始めていた連中のうちの一人がそう言った。

どきりとして、八十吉は動かしていた箸を止める。

「ゴダム市警が捜査に来ているらしい。それが終わるまでは、工事はできないとよ」

八十吉は青ざめた。慌てて逃げ出したために、いつもならきちんと元に戻してくる錠前も、そのままにしてきてしまった。

何が盗まれたのかは知らないが、そのうち八十吉を逮捕するために、制服を着たゴダム市警の面々が飯場に押し掛けてくるかもしれない。

いや、もしかすると動き出した伊武が何かをしでかし、それを隠すために泥棒が入ったなどと装《よそお》って、日下國館を立入禁止にしているのだろうか。

あれこれと考えを巡らせ、八十吉はびくびくしていたが、何も起こらないまま午後になった。

暇を持て余して大部屋でごろごろと寝返りを打っているうちに、やがて自分から日下國館の様子を窺いに行ってやろうかという気になってきた。

給料日にゴダム市内の帽子店で買ったハンチング帽を被《かぶ》り、仕事に出掛ける時と同じ、会社の屋号が入った印半纏《しるしばんてん》と裁《た》っ着《つ》け袴《ばかま》姿で階下に降りると、雪駄《せった》を突っ掛けて表に出た。

その時、隣の敷地から歓声が聞こえてきた。

見ると、暇を持て余した日下の職人たちと、隣の敷地に住んでいるピュグマイオイ族たちとが数名ずつ集まり、九柱戯《ナインピン・ボーリング》に興じていた。

きつく布を巻き付けたワインの瓶を三本三列でひし形に並べ、木製のボールを使って、板を並べたレーンを転がしている。何投で全部倒せるかを競うルールだ。

「おお、八十吉、起きたか」

職人の一人が、飯場から出てきた八十吉に気づいて声を掛ける。

その手には蒸留酒の瓶が握られていた。安酒のシュナップスかジンだろう。ピュグマイオイたちが相手だと賭けが成立しないから、負けた方がショットグラスでそれを呷《あお》るという遊びをやっているようだ。

勝負はピュグマイオイ族チームが優勢らしく、日下職人チームの方は、もう二人ばかり酔い潰《つぶ》れて地面にぶっ倒れている。

「こっちに来て、ピンを並べる係をやれ」

「いやなこった。休みの時まで下っ端《ぱ》仕事をやる気はねえよ」

「相変わらず生意気な野郎だ」

職人の男が苦笑いを浮かべる。八十吉の跳ねっ返りは、おおよそみんな知っているから、今さら誰も怒らない。

球を抱えたピュグマイオイの男が、それをピンに向かって投げた。背丈は八十吉よりも低く、子供同然だが、顔は濃い髭《ひげ》で覆《おお》われている。

フォームは出鱈目《でたらめ》だが、狙《ねら》いは正確だった。ピンが吹っ飛び、九本が全部倒れて転がる。

「くそっ、また一投で全部倒しやがった！」

ピュグマイオイたちが歓声を上げ、高く掲げた手を打ち鳴らし合う。酒瓶を握っている職人の男が、天を仰ぐように顔を上げ、手の平で目を覆った。

「へえ」

腕組みをして眺めていた八十吉は、感嘆の声を上げた。なかなかやる。

ピュグマイオイ族の家族が、日下職人の宿舎になっている飯場の隣に住んでいるのは、「展示品」として暗黒大陸からゴダムまで連れて来られた彼らが、手違いで早く着きすぎたからだ。

彼らが到着する前に、大急ぎで仮宿舎を建てるよう委員会から要請があり、日下國館の工事を一時中断して、飯場の隣に空いていた土地を地均《じなら》ししたが、間に合わなかった。

だがピュグマイオイたちは、日下國館と太鼓橋の建設で余った材料を与えただけで、器用に自分たちの住む草葺き屋根の家を建ててしまった。

相変わらず、お互いに言葉は通じないが、今やピュグマイオイたちは委員会が用意した子供服を着て過ごし、酒と煙草《たばこ》の味を覚え、毎日届けられるミルクのために、家畜の山羊《やぎ》の乳を搾《しぼ》るのをやめてしまった。

「俺にも投げさせろ」

見ているうちに我慢できなくなり、着物の袖を捲りながら八十吉はそう言った。ボーリングをやったことはないが、八十吉には武術の嗜《たしな》みがある。普段の鳶《とび》や大工、左官や庭師の仕事も、半分は修行のつもりでやっていた。

「一投で全部倒さなきゃ負けだぜ」

木製のボールを手渡しながら職人の男が言う。

八十吉はボールを摑《つか》んで構えた。肝心なのは当てる場所と方向、球の回転だと見て取った。力はあまり関係なさそうだ。

そう考え、八十吉はよく狙いをつけて、ボールをピンに向けて転がした。

「何でえ、その情けない球は」

拍子抜けしたように職人の男が言う。

ピュグマイオイたちも、八十吉が投げた球を見て笑っている。

「球がピンに当たってから言えよ」

鼻の下を指で擦《こす》りながら八十吉は言う。

のろのろと転がっていった球が、ひし形に並べられたピン代わりのワインの瓶の先頭に当たる。後は、ぱたぱたと連鎖するように全《すべ》てのピンが倒れた。

ピュグマイオイ族チームと日下職人チームの両方から、感嘆するような声が漏れた。

「偶然にしちゃあ、大したもんだ」

職人の一人が言う。まあ、狙ってやったようには見えまい。

その時、背後で物音がした。

八十吉が振り向くと、四角い箱のようなものを構えた白人が立っている。箱の正面の蓋が開いており、中から蛇腹状の筒が伸びていた。先端には丸いレンズが付いている。おそらく写真機であろう。最新モデルの折り畳み式ボックスカメラとかいうやつだ。

白シャツの上にウェストコートを着用し、サスペンダーでズボンを吊《つ》っている。襟元をクラヴァットで飾った金髪のその男は、長く伸ばした前髪をさっと掻《か》き上げると、また写真機を構えた。

挨拶《あいさつ》も礼もなしに撮影を終えると、男はさっさとその場から立ち去った。不遜《ふそん》な態度だったが、万博会場にいる白人たちの多くはそんな様子だったから、あまり気にもならない。だが、何だか嫌な感じのする男だった。

万博の建設現場は関係者以外立入禁止だから、一般人ではない。かといって労働者にも見えなかった。新聞記者か、そうでなければ委員会に雇われた記録係か何かだろう。

八十吉は自分が倒したワインの瓶を元の通りに並べ直すと、その場から離れて日下國館へと足を向けた。

万博会場の北側の端にある宿舎からだと、ごちゃごちゃと細かく区画整理された展示館の間の小路を行き、北池《ノース・ポンド》と名付けられた人工池を迂回《うかい》して、太鼓橋へと向かわなければならない。

少し前までは、手や足を動かして働いているのは殆《ほとん》どが黒人や華丹人などの有色人種ばかりだったが、今はエアルランド系の白人労働者たちも、渋々という表情ではあるが、汗を拭いながらモルタルを捏《こ》ねたり材料を運んだりしている。

ストライキだとか言って、パイプ煙草を燻《くゆ》らせながら資材の板の上でトランプに興じたり、酔っ払った呂律《ろれつ》の回らない口調で、有色人種の労働者に上官気取りでああしろこうしろと指図をしているやつは見かけなくなった。

そういえば、台の上に立って演説している労組の幹部も見かけない。工事は驚異的に捗《はかど》り始めており、更地ばかりが目立っていた会場内には、趣向を凝らした建物が次々に建ち上がりつつあった。すでに屋根葺きや外壁の作業を始めているパビリオンもある。

ラグーンに架かる幅十間の太鼓橋の手前に来ると、そこには官帽に制服を身に着けた、ゴダム市警の警官と思われる男が二人、見張りに立っていた。
欄干の手摺《てす》りから手摺りにロープが張られており、勝手に太鼓橋を渡って日下國館
や庭園には行けないようにしている。
警官のうちの一人が、じろりと八十吉を睨み、早口で何か捲《まく》し立ててくる。工事は
休みだとか、すぐに帰れとか、そんなようなことを言っているようだ。
仕方なく八十吉が踵《きびす》を返そうとした時、太鼓橋の向こう側から、誰かが歩いてくる
のが見えた。
知っている顔が三つ。
一人は、委員会から派遣されてきた通訳の日向丈一郎。
それに、八十吉が働いている有田佐七土木会社の番頭。
いま一人は、この万博の総監督であるコリン・バーネットとかいう白人だ。前に一
度、視察に来ているところを見たことがある。
他には捜査関係者と思われるサックスーツ姿の男が二人と、制服警官が数人、付き
従っていた。
「八十吉、何をやっている」

太鼓橋の袂《たもと》に立っている八十吉に、日向よりも先に番頭が気がついて声を上げた。

「今日の工事は中止だぞ。聞いていなかったのか」

番頭の口調は意気消沈したように弱々しい。怒る元気もないようだ。

無理もない。万博の呼び物になると目されていた伊武が忽然《こつぜん》と姿を消してしまったのだ。

このまま見つからなければ、委員会だけでなく、本国からも厳しく責任を追及されることになる。

「いきなり休みだって言われても、現場が気になって、つい来ちまったんだ」

「君は真面目《まじめ》なんだな」

日向は橋の入口に張られたロープを摑んで持ち上げ、それをくぐった。

「日下國館に泥棒が入ったって聞いた。何が盗まれたんだ」

「お前は知らなくていい」

同じく屈《かが》んでロープをくぐりながら、面倒くさそうに番頭が言った。

「隠してもすぐにわかりますよ」

肩を竦《すく》めながら日向は言う。

「伊武がいなくなった。君、心当たりはあるかな？」

鎌《かま》をかけるつもりで日向は八十吉にそう問うた。日向の姿や、伊武を連れ出すところを見られている可能性は低いと思ったが、万が一がある。

八十吉は日向を見据えたまま、首を横に振った。こちらも慎重になっているようだ。

「君は誰だ。許可があって敷地内に入っているのか」

その時、怒りを孕《はら》んだバーネットの声が聞こえた。八十吉に向かって発せられたものではない。

何事かと思って日向がそちらを見ると、太鼓橋の袂から少し離れた場所で、ボックスカメラをこちらに向けて構えている金髪の男がいた。

「もちろん、許可は得ていますよ。総監督のコリン・バーネット氏ですね？」

悪びれた様子もなく男はそう言い、金色をした長い前髪を手で掻き上げながら、歩いてくる。

「『ゴダム・ニュース・ポスト』の記者の、エドガー・ポートマンといいます。そしてこれは、最新モデルのロールフィルム式ポータブル・ボックスカメラ。これまでのものとは違い、獲物を狙撃《スナップショット》する如《ごと》く、素早く撮影することができる」

ポートマンは再び寫真機を構えた。今度は日向の顔にレンズを向けている。

「私の顔を撮影するのはやめてくれ」

遮断するように手を前に出して日向は言う。

「これは失礼。初めまして……ですかな？」

「そうだと思いますが」

含みのある言い方をするポートマンに、困惑しながら日向は返事をする。

「そうですか？　私は以前、『アグロー・タイムス』の特派員として華丹戦役の従軍記者をしていたことがあります。日下國の座毛崎《ざもうさき》港に滞在して記事を書き、本国に電文を送っていたこともある。そのどちらかで、お目に掛かったことがあるのでは」

「人違いでしょう。私は華丹に行ったことはありませんし、座毛崎に住んでいたことも……」

日向は嘘《うそ》をついた。まずい相手に会ったという直感があった。

ポートマンは、にやにやとした笑いを浮かべて日向を見ている。

日向の方では、この男に見覚えはなかった。

「知り合いかね？」

バーネットが口を挟む。

「いや、こちらの勘違いだったようです」

日向が答える代わりに、ポートマンが言った。

「何でも、日下國館に泥棒が入ったとか」

「それについて取材に来たなら、まだ記事にするのは待ってくれ」

困った表情を浮かべてバーネットが言う。

「どうしてです？　広く記事にした方が、盗難物も出てくるかもしれないし、犯人を捕まえる手助けになるかもしれない」

「……ポートマンさん、少し時間はおありですかな」

「ええ、ありますよ」

ポートマンが、薄ら笑いを浮かべて、また前髪を掻き上げる。

「では、昼食でもご一緒にどうです。ゴダム市内に、旨い地牡蠣《ブルーポイント》を出すレストランがあります。お互いの今後の利益のために、よく知り合っておいた方が良いと思うのですが……」

「同感ですね」

ポートマンが頷く。

日向はうんざりした気分になった。バーネットは金でも渡して懐柔し、記事の内容をチェックするつもりだろう。ポートマンの方も、それを目当てに足を運んできたのかもしれない。だとしたら一種のごろつきだ。周囲にこの手の輩《やから》が多いのか、バーネットの対処も手慣れたものだ。

「ミスター日向も一緒にどうです」

「私は遠慮しておきます」

不用意にこのポートマンという男と同席するのも避けたかったが、生牡蠣《なまがき》など想像するだけで胃液が込み上げてくる。

「工事は……」

傍らにいた土木会社の番頭が、不安そうな声を上げる。

「現場検証が終われば、明日からでも再開できるでしょう」

市警の捜査員がそう言うと、番頭はほっとしたように息をついた。

「伊武が盗まれた上に、工事まで遅れたとあっては……」

「聞き込みをすればすぐに人形の行方はわかることでしょう。何しろ人間の女と等身大の人形だ。運び出そうと思ったら、大の男の二人や三人は必要でしょうし、馬車も使わなければならない。棺桶《かんおけ》なみの大きさの箱もいる。人目から隠そうとしても、目立たずにゴダム市の外に出ることは不可能ですな」

捜査員が、自信たっぷりにそう言った。

「もっとも、その機巧人形《オートマタ》とやらが、自分の足で歩いて出て行ったというなら、話は別ですがね」

捜査員が笑い声を上げる。合わせてバーネットとポートマンが苦笑いを浮かべ、番頭が溜息《ためいき》をつく。真顔なのは日向と八十吉だけだ。

「委員会も捜索に協力しよう。伊武は、観覧車《ホイール》と並ぶ万博の呼び物になるかもしれぬと私は考えている。労組対策にニュータイド探偵社を雇っているから、そちらからも働きかけてみる」

バーネットがそう言うと、ゴダム市警の捜査員は、あからさまに不服そうな表情を浮かべた。

ゴダム市警の捜査員と警官たちが、再び太鼓橋を渡って日下國館に引き返して行き、土木会社の番頭とバーネットが、ポートマンを連れて昼食へと向かうと、日向は宿泊先のゴダム・パラダイス・ホテルに戻るため、万博会場の外へと足を向けた。

「おい、待てよ、あんた」

暫くすると、八十吉が息を切らせながら日向を追ってきた。

「何だ。まだ何か用か」

日向は一刻も早くホテルに戻りたかった。

ホテル経営者のマードックに、部屋に女性を泊めていることは伝えていたが、置いてきた伊武が、言いつけ通り大人しくしているか心配だった。

「あんた、何を知っているんだ」

「何を……とは？」

「さっき、『伊武がいなくなった』と言ったよな。『盗まれた』ではなく、確かにそう言った」

「そうだっけ？　聞き間違いじゃないか」

しまったと思いながら日向は答える。

「いや、絶対にそう言った」

「だとしたらどうだというんだ」

「それは……」

今度は八十吉が口籠《くちご》もる番だった。

日下國館の最上層に忍び込んだところを、日向に見られていたとは気づいていないようだ。不用意なことを言えば、たちまち自分が御用になるかもしれぬと八十吉は懸《け》念《ねん》したのであろう。

「それ以上、話がないなら私は行くが」

言い終わらないうちに、日向は足早に八十吉から離れようとした。まったくもって煩《わずら》わしかった。先ほどのポートマンという記者も、この八十吉という少年も。

ニュータイド探偵社のエージェントである小鳥《フィンチ》には、今朝方、電文を打っておいた。ホテルにやつが現れ、何も知らない伊武を引き渡せば、仕事は八割方、終わりだ。「其機《そのき》巧巧《こうこう》之《の》如何《いかん》を了知するに能《あたわ》ず」という書物の方は、ほとぼりが冷めた頃に盗み出せばいい。こちらは伊武を連れ出すことに比べれば遥《はる》かに簡単だ。時間もまだまだある。通訳の仕事をこなしながら、じっくりと機会を窺えばいい。

バーネットは、ニュータイド探偵社を使って伊武を探させると言っていた。これも心配には値しないだろう。そもそも伊武を盗むよう日向に依頼してきたのが、そのニュータイド探偵社なのだ。労組潰しとは別の案件だが、フィンチが上手《うま》く裏で調整してくれるに違いない。公警察のゴダム市警など、取るに足らない相手だ。

ちらりと振り向くと、八十吉は追ってくることもなく立ち尽くしたまま、じっと日向の背中を見つめていた。彼がどうやって伊武を動かしたのかは知らないが、そんなことはもう、どうでも良かった。

辻馬車を拾おうとして考え直し、サウスサイドの街区をホテルのあるレイヴン通りまで歩いて行くことにした。

早く戻りたいのは山々だったが、フィンチが到着するまでの数日の間、そして伊武を引き渡した後に怪しまれずにホテルから送り出すために、あれこれと事前に準備しておかなければならない。

ちょうど良い具合に、蚤の市《バザー》の立っている教会を見つけた。

房状の黄色い花が開花したアカシアの木が中央に生える教会の広場で、台の上に並べられた衣料や雑貨が売られている。

万博誘致で急激に人は増えたものの、商店の数はまだその需要に追いついていないようで、バザーはかなりの賑《にぎ》わいを見せていた。

「旅行中なのだが、妹に着せる服が欲しい。新しく仕立てている時間がなくてね。手頃なものはないかな」

古着を扱っている店の前に立ち、咳払《せきばら》いをしてから、日向は口から出任せに店主にそう伝えた。

東洋人が珍しいのか、それとも日向のような大の男が、女物の服を所望したからか、老齢の店主は訝《いぶか》しげな表情を浮かべて見つめてくる。

「靴と……えーと、それから下着も」

「女性用のものでよろしいので？」

「ああ、そうだ」

言いながら、日向は顔から火が出そうだった。

だが、長襦袢姿のままではいかにも目立つ。フィンチに引き渡した後、あれでは道も歩けない。

店主は訝しげな表情を崩さなかったが、問われるままに日向が伊武の背丈や体格を伝えると、それらしいサイズのものをいくつか選んで持ってきた。

そのうちの一つが、日向の目を引いた。

流行《はや》りの肩の膨らんだバルーンスリーブのワンピース。素材は手触りの良いベルベットで、色合いは落ち着いた藍色《あいいろ》だ。襟から胸元にかけては白いレースの飾りがある。

これと同じ服を、日向は見たことがあった。思い出そうとして首を捻《ひね》る。

そうだ。ホテルに併設された薬屋でリンディがこれを着ているのを何度か見たことがあった。

「その服がお気に入りで？」

ワンピースを手に取ってじっと見ていた日向に、店主が言う。

「いや……」

何と答えたら良いかわからず、日向は曖昧《あいまい》な返事をした。

「良い品ですよ。まだ持ち込まれたばかりのものだ」

「そうなのですか」

「ええ、つい二、三日前に、まとめて何着か。仕立ての良いものばかりで、他は全部、売れてしまいました」

これからお腹《なか》も大きくなって、当分は着られなくなるから、古着として売ったということだろうか。

「持ち込んだのは、これを着ていた女性ですか？」

「いや、眼鏡を掛けた小柄な中年男です」

すると、マードック氏であろうか。

「お買い上げになりますか」

「そうですね。他も全部いただこう」

実際に着せてみなければ伊武の体のサイズに合うかわからず面倒だったのと、女物の衣服を吟味することに照れや恥ずかしさもあって、店主が見本に出して来た衣服や下着、靴、帽子、手袋に至るまで、一式全て購入することにした。どうせ支払いはニューヨーク探偵社に経費として請求できる。

「後で、こちらのホテルに届けてください。四〇四号室に宿泊しているジョー・ヒュウガと言えばわかる」

メモ帳に自分の名前とホテルの住所を書いてページを破り、現金を取り出して一緒に渡すと、その金払いの良さに目を丸くしている店主に背を向け、日向は教会の庭から出た。

路面機関車《スチームトラム》が騒音と煙を撒《ま》き散らしながら通り過ぎるのを待ち、行き交う馬車をうまく躱《かわ》して通りを足早に横切る。どこに行っても馬糞《ばふん》の臭《にお》いがするのはアグローと同じだった。馬車での交通が増した分、道端に捨てられる糞の量も急に増えた。ゴダム市では対処に四苦八苦しているという。衛生は万博開催に於《お》ける大きな課題の一つだ。何万人もが集まる万博での疫病《えきびょう》の発生を、委員会はもっとも恐れている。

十五分も歩くと、「ゴダム・パラダイス・ホテル」の煉瓦《れんが》造りの赤茶けた外壁が見えてきた。

表通りに面した薬屋の、大きなガラス窓を覗《のぞ》き込んでみたが、中は薄暗く、店先にリンディの姿はなかった。商品棚には埃《ほこり》が被らないようにするためか、布が被せられている。通りからの入口には「閉店《クローズ》」の札が下がっていた。

やはり妙だ。

そう思いながら、日向は建物の角を回り込み、ホテルの正面玄関のガラス扉を押して中に入った。フロントにはマードックが立っており、頻《しき》りに眼鏡を布で磨いている。

「やあ、お帰りなさい、ヒュウガ様」

入ってきた日向に気づき、マードックは手にしていた眼鏡を鼻に装着すると、快活で明るい声を上げた。

このところはすっかり打ち解け、お互いに気安く名前で呼び合うようになっていた。日向としても、まるで我が家に帰ってきたような安心感がある。

いつものように、フロントの上に置いてある羽根ペンの先をインク瓶に浸し、出された台帳に日向はサインをした。

マードックが、何やらにやにやとした笑いを浮かべて日向の顔を見ている。

「私の顔に何か？」

「いや……ヒュウガ様も隅に置けませんな」

咳払いをしてマードックは言う。

「お部屋にいる日下美人のことですよ。正直、驚きました。あんなに美しい人は見たことがない」

部屋に女性を泊めていることは、マードックには伝えていた。伊武にも、清掃やシーツ交換、洗面所の水の交換のためにホテルの者が入ってくるかもしれないことは言ってある。

マードックは誠実で信頼できるし、どちらにせよ言葉は通じないから、伊武さえ大人しくしていればやり過ごせる筈《はず》だった。

「何でしたら、夫婦向けの部屋に移りますか？」

「いや、このままで結構。彼女は仕事で預かっているだけです。数日のうちには知り合いが引き取りに来る」

「これは余計な気を回しました。そうですか。数日中に……」

心から残念そうにマードックは言う。

「それよりも、今日は薬屋の方は休みなのですね」

日向は話題を変えた。あまり伊武について深く話し込みたくない。

「ええ、当分は休みになります」

肩を竦めてマードックが言う。

「そういえば細君の姿も見かけませんが」

「実を申しますと、子供ができましてね」

ここだけの話、といった感じでマードックがフロントのカウンターに身を乗り出して言う。

「ああ、やはりそうでしたか。先日、睡眠薬を買いに行った時、そんな素振りをしていましたから、もしやと思っていましたが……。おめでとうございます」

「恐縮です。だが、そのせいで少々、体調を崩しましてね。元々、体が強い方ではなかったのですが、悪阻《おそ》が出てしまいまして」

「それはまた……」

何と言って良いかわからず、日向はそう答えた。

「お話したかもしれませんが、リンディの父親は医者なのです。腹が大きくなる前の、今のうちに迎えに来ていただいて、故郷で出産させる手筈にしました」

「そうだったんですか」

日中はホテルにはいなかったので、気がつかなかった。

「万博開催に向けて、これから忙しくなりますからね。身重の体で倒れられたら大変です。当分、寂しい思いをすることになりますが、人手が見つかるまで、私が二倍働けば済むことです。子供が生まれてくると思えば、張り合いも出ますよ」

そう言ってマードックは腕まくりし、自分の胸を拳《こぶし》でどんと叩《たた》いてみせた。芝居がかった動きだったが、人の笑いを誘うユーモラスさがあった。

「では、薬屋で買い物は、今はできないのかな」

「いえいえ、当ホテルにご宿泊のお客様であれば、お売りできます。また睡眠薬がご入り用ですか？」

「いや、酒を……」

仕事は八割方、上手くいったも同然だ。祝杯くらいは上げてもいいだろう。

今日だけ特別だ。明日からまた断酒すればいい。

「わかりました。何をご所望です？」

「そうですね。ワインはありますか」

「ありますとも。女性向けで口当たりの良い、おすすめのものがありますが」

「いや、彼女はおそらく酒は飲みません」

酒だけではなく、伊武が飲み食いするのかどうかもわからない。

「私が水代わりに飲むだけなので、安いものでいいのだが……」

本当はシュナップスなどの強い酒の方が好みだったが、泥酔を避けるため、さすがにそれは控えた。ワイン程度なら、まあ大丈夫だろう。

フロントの向こう側にある踏み台から降り、マードックが回り込んでくる。

背丈は日向の顎《あご》くらいまでしかない。ちょこちょこと歩く様は、どこか童話に出てくる小人を思わせた。

「お好みは？」

「白を。赤は苦手なもので……」

「かしこまりました。少々お待ちを」

マードックはポケットから鍵《かぎ》を取り出し、商品を取りに行くために薬屋のドアを開いて、その向こう側に消えて行った。


白ワインの大瓶が二本入った紙袋を抱え、日向が四〇四号室に戻ると、伊武は通りに面した窓の傍らに立ち、外の風景を見下ろしていた。

ドアを開く音で日向が戻ってきたのに気がついたのか、こちらを振り向く。その表情には不安げなものが浮かんでいた。

「……よかった。日向さんですね」

薄い胸元に手を添えて、ほっとしたように伊武はそう言った。格好は、日下國館から逃げてくる時に身に着けていた長襦袢《ながじゅばん》のままだ。

「あれ、『十三層』ですよね」

窓は北を向いており、高い建物があまりないので、四階にあるこの部屋からは、かなりの広い範囲を見渡せる。

ずっと先に、伊武が展示されていた日下國館の建物が小さく見えた。

「そうだ。天府にあったものを解体して船で運び、移築している」

「世の中の様子は、だいぶ変わってしまったのですね」

「そう思うのは、ここが新世界大陸《ムンドゥス・ノーヴス》だからさ」

ひと先《ま》ず紙袋を置くと、日向は一服するためにパイプを取り出して刻み煙草を詰めた。

「鯨《げい》さんの上に物を置くのはやめてください」

マッチを擦って火を点《つ》けようとしている日向に、伊武が低い声を出す。

日向が視線を上げると、眉間《みけん》に縦皺《たてじわ》を浮かべた伊武が、こちらを見ていた。

「ああ、ごめん。ちょうど良い感じだったから……」

長須鯨《ながすくじら》の絵が描かれた箱の上に置いた、ワインの入った紙袋を日向は持ち上げる。

室内を見回したが、他にいい置き場所は見つからず、仕方なく部屋の隅にある棚の上に置き直した。

「今朝、出掛けた際に電文を打ってきた」

ソファに腰掛け、新たにマッチを擦ってパイプに火を点けると、煙を吐きながら日向は言った。

「電文？」

「つまり……知り合いに連絡を取ってきたんだ。数日のうちに、信頼できる男が君を引き取りにくる。それまでは、このホテルの外は出歩かないことだ」

「その人が、私を天府まで帰してくれるのですか」

「そうだ」

日向は嘘をついた。引き渡した後にフィンチが伊武をどこに連れて行くかまでは、日向の知ったことではない。

伊武は溜息を吐《つ》き、また窓の外の光景を眺め始めた。伊武と話していると、生身の女と話しているようにしか思えない。どうしても、歯車と撥条《ぜんまい》で動いている機巧人形とは思えないのだ。

尋常ならとても信じられないことだが、あまりにも伊武の佇《たたず》まいは自然で、疑うことすら忘れさせる。当たり前のように話しているのは、あまりに当たり前に伊武がそこに存在しているからだった。

「君は……本当に機巧人形なのか？」

不意にそんな言葉が口から出た。

もしかしたら、誰かに担《かつ》がれているのではないかという気がしてきたからだ。仕事を受けてはいるが、依頼主のニュータイド探偵社も信用できない。自分はもしかすると、騙《だま》されて生身の女を売り飛ばす計画にでも加担させられているのではないかという疑いすら浮かんできた。無論、昨日からの流れを思い起こせば、そんなことはあり得ないのだが、そう思わせるくらいに、伊武の所作は完璧《かんぺき》だった。

「お疑いですか？」

少しだけ日向の方を顧みて、伊武が寂しげに笑う。

「どうしても信じられず、生身の女かどうか試すためにとうとう相手を斬《き》り殺してしまったお侍様が、その昔、おりました」

そう言いながら、伊武は締めている腰紐《こしひも》を解き始めた。

生唾《なまつば》を飲み込む日向の前で、伊武は合わせていた長襦袢の前を広げる。下に腰巻きは着けておらず、痩《や》せた伊武の裸体が鮮烈に目に飛び込んできた。

胸板は薄く、乳房は小さかったが、その先端には桜色の蕾《つぼみ》があった。臍下《へそした》には薄くそそ毛も生えている。外観も細部まで本物そっくりに作られており、やはり生身の女にしか見えなかった。

恥ずかしさを感じないのか、伊武は照れた素振りも見せない。

「こちらへ来てください。心の臓の音がするか、それとも歯車と撥条の音がするか、直接、耳を当てて聞いていただければわかります」

日向は戸惑ったが、言われた通りに伊武の傍らに歩み寄った。まるで催眠術でもかけられたかのように、伊武の言葉に逆らうことができなかった。

前屈みになり、頭を伊武の乳房の谷間の高さに下げると、そっと伊武が、日向の頭を抱え込んだ。

しっとりとした冷たい肌に、日向の耳が当てられる。

その向こうから聞こえてくるのは、鼓動ではなく歯車の噛《か》み合う音と、バネや撥条が軋《きし》む音、そして天輪が回転して振り石にぶつかる金属音だった。

今さらながら、伊武の体内に詰まっているものが血潮でも肉でもなく、機巧なのだということを思い知らされる。

規則正しく刻まれるその音は、不思議と日向を安らいだ気分にさせた。

その時、部屋のドアをノックする音がした。

日向は我に返り、瞼《まぶた》を開く。

伊武の体から離れると、気まずさから咳払いし、部屋のドアの方へと向かった。

「どなたです」

フィンチが到着するには早すぎる。

「マードックです。お届け物があったので……」

おそらく、先ほどバザーで買った品だろう。

日向が内鍵を開くと、マードックが立っていた。手にはやはり、小包みのようなものを持っている。

「お急ぎの品だといけないと思いまして……」

「ありがとうございます」

荷物を受け取る時、ちらりとマードックが奥のベッドルームにいる伊武の方を盗み見るような仕種《しぐさ》をした。

日向が振り向くと、伊武はこちらに背を向けて、長襦袢の腰紐を締めているところだった。

「お邪魔でしたか」

「いや、そんなことは……」

どう答えたものかよくわからず、日向はお茶を濁した。

マードックが去ると、内鍵をしっかりと締め、伊武の方を向き直る。

「着替えが届いた」

そう言って日向は、どさりと荷物をベッドの上に置く。

「私のですか？」

「その格好は、この国では目立つ。足元もずっとそれでは心許《こころもと》ないだろう」

日下での流儀とは違い、ホテルでは部屋の中でも靴を履きっ放しだったが、伊武はずっと足袋跣《たびはだし》である。

「着てみたらどうだ」

小包みを縛っている紐を解き、包装紙を開くと、日向は衣類をベッドの上に並べ始めた。

「着方がわかりません」

困惑したように伊武が言う。

「これは下着だ」

仕方なく、日向は綿の白いドロワーズを手にして伊武に示す。

「腰巻きとは違い、二股《ふたまた》になっている。これを穿《は》いて、括袴《くくりばかま》のように膝上《ひざうえ》で裾《すそ》を絞って紐を結ぶ」

「はあ」

わかったようなわからないような調子で伊武が答える。

「上にシミーズを着たら、言ってくれ」

日向がそれを指し示して言うと、伊武は頷《うなず》き、再び長襦袢の腰紐を解き始めた。

伊武に背を向け、日向は棚の上に置いてあった紙袋の中からワインの瓶を取り出した。栓になっているコルクは緩く、手で握って少し捻《ひね》っただけで音を立てて抜けた。

同じく棚に置いてあった、愛用の湯飲みを手に取って注ぎ、それを呷《あお》る。

普段なら、この程度の弱い酒では酔いもしないが、断酒していたせいか、すぐに食道と胃に血が集まり、熱くなってきた。

「これで合っていますか？」

振り向くと、白いシミーズにドロワーズを着た伊武が、もじもじと恥ずかしげな様子で立っている。

「次はコルセットだ。こちらに背を向けてくれ」

手にしている瓶と湯飲みの置き場に困り、日向はそれを床の上に置いた。

長須鯨の絵が入った箱はテーブルとしても丁度良さそうだったが、上に物を置いたら伊武に怒られる。

伊武の胴にコルセットを当てると、腰がくびれて細く見えるように日向は後ろから紐でぎゅうぎゅうに縛っていく。

「面倒なものですね」

「日下式の着物の方が、ずっと面倒だ。それに、帯の方が苦しいんじゃないか」

　自分で着替えもできない子供の世話をしてやっているかのような按配《あんばい》だ。

　最後に衣服を選ばせると、伊武は少し迷ってから、リンディが着ていたワンピースを選んだ。

　伊武が衣服に足を入れ、袖《そで》に腕を通すと、日向が背中のボタンを止めてやり、一応はそれらしく仕上がった。

　洗面所に連れて行き、伊武に鏡を見せてやる。

「どうだ？」

「何といいましょうか……。不思議な気持ちです」

　両側から顔を挟むように手の平を添え、伊武は前屈みになって鏡に映った自分の姿を覗き込んでいる。頰が紅潮しているようだったが、相手は機巧人形だ。そんなふうに見えただけかもしれない。

　右を向いたり左を向いたり、鏡に背を向けて振り返ってみたりして、伊武は自分の姿を不思議そうに眺めている。

「なかなか似合うじゃないか」

苦笑いを浮かべ、日向はそう言った。

9

「なかなか似合うじゃないか」

同僚の野崎敬作《のざきけいさく》が、日向の顔を見て声を上げて笑う。

「よしてくださいよ、野崎さん」

そうは言ったものの、仕上がった自分の髪型を鏡で見て、日向も思わず、ぷっと吹き出した。笑っていられるような状況ではなかったが、差し迫った緊張感が、却《かえ》って気持ちを、おかしな形で麻痺《まひ》させていた。

それは異様な光景だった。数年来、同じ職場で机を並べてきた同僚たち十数名が集まり、二人一組となってお互いの額の生え際《ぎわ》を剃《そ》り、伸ばした後ろ髪を三つ編みにして、華丹人風の辮髪《べんぱつ》に結っている。

「こんなことになるとは思っていなかったな」

事務所の中を眺めながら、野崎が呟《つぶや》いた。

木製の机も椅子《いす》も、その上に置いてある台帳や伝票も、部屋の隅に積み上げられた出荷予定の荷物も、数日前のままだった。窓の外には石造りの商館が建ち並んでおり、建物の間からは、上滬湾《じょうこ》の青い海が覗いていた。いつもと違っていたのは、そこに日下軍の軍艦が停泊していることだった。

一八八四年、華丹——。

日下軍の第一軍が、華丹では第二の大きさを誇る幡子《まんじ》半島の先端部にある港町、幡《まん》子口《じこう》に上陸したのは、その年の十月だった。

南部戦地の攻略に当たり、「日華貿易商会」の従業員たちを通訳官として従軍させることが決定したのは、華丹戦役が勃発《ぼっぱつ》した前年の暮れのことである。

正式な軍人ではない日向らに最初に下された命令は、後ろ髪を長く伸ばすことだった。

その段階で、軍が日向らに何をさせるつもりなのかは予測がついたが、敢《あ》えて誰も口にしようとはしなかった。実際に敵地に送り込まれる前に戦役は終わるだろうと、同僚たちの誰もが思っていた。いや、願っていたからだ。

「商会は解散したんですよね」

そんな実感は日向には湧《わ》いてこなかった。実際にこうやって事務所は残っているし、同僚たちもみんな揃《そろ》っている。

「もうここに戻ってくることはないかもしれんな」

溜息まじりに野崎が呟いた。

華丹東部の河口部に位置する都市、上滬市で「日華貿易商会」が発足したのは一八七六年。日向が十八歳の時のことである。以来七年、商会はまさに、日向にとっての青春そのものだった。

御維新後、日下と華丹との間に締結された修好通商条約を背景に、日下政府が出資して設立された華丹の現地法人であった。主に商われていたのは、生薬やその方剤、医書を初めとした書籍、他には美術品、日用品などである。

日向は、一年のうち三分の一が雪に埋もれてしまう寒村で生まれた。村では神童と呼ばれるほどの秀才で、百姓だった両親は、地主から借金をして日向を尋常中学校に進学させる決意をした。早くに親元を離れた日向は、高等学校の大学予科を目指し、親戚《しんせき》の家に身を寄せて勉学に励んでいた。ナンバースクールの中では最も北に位置する二高を日向が受験したのは、十六歳の時である。

結果から言うと、日向は受験に失敗した。

失意の中、桜の散り始めた裏根丘陵の城址《じょうし》公園を日向が歩いている時、花見客で賑わう人たちの中に、遊説行脚《ゆうぜいあんぎゃ》の最中であった野崎の演説に出くわしたのだ。

「これからの東洋《イースタシア》は、お互いに手を取り合って白人列強国に対抗し、協同防禦《ぼうぎょ》に努めなければならない」

羽織袴に学帽を被《かぶ》った野崎は、必死になって声を張り上げていたが、花見客たちは少しも関心を寄せない。足を止めたのは日向ただ一人だった。

「貿易によって互いに国力を貯《たくわ》え、日華両国の経世済民に努めるのが第一義である。そのためには、若い力が必要なのだ」

挫折《ざせつ》によって人生の目的や自信をすっかり失っていた日向は、新たなる価値観を説く野崎の言葉に心打たれた。

最後まで演説を聴いていた日向に、野崎の方から握手を求め、声を掛けてきた。

野崎は、日向が受験に失敗した二高の学生だった。

日下陸軍参謀本部の将校と付き合いがあり、政府出資で華丹に設立予定の貿易会社のため、志に賛同する青年を探している最中だということだった。

日向は地元新聞社で坊やとして働きながら、誘われるままに野崎の住んでいる寮の部屋や、時には軍部高官の家で開催される華丹語と日華貿易の勉強会に参加するようになった。集まっている若者たちの多くは、野崎と同じ二高の学生だった。

「どいつもこいつも、いざとなるとてんでだらしがない。腰抜けばかりだ」

卒業を控えた野崎が、憤慨した様子で日向の勤める新聞社に姿を現したのは、出会ってから二年ほど経《た》った頃だった。

近くの蕎麦《そば》屋に昼食に誘い、話を聞いてみると、悲願であった貿易商会が、華丹の上滬市に、近く設立されることが決まったという。

野崎は帝大への進学を蹴《け》り、すぐさま参画することを決意したが、当然、同じように行動すると思っていた仲間たちが、誰一人として動こうとしなかったのだ。

「日向、お前はどうする」

真剣な眼差《まなざ》しで、野崎は返事を迫ってきた。

「少し時間をくれないか」

日向がそう答えると、心から残念そうに野崎は言った。

「お前は即答してくれると思っていたんだがな。わかった。どれくらい必要だ」

「そうだな。辞表を書くだけだから、五分といったところかな」

笑いながら、日向はそう答えた。

かくして日向は、野崎とともに華丹の上滬市に渡り、「日華貿易商会」の社員として働き始めた。

ふと気がつくと、日向は酔い潰《つぶ》れてソファの上で眠っていた。

低く唸《うな》り、床の上に転がっているワインの瓶に手を伸ばす。

グラス代わりに使っていた湯飲みが見つからず、瓶を逆さまにして舌を伸ばしたが、知らぬ間に二本とも空になっていた。

諦《あきら》めて再びソファに横になり、日向はポケットから懐中時計を取り出して時刻を確認した。午前三時を回っている。

痺《しび》れた頭でベッドに目を向けると、伊武は毛布をすっぽりと頭から被り、横になっているようだった。寝息は聞こえてこない。そもそも機巧人形は眠ることがあるのだろうかと日向は思った。眠るのならば、果たしてどんな夢を見るのか。

すっかり目が覚めてしまった日向は、億劫《おっくう》に感じながらもソファから起き上がり、手探りで洗面所のドアを開いた。ポケットを探ってマッチを取り出し、隅にある燭台《しょくだい》に火を点《とも》す。ぼんやりとした明かりの中、水差しを手にして、化粧台の上に置いてある金盥《かなだらい》に水を注いだ。

服を脱いで下着一枚になると、壁に掛けられたタオルを手にして水を含ませ、まず顔を拭《ぬぐ》い、それから腋《わき》の下、首周り、そして体全体を清拭《せいしき》する。

熱い風呂《ふろ》にゆっくりと浸《つ》かりたかった。日下にいた頃は、手拭い片手に銭湯に行くのが好きだったが、新世界大陸に移り住んでからは、そんな贅沢《ぜいたく》は一度もしていない。

顔を拭《ふ》きながら、日向は先ほど眠っている時に見た光景を思い出す。貿易商会の社員として働いていた数年ほどの間が、己の人生では、もっとも充実していた時だった。

商会を軌道に乗せるため、少ない社員たちは、皆、必死に働いていた。

「日華貿易商会」の目的は二つあった。一つは、文字通り日華貿易の拠点としての経済活動、もう一つは、華丹語を初めとする各種語学や、貿易学や法律などの学問、商業算や簿記学などの実務、果ては柔術や拳闘《けんとう》などの心身鍛練に至るまで、国際的に通用する日下男児の教育機関としての側面だった。

「お夕……」

洗面台の鏡を見ながら、日向は妻の名を呟いた。

あまり食事を摂《と》らないせいで、日向の頬はすっかりこけ落ちている。昨日から剃っていない髭《ひげ》が、頬にも顎にもびっしりと生えていた。目は落ちくぼみ、まるで幽鬼のような様相である。

妻のお夕と知り合ったのも「日華貿易商会」だった。

商会の発足当初から、お夕は給仕として社内で働いており、頭が良く日下語が堪能《たんのう》で、社員たちの人気者だった。

お夕は華丹人だった。本当の名は林夕《リンシー》というが、呼びにくいというので、長岡という同僚が冗談でそう呼び始めたのが通称になった。

下着一枚のまま、日向は洗面所を出る。窓から射《さ》し込んでくる月明かりを頼りに、部屋の隅に置いてあるトランクから寝間着に使っている浴衣《ゆかた》を取り出し、それを羽織って帯を締めた。

もう一度、ソファに横になろうとして、不意に気になり、ベッドの方へと足を向けた。

月光がシーツに窓枠の影を落としている。伊武は完全に毛布の中に潜り込んでいた。呼吸に合わせるように、小さく毛布が上下している。

壁を見ると、伊武が着ていたベルベットのワンピースが衣紋《えもん》掛けに吊《つる》されていた。コルセットも並べて吊されている。伊武がベッドに潜り込む前に、外してやるのを手伝ったのが、微《かす》かに記憶にある。

伊武が着ていた長襦袢と腰紐は、綺麗《きれい》に畳まれてベッドサイドのテーブルの上に置かれていた。

おかしい。

妙な違和感を覚え、日向は毛布の端を摑《つか》むと、一気にそれを剝《は》ぎ取った。同時に、毛布の下に潜んでいた者が、跳ね飛ぶように日向に襲い掛かってきた。そのまま日向の腰の高さに肩口で体当たりをかまし、両手で膝裏を抱え込んで、双《もろ》手刈《てがり》の要領で床に倒そうとした。

突然のことに、為《な》す術《すべ》もなく日向は足を浮かせたが、幸いに、勢い余って倒れた先はソファの上だった。

すぐさま相手は日向の体から離れ、渾身《こんしん》の前蹴りを放ってきた。日向は咄嗟《とっさ》にソファの向こう側に飛び退《の》いて躱す。背凭《せもた》れにめり込んだ相手の蹴りが、中に入っている骨組みの木材を折る音が聞こえた。素人《しろうと》の蹴りではない。

何が何やらわからぬまま、日向は手近に転がってきたワインの瓶を摑んで立ち上がった。

ネックの部分を摑み、瓶底を相手に向ける形で構える。

だが、相手は怯《ひる》む様子もなく、再び日向の懐《ふところ》に飛び込んできた。

日向はワインの瓶を水平にフルスイングした。しかし相手はリーチの内側におり、簡単に前腕を摑まれた。その拍子に勢い余って手から瓶がすっぽ抜け、壁に当たって音を立てて割れる。

こういう状況で、躊躇《ちゅうちょ》なく懐に飛び込んでくるのは喧嘩《けんか》慣れしたやつだけだ。普通は怯んで後ろに避けようとして、却ってその一撃の的になる。

相手は日向の腕を摑んだまま、一度、姿勢を低く取ると、跳ね上がるようにして頭突きで日向の顎を狙《ねら》ってきた。

何とか顎を引いてクリーンヒットだけは逃れる。日向も少しは腕に覚えはあるが、手も足も出ない。

日向の腕を摑んだまま、相手は、今度はとんぼを切るように回転して宙に飛び上がった。体ごと腕に抱きつくように、全体重を掛けながら絡《から》み付いてくる。

ここで踏ん張ったら腕が折れる。

そう咄嗟に判断した日向は、相手の勢いを殺すため、力を掛けてくる方向へと自ら体ごと回転し、受け身を取った。

伸びきった日向の腕を、相手は逆関節に極《き》めようとしたが、日向もやられるままではない。

体格では日向が勝っていた。何とか相手の上になり、拳を固く握ると、強《した》かに相手の顔に向かって何度か打ち下ろした。

何発か当たったものの、もう片方の腕を固められている不安定な状態では体重が乗らず、決定打にならない。

相手も諦めたのか、下から日向の浴衣の襟を摑むと、両脚で腹を蹴り上げて日向を放り投げた。

どさりと背中から床の上に落ち、日向は呻《うめ》き声を上げる。そして顔のすぐ傍らにあるものを見て青ざめた。

割れたワインの瓶が、鋭い切り口を上にしてそこに転がっていた。窓の外から入ってくる月光でガラスが反射している。

「伊武をどこにやった」

薄暗い部屋に影となって浮かび上がった相手が、聞き覚えのある声を発した。

「八十吉か」

信じられない思いで日向は口にする。

「誤魔化しても無駄だぜ。どうも怪しいと思って、あんたの泊まっているこのホテルを突き止めたんだ。伊武が着ていた長襦袢と腰紐に、頭に刺していた笄《こうがい》、腰掛けていた箱まで置いてあるじゃないか。申し開きできるならしてみろよ」

「どうやって中に入った」

「針金一本あれば、ドアの鍵なんて朝飯前さ」

「ふん。そういや日下國館の最上層に忍び込む時も、そうやって錠前を破っていたな」

挑発するつもりで日向は言った。何とか形勢を逆転しなければならない。

「な……見ていたのか」

狼狽《うろた》えた様子が伝わってくる。

「見ていただけじゃない。伊武からもいろいろと聞いたぜ。こっそり忍び込んでは、動かない伊武にあれこれ悪戯《いたずら》していたんだってな。この変態野郎が」

それは口から出任せだったが、明らかに動揺した気配があった。

「ご、誤解だ。おいらは指一本だって……」

「嘘《うそ》をつきやがれ」

先ほどまでと同じ相手とは思えないほど、八十吉は隙《すき》だらけになった。

日向は跳ね起きると、素早く拳闘スタイルで構えた。ワンツーで距離を測りながら前に出ると、八十吉の顎に渾身の左フックを叩き込んだ。

「うっ」

八十吉が膝から崩れ落ちる。

よし、と思った瞬間、八十吉が、がら空きの日向の右膝にしがみついてきた。

そのまま片足を持ち上げられ、バランスを崩して日向は床に仰向けに倒れる。

油断していたのは日向の方だった。パンチが当たって倒れると見せかけ、それを誘い水にして逆に仕掛けてきたのだ。

しまったと思った時には、八十吉が馬乗りになっていた。

「あれは出来心だったんだ。伊武に縋《すが》りついて胸に顔を埋めたのは、けっしていやらしい気持ちでやったことではなくて……」

鼻を啜《すす》り、涙声で叫びながら、八十吉は上から出鱈目《でたらめ》に鉄拳を振り下ろしてくる。

恥ずかしさからか、冷静さを欠いており、見境がついていないようだ。

こうなるともう、反撃の余地はない。腕で顔を守りながら何とか辛抱していたが、やがて八十吉は、日向の着ている浴衣の襟を摑んで、ぐいぐい首を絞め始めた。

意識が遠のいてくる。

どこか遠くから、華丹語の怒号と、続けて小銃の射撃音が二発、聞こえてきた。

「ううっ……」

お互いにつかず離れず逃げてきた、同僚の長岡という男が呻き声を上げた。

「どうしたっ」

華丹兵に居場所を気づかれないよう、小声で日向は問う。

「くそっ、背中に……弾が当たったようだ……」

声を押し殺し、浅く息をしながら長岡が言う。

周囲には高さ十間はありそうな太い竹が密生している。

月光が、生い茂った細長い竹の葉の間から降り注ぎ、地面に斑《まだら》模様の影を描いている。

斜面となっている竹林を、日向は長岡の体を引き摺《ず》るようにして登って行く。

日向も長岡も麻縄で固く後ろ手に縛られており、お互いの辮髪を編み込まれて一本に繋《つな》げられていた。これでは単独での逃走はままならない。

また怒号が聞こえ、射撃音が立て続けに聞こえた。

どうやら日向らを探している華丹兵たちは、こちらを見つけて撃ってきたというわけではないらしい。威嚇《いかく》のために撃った弾が、偶然、長岡の背中に命中したのだろう。運の悪さも極まれりだ。

日向は辺りを見回す。

竹林の根元に熊笹《くまざさ》が密生している一角が手近にあった。長岡の状態がこれでは、いずれ華丹兵に追いつかれる。隠れて息を潜め、後は運を天に任せるしかない。

「俺が引っ張っていってやるから、頑張れ」

「だが……」

躊躇する長岡に向かって、日向は鋭く言う。

「早くしろっ、ぐずぐずしていると道連れだ」

後ろに固定されたままの手で、日向は長岡の着ている服を摑んだ。

自分でも信じられぬような力が出た。熊笹の中にまで長岡の体を引き摺って行き、奥まったところでお互いに仰向けに横になる。長岡の呼吸は、次第に浅くなってきているようだ。

通訳官として従軍していた日向を含む八名が「特別任務班」として編成され、華丹駐留軍の築造工場ほかの動向を探るために軍事探偵として放たれてから、まだ二十日ほどしか経っていなかった。

正式な軍人ではなく、探偵としての訓練も何ら受けていなかった日向たちが選ばれたのは、単に華丹語が堪能であったからにすぎない。八人は全員、日華貿易商会の元社員であり、同僚だった。

その計画は無謀で杜撰《ずさん》だったとしか言いようがなかった。

日華で手を組み、白人列強国の東進に備えようという日華貿易商会が掲げていた理想は、華丹戦役の勃発で、あえなく雲散霧消した。

商会が教育機関として機能していたのも、白人国家からの侵略に備えての人材育成が急務だったからだ。その矛先が、突如、目先の敵となった華丹に向けられたのである。

その頃、すでに日向はお夕と結ばれており、二人の間には生まれたばかりの勘助という男児がいた。

上滬市に留まるよりも、帰国する商会社員の家族らと一緒に、お夕たちも日下人のふりをして逃がした方が後々を考えると安全だと日向に勧めてきたのは長岡だった。

お夕には華丹に身寄りがなく、どちらにせよ、商会が解散となり、従業員らが軍属となれば、日向に付いてくるわけにもいかない。

「お夕さん、ずっとあなたのことが好きでした」

帰国する家族たちを見送るため、社員総出で上滬港に赴いた時、日向を差し置いてお夕の手を握り、そう口にしたのも長岡だった。

「知っていましたわ。長岡さんは、とても私に意地悪でしたもの」

まだ赤ん坊だった勘助を胸に抱いていた日向は、長岡の告白を困惑した気分で聞いていた。

そういえば、お夕は日下人風の渾名《あだな》で呼ばれるのを、最初のうちはあまり快く思っていなかった。それを始めたのは、確か長岡だった。

「すまなかったね」

「許しません」

「どうしたら許してもらえるのかな」

「戦役が終わったら、必ずもう一度、私のところに謝りに来てください」

そう言うと、今度はお夕の方から長岡の手を握った。

日下の座毛崎港へと向かう汽船が、長く低い汽笛を鳴らす。

「ああ、すまない。日向くんの妻子との別れの時間を奪ってしまった」

涙を拭いながら、長岡が譲るように脇《わき》に退いた。

「お夕、勘助を頼む」

今生の別れになるかもしれぬと日向は思っていたが、出てきた言葉はそれだけだった。

「……ええ」

家財道具の入った行李《こうり》や鞄《かばん》を手にした者たちが、ぞろぞろと汽船へと入って行く。

すやすやと寝息を立てている勘助を、日向はお夕に渡そうとした。

その瞬間、不意に勘助が目を覚ました。

小さな手で、日向の人差し指をきゅっと握り、お夕に体を抱えられても、その手を離そうとしない。泣き喚《わめ》くようなこともせず、必死になって腕を伸ばしている。まるで勘助が、別れを惜しんでそうしているように思えて、日向は切なさに胸を押し潰されそうになる。

ジャンク船がひしめき合う港を、汽船が離れ始めた。水平線の先に姿を消すまで、多くの商会の社員たちが動かずに、船を見守り続けていた。

第一軍に続いて幡子口に上陸した第二軍第一師団に配属されたのは、日向の他に、野崎や長岡など、同僚としてお互いに良く知った者たちばかり八名だった。

上滬市にあった貿易商会の事業所で華丹人風の辮髪にし、探偵活動の準備を整えていたものの、このような小手先が通じるわけがないことを、日向たちは潜入する前から予感していた。

まず第一に、商会出身の通訳官たちは上滬訛《なま》りが強すぎた。遠く離れた幡子では、それだけで十分目立つ。

各自に支給された、身分証である「赤符」の偽造の出来は誤字だらけであまりに酷《ひど》く、そのことを上官に訴えても、聞く耳を持たれなかった。

早晩、全員が逮捕されるのは活動を始める前から火を見るより明らかだったが、命令には従わなければならない。

野崎をリーダーとする四名は民工として、日向と長岡を含む四名は農民として、幡子口から別ルートで山を越えて奥地に潜入し、探偵活動を開始したが、これといった成果もないままに、日向らはあっという間に華丹兵に逮捕された。

「やるか」

「ああ」

日向が長岡に囁《ささや》きかけたのは、お互いの辮髪を編み込んで結われ、後ろ手に縛られたまま、荷馬車に乗せられ夜中に移動している最中だった。どこに連れていかれるのかはわからなかったが、その先には間違いなく死が待っている気がした。どちらにせよ死ぬなら、万に一つの可能性に賭《か》けたのである。

同じ馬車に乗っていた、やはり辮髪を繫げられた同僚二人も頷いた。

「別々の方向に逃げよう」

追っ手を分散させるため、それだけを打ち合わせて荷馬車から飛び降りた。

あの二人、まだ生きているだろうか――。

熊笹の藪《やぶ》に横たわりながら、日向はそんなことを考える。隣に倒れている長岡は動かない。

苛《いら》ついた華丹兵の声が周囲から聞こえてくる。やはりというか、藪の中に潜んでいないかと探しているようだ。

徐々に近づいてくる、草を踏む足音に、日向は死を覚悟した。

華丹兵たちは乱暴に熊笹を掻《か》き分けて歩いてくる。その時、仰向けになっている日向の殆《ほとん》ど真上で、鋭い音とともに何かが閃《ひらめ》いた。

青竜刀だ。それを山刀のように振り回して熊笹を切り払い、伐採しながら進んできたらしい。

日向は固く目を瞑《つぶ》ったが、そのまま華丹兵は日向の顔のすぐ脇に軍靴《ぐんか》を踏み下ろし、通り過ぎてしまった。密生している熊笹を薙《な》ぎ払うのに夢中で、注意を怠っていたのだろう。

やがて華丹兵たちは、日向らを探して山狩りしながら、竹林を登って行ってしまった。

東の空が明るくなってきても、そこから動き出す勇気はなかなか湧いてこなかった。

「誰だ。そこで何をしている」

華丹語で鋭い声を掛けられたのは、だいぶ日も高くなってきた頃だった。

朦朧《もうろう》としていた日向が瞼を開くと、菅笠《すげがさ》に似たものを被り、鎌《かま》を手にした老人が上から覗《のぞ》き込んでいる。

運が尽きた。もはやこれまでか。

そう思い、億劫に感じながら日向は体を起こす。辮髪で結ばれた長岡の首が、ぐにゃりと持ち上がる。かなり前に気がついていたが、長岡はもう死んでいた。

「華丹軍に追われて逃げているところだ」

「何をした」

「こんな格好をしているが、私は日下人だ。軍の命令で探偵をしていたが、見つかって捕まり、脱走してきた」

老人の顔に戸惑いの色が浮かぶ。

「迷惑はかけぬ。華丹軍が探しに来たら引き渡してもらって構わない。その代わり、茶を一杯、飲ませてはもらえないか」

それさえ叶《かな》えば、もう後はどうでもいいと思えるほど、身も心も疲弊していた。

手にしていた鎌を、老人が振り下ろす。

日向は避けもしなかった。これが死ぬ前に見る最期《さいご》の光景かと思ったが、傍らでどさりという音がした。

繋がった辮髪で上半身を起こしていた長岡の死体が、再び地面に倒れる音だった。

老人は鎌を振り下ろし、日向の髪を断ち切ったのである。続けて後ろを向くように促すと、手首を縛っている麻縄の間に鎌の尖端《せんたん》を差し込み、それを切った。

老人に案内されるままに里山を歩いて行くと、やがて村らしきところに辿《たど》り着いた。粗末な茅葺《かやぶ》きの家屋が十数戸、軒を並べている、小さな集落だった。

軒先で藁束《わらたば》を叩《たた》いている女、庭に繋いだ馬の毛を刷子《ブラシ》で梳《と》かしている男、走り回る子供たち、何れ《いず》も奇異なものを見る目で日向に視線を送ってくる。

老人は家の中に入るよう日向に促した。

熱い茶だけでなく、何かの木の実と塩漬けの肉が入った粥《かゆ》を出してくれた。

白い湯気が立っているそれに匙《さじ》を差し込み、掬《すく》い上げる。二、三度、息を吹きかけて冷まし、一口含むと、まず塩辛さを舌に感じ、続けて米の甘さがじんわりと口の中全体に広がった。飲み込むと喉《のど》が焼けそうに熱かったが、空腹がそれに勝った。

日向は夢中になって粥を掬っては口の中に流し込んだ。粥の中に入っている木の実が、時折、歯ごたえと酸味を与え、香りが鼻を抜けていく。あの時に食った粥より旨《うま》いものを、日向はそれ以前にも以後にも食ったことがない。

老人の名は、フー・フグンといった。どのような字を当てるのかはわからない。年齢もわからなかった。百歳を過ぎた仙人だと言われればそのような気もするし、都市部とは違い、農作業に従事してきた奥地の者は、五十過ぎでも皺《しわ》だらけで老人のように見えることがある。

日向はフーに断り、村の納屋《なや》を借りると、そこに積んであった稲藁の中に埋もれて泥のように眠った。

日下軍の第二軍が進軍を始め、華丹軍が徐々にこの周辺から退却を始めたと聞いたのは、翌朝、フーの口からだった。

その影響からか、華丹兵が近隣の村や集落に、脱走した日向を探しに来ている様子はなかった。

それでも、フーが日向を匿《かくま》っていることを密告するか、華丹軍の駐留地に突き出したりしていれば、命はなかっただろう。おそらく日向の首には懸賞金も懸かっていた筈《はず》だ。だがフーも、村にいた他の者たちも、そんなことはしなかった。お互いに訛りが強く、深い意思の疎通《そつう》は難しかったが、彼らは口々に言っていた。

きっとこんな戦役はすぐに終わる。それぞれの国の頂点にいる、偉くなったつもりの連中が、己の都合で相手への憎しみを煽《あお》り、安全な場所で我々を駒《こま》のように扱って殺し合いをさせているだけだ。私たちはつまらないことで徳を下げるのはご免だ。お前が生きて帰ったら、一人でも多くの日下人に、このことを伝えて欲しいと。

10

いつものように肉屋が使う前掛けとゴム手袋を着けると、マードックはベッドに手足を括《くく》り付けた日下人の女の傍らに立った。

「日向さんが心配です。早く部屋に戻りませんか」

存外に落ち着いた口調で女が何か言う。

無論、マードックには日下語など理解できなかった。だが、女はこの状況でも少しも取り乱す様子がない。このように度胸の据わった女は見たことがなかった。

「何だか懐《なつ》かしい気分です。釘宮《くぎみや》様や甚《じん》さんに、機巧の修繕をしていただいていた時のことを思い出します」

女はそう言って瞼《まぶた》を閉じた。

観念したか、とマードックは内心、ほくそ笑む。

まずは喉元から臍《へそ》の辺りまで、一気にメスを使って切り裂いてしまおうか。女は泣き叫ぶかもしれないが、地下の扉は厳重で分厚く、どこにもその声は届かない。

道具の入っている棚から、マードックは裁ち鋏《ばさみ》を手にした。正中を切開するのに、女が着ている下着が邪魔だった。

「あっ、何をするのです！　切ってしまったら、もう着れなくなってしまうではないですか！　勿体《もったい》ない！」

シミーズの裾《すそ》に鋏を入れ始めたマードックに向かって、女が叫ぶ。

言葉は理解できないが、恥ずかしさと恐怖で、女が取り乱しているのだろうとマードックは考えた。

「そんなことをしなくても、おっしゃっていただければ脱ぎます。ああ……折角、日向さんが買ってくれたものを……」

そして徐々に言葉に力を失っていく。気丈に見えていたが、やはりただの女か。

シミーズを細切れにすると、女の上半身が顕《あら》わになった。乳房はさして大きくはないが、形は美しく整っている。鎖骨が浮き出ており、細身で美しい体をしていた。

続けて、マードックはドロワーズの紐《ひも》を解《ほど》き、それに鋏を入れ始めた。

「だから！　切らなくてもいいじゃないですか」

女が再び叫び、嫌がって身を捩《よじ》り始めた。

いい反応だ。この段階で恐怖のあまり気を失ったり、失禁したりする女もいるが、今のところ、そんな様子はない。

ドロワーズも剝ぎ取ると、女は一糸纏《まと》わぬ姿となった。

見ると、目に涙を浮かべている。

「うう……気に入ってたのに……」

これから起こるであろうことに、心が破れそうになっているのであろう。

棚から手術用のメスを取り出す。しっかりと研いで手入れしてあり、触れただけで切れそうな光沢を放っていた。

「さて、どこまで意識を保っていられるかな？」

「私の体に興味を持つということは、やはりあなたは機巧師なのですか？」

マードックはメスの尖端で伊武の喉元に触れた。ゆっくりと下に向かって数センチ動かす。通常なら血が止めどなく溢《あふ》れ出してくるところだったが、血よりもずっとどす黒く粘ついた液体が、じんわりと滲《にじ》み出てきた。

ここに至り、初めてマードックは違和感を覚えた。

メスの尖端が、女の胸骨に当たる。だがそれは、マードックの知っている骨の感触とは違っていた。まるで……そう、食事をする時にナイフとフォークが触れ合った時のような感じだ。

胸骨から鳩尾《みぞおち》へとメスを進めても、違和感は去らない。臍の上まで切開したが、腹圧で腸が飛び出してくるようなこともなく、メスが辿ってきた軌跡に、何やら機械油のような匂《にお》いのする黒い粘液が浮かび上がり、線でも描いたような按配《あんばい》になっているだけだった。

メスは臍を迂回《うかい》し、再び正中線上に戻ると、陰毛の生え際を過ぎ、恥骨のところで再び金属と金属がぶつかる感触とともに止まった。

女は呻き声ひとつ上げずにマードックを見つめている。

額から汗が噴き出してくるのをマードックは感じた。

自分は今、いったい何に触れているのだ。

恐る恐る切開した肌の切れ目に手を差し込むと、マードックは、ゆっくりとそれを左右に広げた。

信じられぬ光景が、その向こう側に現れる。

銀色の光沢を放つ、削り出しの骨格で形成された胸郭と骨盤。

しかし肋骨《ろっこつ》の隙間の向こうに見えるのは、マードックの見慣れた肺でも心臓でもなく、みっしりと隙間なく埋め尽くされ、異なった速さで動きつづける大小の無数の歯車だった。

よく見ると、胸骨の左側に拳《こぶし》ほどの大きさの車輪状の輪があり、他の歯車とは違って撥条《ぜんまい》の力によって引っ切りなしに正転と逆転を繰り返している。輪の中央にある石がぶつかって、隣にあるさらに複雑な形をした歯車を動かし、鼓動を刻むように正確に動き続けていた。

まるで筋肉の繊維のように太い鋼糸の束が、骨盤の周りを覆《おお》っている。腹部には管状の部品が多く、上と下とで引っ張り合うピストン状の動きをしている箇所もあった。

——こんなのは初めてだ。

思わずマードックは心の中でそう呟き、生唾《なまつば》を飲み込んだ。

日向の部屋に泊まっていたこの女が階上から降りてきたのは、マードックがそろそろホテルの正面玄関を施錠し、自室で休もうかと思っていた時だった。

「もし……」

フロントで帳面を見ていたマードックは、不安げな女の声で顔を上げ、少しばかりぎょっとした。

木綿の白いシミーズにドロワーズを身に着けただけの、はしたない格好だったが、本人は少しも気にしている様子はない。

「日向さんが目を覚まさないのです。それにすごい鼾《いびき》を掻いていて……。マードックさん……で、よろしいですよね。薬にお詳しくて医学の心得があると聞きました。ちょっと見ていただけないかしら」

女が発しているのは日下語だから、マードックには何を言っているかさっぱり理解できない。だが、何やら心配そうで、部屋に来て欲しがっているのは明白だった。

おそらく、日向に売ったワインの効果が出たのだとマードックは思った。薬屋のバックヤードでこっそりと栓を抜き、中に例の睡眠薬を溶かし込んで新しい栓をしておいた。アルコールと一緒に飲むと心臓が止まると聞いているから、おそらく部屋で死んでいるのだろう。

だとすれば、もうこの女がホテルから忽然《こつぜん》と消えたとしても、誰も気には止めない。マードックがそんな真似《まね》をしたのは、この日下人の女を手に入れるためだった。日向さえ死んでしまえば、あとはどうとでもなる。

スカール炭鉱で労働スパイをしていた「フー・フグン」ことジョー・ヒュウガのことを、モーレイズの指導者であった「スリーパー」に報告するかどうか機会を窺《うかが》っていたマードックだったが、もはやそんなことはどうでも良くなっていた。

昨日、清掃とシーツ交換、それに洗面所の水を替えるために部屋に入った時、マードックは、長襦袢《ながじゅばん》を着て佇《たたず》んでいたその女の姿に、雷に打たれたような気分になった。

女は四つ脚のついた箱を大事そうに胸に抱え、窓の外の風景を見て泣いていた。

これは新しい恋の始まりだとすらマードックは思った。

愛するリンディを殺してしまい、少し寂しい気分に駆られていたマードックだったが、それは必然だったのだとすら感じた。

同時進行で二人以上の女を愛するような不誠実な真似は、紳士であるマードックにはできない。他の女をマードックが好きになり、それで殺されたのでは、あまりにリンディが可哀そうだ。きっと神様が、そうなる前にリンディとの別れを用意してくれたのだ。

そう思うと、あの日向という汚らしい東洋人が、この女と一緒の部屋で寝泊まりしていることが気に入らなかった。戻ってきた時に鎌をかけてみたが、仕事で預かっているだけだと聞いて、一度はそれを鵜呑《うの》みにして安心した。

だが、届け物を部屋に持って行った時に、鍵穴《かぎあな》から覗き見た光景は、マードックを失望させるのに十分だった。

女は着ている日下式の服を開いて裸体を晒《さら》し、その小ぶりな乳房の谷間に、日向の頭を抱いていた。瞼を閉じ、うっとりとした表情を浮かべていた日向の様子に、マードックは虫唾《むしず》が走りそうになった。

おそらくあの女は、日下人か華丹人の商売女だ。マードックはそう判断した。日向は金を持っているようだから、きっと気に入った女を愛人として囲い込んだのだろう。

一瞬でもリンディと比べたことをマードックは心の中で深く恥じた。

そうなると、女に対して別の感情が浮かんできた。切り刻んでやらないと気が済まない。

そこに女の方から、のこのことフロントに現れたのだ。

女が部屋に来て欲しいと思っているのはわかったが、言葉が通じないのを利用し、マードックは付いてくるようにと身振り手振りで女に示した。

訝《いぶか》しげな表情を浮かべながらも、女はフロントの奥にある部屋のドアから、石造りの階段を降り、焼却炉が動いていない時には底冷えする地下室に、まんまと足を踏み入れた。

「まあ」

感心したように女は部屋を見回しながら言った。

「こんな地下の部屋が、天府の外れにあった釘宮様の屋敷にもありました」

女は何か言うと、自ら部屋に設《しつら》えられた簡素なベッドの傍らに行った。

「そうそう。こんな作業台もございました。台から落ちたり位置がずれたりしないよう、固定するための帯がついているところもそっくり」

そして自らベッドの上に横になった。

「まるで天府にある屋敷に戻ってきたような気分です」

マードックは女の行動に面喰らったが、薬を嗅《か》がせて失神させたり、無理に首を絞めたり脅したりしてベッドに寝かせる手間が省けた。

用心しながらマードックは近づいて行くと、伊武の手を取り、ベッドの四隅にある拘束ベルトのうちの一つに縛り付けた。

「もしやあなたは機巧師なのですか？　作業しやすいように、手足を天井に吊すのですね」

女は抵抗しない。むしろ協力的だった。

やはり商売女なのだろうか。美しい顔をしてはいるが、筋金入りの変態ばかりを相手にしているような特殊な娼婦《しょうふ》なのかもしれない。

「ああ、でも、今はそんなことをしている場合ではありません。日向さんの様子がおかしいのです。杞憂《きゆう》かもしれませんが……」

そう言って、女は何かを気に掛ける素振りを見せた。

「目を覚ませよ、おい」

顔を何度か叩かれる感触がして、日向は意識を取り戻した。

仰向けに倒れた日向の傍らで、八十吉が不安げな顔をして上から覗き込んでいる。

どうやらかなりの時間、日向は気を失っていたようだ。

「よかった。死んじまったかと思ったぜ」

日向が呻き声を上げると、安堵《あんど》したように八十吉は言った。

「殺してくれりゃよかったんだ」

上に乗っている八十吉を押しのけて日向は立ち上がる。

窓の外から入り込んでくる早朝の日射《ひざ》しが、部屋の中の惨状を映し出していた。

ベッドにはやはり、伊武の姿はない。

「おい、八十吉。お前がこの部屋に入ってきた時は、どうなっていた」

「あんたがソファに横になって、大鼾を掻いて寝ていた」

「ベッドには？」

「誰もいなかったよ。だが、伊武が身に着けていた物と、腰掛けていた箱があったから、ここに伊武がいたと確信したんだ」

「それで?」

「部屋の中を物色している最中に、あんたが起き出す気配があったから、一度、ベッドの陰に隠れて、あんたが洗面所にいるうちに、布団《ふとん》の中に潜り込んで息を潜めて待っていたのさ」

つまり、最初から不意打ちで日向を襲うつもりだったのだろう。

「俺が寝入ってしまう前は、確かに伊武はここにいた」

泥酔していたとはいっても、いつもはもっと眠りが浅く、誰かが入ってきたなら気がつかないわけがなかった。不覚を取ったのは、暫《しばら》く断酒をしていたからだろうか。

「じゃあ今はどこにいるんだ」

「わからん。自分でどこかに行ってしまったのかもしれん」

考えられるのは、伊武が日向の思惑に勘付いて、自らの意志で逃げ出したという線だった。誰が何のために伊武を入手したがっているのかは知らないが、少なくとも表《おもて》沙汰《ざた》にできるようなことでないのは確かだ。

「あんた、何で伊武を日下國館から連れ出したんだ」

「連れ出したんじゃない、付いてきたんだ、伊武が」

八十吉は跳ねっ返りだが、純粋で素直な性格のようだ。言い方を変えれば、騙《だま》しやすい相手だ。

「伊武が目を覚ました時、お前はその場にいたのだろう」

八十吉は頷《うなず》く。

「本当ならお前が連れ出してやるべきだったんだ。伊武は見世物になるのを嫌がっていた。日下國館から出たがっていたんだ」

「そうなのか……」

困惑したような表情を八十吉が浮かべる。疑っている様子はない。

「にも拘《かか》わらず、お前は狼狽えて逃げ出してしまったじゃないか。あの時、俺は螺旋《らせん》階段の下の層にいたのだ。お前が去った後、伊武と話し、ひと先《ま》ずあの場所から連れ出してきたのだ」

「日向さん、あんたは何で、夜のあの時間に日下國館にいたんだ」

「たぶん、お前と同じ理由だよ」

おそらく、この八十吉という少年は伊武に魅入られてしまったのだろう。その気持ちは、わからなくもない。

「もう少し日が高くなったら、手分けして伊武の行方を捜そう」

先ずは伊武らしき女がホテルを出たところを見ていないか、マードック氏に聞いてみるところからだ。

「ところで」

すっかり意気消沈している八十吉に、日向は疑問を投げ掛ける。

「君は武道か護身術でも嗜《たしな》んでいるのか」

「ああ。馬離衝《バリツ》を少々」

「バリツ？」

聞いたことのない名前だ。

「知らなくても無理はないよ。元は天帝家への貢馬を調教する馬寮司《めりょうのつかさ》が、万一、天子様が御乗馬の際に馬が暴れ出した時に、素手でそれを倒すために身に着けていたという技だよ。天子様の前では寸鉄を帯びるのも禁じられているからね」

「ふうん」

やや誇らしげな調子で八十吉は語ったが、日向はあまり関心が湧《わ》かず、曖昧《あいまい》に頷いた。

「俺はその宗家の生まれなんだ。今はすっかり廃《すた》れているけどね」

「なるほど。それが何故《なぜ》、見習い職人などやってるんだ」

「武道じゃ飯は食えないからさ。それに、広い世界を見てみたかった。鳶《とび》も大工も左官も庭師も、悪い仕事じゃないぜ。インテリのあんたにゃわからないだろうがね」

どうも打ち解けるまでは、まだ時間が掛かりそうだと日向は思った。

11

「いや……私は何も……」

八十吉を連れて部屋を出た日向は、階下に降りると、早速、フロントに立っていたマードックに声を掛けた。

「昨晩、出掛けたまま帰って来ないのです。心当たりはありませんか」

「例の日下《くさか》美人ですか？　さあ……」

マードックは首を傾《かし》げてみせる。

傍らで、ふて腐れたような表情を浮かべて立っている八十吉が気になるのか、日向との会話の合間にも、そちらをちらちらと見ていた。

「私も四六時中、フロントに立っているわけではありませんからね」

「正面玄関の鍵は、いつも夜は何時に閉めるのですか」

「門限は十一時にしております。無論、事前にご相談いただければ、遅い時間でも開けておくことはございますが」

「昨夜は」

「いつも通りの時間に施錠しました」

「失礼、お騒がせしました」

日向はそう言うと、八十吉を促してホテルの外に出た。

「あいつ、嘘をついてるぜ」

後を付いて歩きながら、八十吉が言う。

「会話の内容がわかったのか」

「ああ。十一時が門限とか言ってたよな。鍵を閉めたって」

日向は頷く。

「俺がホテルに忍び込んだのは時計の針が天辺《てっぺん》を回ってからだ。正面玄関は開いていたし、フロントに置いてあったランプも点《とも》ったままだった」

「だったら、鍵を閉めたつもりが忘れていたというだけだろう」

「そうかな。小さな嘘をつくやつは、大きな嘘も平気でつくぜ」

「考えすぎじゃないか」

日向は肩を竦《すく》めた。

「ひと先ず君は、万博会場に戻って伊武がそちらに帰ってきていないか調べてくれ。案外、しれっとした顔をして日下國館の最上層に、以前と同じ動かない人形のふりをして座っているかもしれないぞ」

可能性としては、あり得なくはない。

「あんたは?」

「ホテルの周辺を探ってみる」

伊武が何者かに連れ去られたのでないなら、下着だけの格好で表を歩き回っていることになる。誰かが見かけていれば、噂《うわさ》になっている筈だ。

あの男、死ななかったか。

やれやれという気分で、マードックは溜息《ためいき》を吐《つ》く。

しかも、知らぬ間に少年を部屋に連れ込んで朝まで一緒に過ごしていたようだ。そちらの趣味もあるのだろうか。

朝には冷たくなっていると思っていたが、どうやらワイン程度の弱い酒では、睡眠薬との飲み合わせの効果も今ひとつだったようだ。

そんなことを考えながら、ふとマードックがフロントの端に目をやると、知らぬ間に今日の新聞が配達されていた。愛読している「ゴダム・ニュース・ポスト」だ。マードックは手を伸ばし、八つ折りにされたそれを広げる。

いつものように、センセーショナルな見出しが躍っている。

その中に、マードックは目を引く記事を見つけた。


ジェイソン・ゴーラムの屋敷で、執事に用意させたダジール産の紅茶を飲みながら、マルグリット・フェルは、今朝の「ゴダム・ニュース・ポスト」に目を通していた。

「ふうん」

眼鏡のつるの位置を直し、フェルは紙面の見出しに顔を近づける。

『万博会場に怪盗あらわる。建築中の日下國館から忽然と消えた機巧人形の謎《なぞ》』

記事の横には、写真《しゃしん》をトレースしたと思《おぼ》しき、太鼓橋の上で深刻な様子で話し込んでいる日下國館の関係者と警察の者らのイラストが添えられていた。

タブロイド紙をテーブルの上に放り、フェルは眼鏡を外すと、その上に置いた。強く目頭を指で押さえ、続けて両腕を上に伸ばしながら大欠伸《おおあくび》をする。

このところは、ずっとゴーラム邸に入り浸りで、昨晩もつい徹夜してしまった。

「スリーパー」の相手をするのは面白い。こんなに自分を夢中にしてくれるものに出会うのは、久しぶりだった。

形式としては社主だが、フェル電器産業の経営は、両親と兄に任せている。フェルが会社を放ったらかしにしていても、勝手に回る寸法だ。

幼い少女の頃から、フェルのやる仕事は発明や研究だけだった。もっと言うなら、閃きだけがフェルの仕事だ。興味のないことに対しては、指一本だって動かしたくない。

だが、これもビジネスの一つだった。ゴーラムから依頼されている仕事が上手《うま》く行けば、テクノロジック社を締め出して万博の送電システムはフェル電器が独占できる。そういう条件だった。

「お風呂《ふろ》入りたい。用意してくれる？」

立ち上がると、フェルは部屋の隅に立っている執事に声を掛けた。

昨日から着替えもしていない。

「誠に申し訳ございません、フェル様。それは電氣スタンドでございまして、私めはこちらにおります」

思っていたのとは違う方向から声がした。フェルは振り向いたが、風景が濁っていて相手がどこにいるのかわからなかった。

「ごめんなさい。わざとじゃないのよ」

「存じ上げております」

人影のようなものが動くのが見え、それだと見当をつけてフェルは声を掛けた。

「お湯を入れて、温かくしてくれる?」

「執事ならもう部屋を出て行った」

ゴーラムの声だった。

「あら、サー・ジェイソン、いつの間に部屋に入ってらしたの」

「ついさっきだ。それから、今、君が話し掛けている相手は私ではなく帽子掛けだ」

そして眼鏡らしきものを手渡された。掛けろということだろう。

眼鏡のつるを耳に掛けると、やっと視界が鮮明になった。

確かに、そこには人の背丈ほどの帽子掛けが立っており、ちょうどそれらしい位置に鹿撃《しかう》ち帽が掛けられていた。

「あなた、素敵ね」

帽子掛けにそう声を掛けてフェルが振り向くと、ゴーラムがテーブルに着くところだった。女中が、用意したカップに紅茶を注いでいる。

「もう新聞は見たか」

「ええ」

「君が欲しがっていたものが手に入りそうだぞ」

「まさか、あなたが誰かに命じて盗み出させたの？」

「違うよ」

紅茶を口に運びながらゴーラムが言う。

「……動いているそうだ」

「えっ、何が」

フェルは頓狂《とんきょう》な声を上げる。

紅茶を啜《すす》っていたゴーラムが、カップをソーサーの上に置きながら答えた。

「だから、日下國館からいなくなった『機巧人形《オートマタ》』がだよ」

12

「相変わらず、君は眠ったままだね」

屋敷の西側、よく日の当たる高台の斜面にある塔の最上階の部屋に入ると、ゴーラムは天蓋《てんがい》付きベッドの傍らに置いてある椅子《いす》に腰掛けた。

白い絹のシーツの上には、瞼を開いたままの「スリーパー」が横たわっている。

「仕事でなかなか家に帰れなくて、寂しい思いをさせてすまないね。来年の春には万博がある。素晴らしいお祭りだ。車椅子を用意させるから、きっと一緒に見て回ろう」

ゴーラムは優しく語り掛けると、掛布の上に出ているスリーパーの小さな手を両手で握った。

「お部屋の掃除をしに参りました」

ノックの音がして、雇っている中では最も年嵩《としかさ》の老齢の女中が入ってきた。

ゴーラムがエアルランドから移住し、新世界大陸《ムンドゥス・ノーヴス》での鉄道運輸業で最初の成功を収めた頃から雇っているから、もう四十年以上の付き合いになる。

今のところ、この部屋への出入りは、ゴーラムとフェルの他は、スリーパーの身の回りの世話をする、この老女中にしか許されていない。

「奥様は、今日もお休みですか」

窓を開けながら老女中が言う。部屋からはクリスタル湖を遠望することができた。遠くの岸には万博会場も見てとれる。いずれ観覧車が完成したら、この部屋からもゴンドラをぶら下げてゆっくりと回転するそれを望むことができる筈だ。

外から入り込んでくる微《かす》かな風と、森の香《かぐわ》しい匂いが心地良かった。遠くでカッコウが鳴いているのが聞こえる。

「ああ、よく眠っている」

ゴーラムはそう答えた。今日だけではない。昨日も、一昨日も、その前の日も、もう何十年も、ずっと眠り続けている。老女中はゴーラムを傷つけないために、そう言っているだけだ。優しい女だ。

「フェルはどうしている」

「お出掛けになりました。ご自宅に戻られたのでは」

「ふむ」

脂肪で弛《たる》んだ下顎《したあご》に手を添えて、ゴーラムは唸《うな》った。

ゴダム市内のホテル経営者が手に入れた「伊武」は、フェル電器の関係者が極秘裏に引き取りに行くと言っていたが、その指示のためだろう。まさかフェル本人が直接行くことはあるまい。

「妻と二人きりになりたい。気を利《き》かせてくれるかね」

このところ、屋敷にはフェルがずっと入り浸りだったから、いい機会だと思った。

「畏《かしこ》まりました」

老女中は掃除道具を片付けると、部屋から出て行く。

ゴーラムは暫くの間、ベッドに横たわったスリーパーの姿を眺めていたが、やがておもむろに掛布を剝《は》ぎ取った。

ジョーゼット生地の白いネグリジェに覆われたスリーパーの全身が目に入った。

幼い体をしている。胸はまだ膨らみ始めたばかりといった様子だ。腰の辺りまである緩やかに癖のついた髪は栗色《くりいろ》をしており、瞳《ひとみ》は琥珀《こはく》を思わせる色合いをしていた。

ネグリジェの紐を一つ一つ、丁寧に解いていく。

新世界大陸に渡って最初の成功を収めた時、ひと財産を注ぎ込んで彼女を手に入れた。理屈などない。初めてスリーパーを見た時から、ゴーラムは心を奪われていたのだ。金など惜しくなかった。

スリーパーは数々の幸運をゴーラムにもたらした。彼女を手に入れてから、事業は次から次へと成功し、成功がまた新たな成功を呼び込んだ。

「愛しているよ」

ベッドの白いシーツの上で、一糸纏《まと》わぬ姿となったスリーパーに、そう囁《ささや》きかけた。

肌は白磁のように滑らかで、乳首は淡く色付いている。陰毛は生えておらず、閉じ合わされた太腿《ふともも》の付け根は、つるりとしていた。

ゴーラムは自らもシャツのボタンを外し、全裸となった。雄のセイウチのように肉のだぶついた体をベッドの上に乗せると、木製の枠が重さに耐えかねて大きく軋《きし》む。スリーパーの細い足を開かせ、巨軀《きょく》を割り込ませる。充血した陰茎を股間《こかん》に当てがい、前後に擦《こす》り始めた。何度も試したが、中に入れることはできない。

息を荒くしながらふと見ると、目を見開いてゴーラムを見上げたまま、スリーパーは瞳から涙を流していた。

それは、動かず、声も発せず、ただ横たわるばかりのスリーパーが見せる、殆《ほとん》ど唯一《ゆいいつ》といっていい反応だった。

「君にはがっかりだよ、ジョー・ヒュウガ」

ホテルの部屋に現れた小鳥《フィンチ》は、ソファに腰掛けると紙巻煙草《シガレット》ケースを取り出した。蓋《ふた》を開いて中から一本摘まみ上げ、マッチを擦って火を点《つ》ける。

以前にアグローの事務所に来訪した時とは違い、日向には勧めてこない。

すぐに立ち去るつもりなのか、フィンチは帽子すら脱ごうとしなかった。わざわざゴダムまでやってきて空振りだったのだ。口調はいつも通りだったが、内心は怒りを湛《たた》えているのだろう。

「話を纏めると、一度は伊武の盗み出しに成功したが、この部屋で眠りこけている間に消え失《う》せたということか」

日向は頷いた。祝杯のつもりで、ついアルコールに手を出し、泥酔していたとはさすがに言えない。フィンチは丸眼鏡の向こう側から疑り深い瞳で日向を見つめている。

「伊武が、自分の足で逃げたと？」

「そうとしか思えない。実際、彼女はこのホテルまで俺と一緒に歩いてきたのだ」

「君に妄想癖があるとは知らなかったな、ヒュウガ」

鼻から煙を吐きながらフィンチが言う。

「言い訳するつもりなら、もう少しマシなものを考える」

肩を竦めて日向は答える。

「あの機巧人形《オートマタ》は百年前までは生きているかのように喋《しゃべ》り、動き回っていたというじゃないか。どういうきっかけなのかはわからないが、それが再び目覚めたんだ」

「わかった。もうたくさんだ」

フィンチは吸いかけの煙草《たばこ》を指で弾《はじ》いて床の絨毯《じゅうたん》の上に捨てた。繊維の焦《こ》げる嫌な臭《にお》いがする。フィンチが動こうとしないので、仕方なく日向がそれを拾い上げた。

「ヒュウガ、まさか君は、我々を裏切って伊武を敵対企業に売り渡したんじゃないだろうな」

「敵対企業？　何のことだ」

「君が知る必要はない」

フィンチは不愉快そうな表情を浮かべてそう言った。

それはスカール炭鉱時代からの口癖だった。

「日下國館から伊武が持ち出されていることは確認した。君に与えた期日までには、まだ余裕がある。今日は私が無駄足を踏んだということだけで済ませておこう」

そう言い残し、フィンチはさっさとホテルの部屋から出て行った。

胸くそ悪い気分で、日向はベッドに体を放り出し、頭の後ろで手を組んで天井を見上げる。

――お前など何も知る必要はないのだ。こちらの言う通りに動いていればいい。

ニュータイド探偵社に所属し、炭鉱で労働スパイをしていた頃の自分は、フィンチのその言葉に従うより他なかった。

新世界大陸で、なかなか仕事を見つけられなかった日向を、唯一、雇ってくれたのがニュータイド探偵社だった。東洋人であることと、華丹語《カタイ》に堪能《たんのう》で、元軍事探偵だったという経歴を買ってくれたものだ。首になるわけにはいかなかった。

日向の密告により、何人もの労働組合関係者が絞首台《こうしゅだい》に送られた。トラスト側が組織した自警団に誘拐され、私刑の末に殺された者もいる。本人だけでなく、その妻や幼い子供までだ。

目を閉じると、瞼《まぶた》の裏に思い出されるのは、新世界大陸に渡ってきたばかりの頃、ニュータイド探偵社の工作員として、スカール炭鉱に潜入した時の風景だった。

その年の冬は寒さが厳しく、スカール渓谷から労働者たちの住むモールヴィルの町へと至る連峰の谷間には、深い雪が積もっていた。

がたがたと激しく揺れる単線の労働列車に乗っているのは、炭鉱で働く鉱夫ばかりだった。

いずれも手には、安全燈《あんぜんとう》と呼ばれる鉱山用ランタンを提げている。メタンガスへの引火を避けるため、細かい金網《メッシュ》で裸火を覆ったものだ。一日を暗い竪坑《たてこう》で過ごし、泥のように疲労した鉱夫たちは、誰も余計な口は開かず、刻んだ煙草をパイプに詰めたり、腕組みして静かに瞼を閉じたりしている。

雪で凍った線路からの脱線を避けるためか、列車はじれったいほどのろのろとした速度で走っている。クッションも張られていない木製の座席に背を預けたまま、日向は窓から外の風景を見下ろしていた。

モールヴィルの町は、擂《す》り鉢《ばち》状になった広い盆地の底にある。太い角材で斜面に土台を組んだ労働列車の線路は、その縁を這《は》うようにぐるぐると周りながら町へと降りて行く。

この盆地は元からあったものではなく、露天掘りされたスカール炭鉱の旧鉱の跡地だった。こちらはとうの昔に掘り尽くし、今は谷を一つ越えたところに新鉱があった。鉱夫たちは毎日、労働列車に揺られて朝夕に町との間を行き来するのだ。

大粒の雪が降り続けていたが、車両の真ん中にはダルマ型をした石炭ストーブがあり、寒くはなかった。都市部まで運んで行けば高い値段で取引される石炭も、ここでは掘ればいくらでも出てくる、見慣れたつまらない黒い石ころだ。

草木も生えず、死の谷のようにしか見えぬ、この荒涼とした場所こそ、新世界大陸で最も豊かな土地だと目をつけた最初の者たちだけが、短い間に莫大《ばくだい》な財産を築くことになったのだ。

列車に乗っている者の中で、東洋人は日向一人だけだった。他は一人残らずエアルランド系と思われる白人だ。

日向が炭鉱に潜り込んですぐの頃は、列車に乗っているのは華丹人ばかりだった。

当時、スカール炭鉱の労働組合は、賃下げに対して大規模かつ長期的なストを行っており、炭鉱の経営者側が華丹人労働者を臨時として大量に雇い入れていたからだ。日向はそれに乗じ、華丹人の「フー・フグン」として、この土地にやってきた。それはかつて華丹戦役の時に日向を救ってくれた男の名だった。そして間接的にではあるが、フーはそれが元で殺された。

だが、今は華丹人の労働者は殆ど見かけなくなった。残っているのは炭鉱で働く労働者全体の一割にも満たない。華丹人労働者ばかりを乗せて走っていた、この労働列車が爆破に遭い、大量の死者を出したからだ。

犯人はわかりきっていた。

労働組合から依頼を受けた「モーレイズ」だ。

だが、労働組合と、その背後にいる秘密結社モーレイズに牛耳られているモールヴィルでは、そのようなことは口にすることすら憚《はばか》られる。

やがて列車は町の中心部にある広場に停車した。運賃を払って乗る列車ではないので、周囲には駅舎どころかホームもない。車両から、泥と雪でぬかるんだ広場に飛び降りた労働者たちは、瓦斯燈《ガスとう》の明かりを頼りに、三々五々町中へと散って行く。家庭のある者、一人身の寒いアパートメントに帰る者、炭鉱の黎明期《れいめい》から何世代かに亘《わた》ってここに住んでいる者もいれば、食い詰めてやってきた数か月だけの臨時雇いもいる。

抱えている事情は様々だ。

日向は足を組合酒場《ユニオン・サルーン》へと向けた。店の正しい名称は他にあるが、この町では誰もがそう呼ぶ。簡易宿泊所を兼ねた安酒場で、労働組合幹部の溜《た》まり場でもあった。

入口のスイング・ドアを押し開いて中に入ると、店で飲んでいた連中が一斉に日向を見たが、すぐに興味を失って視線を戻した。

いつものように、日向はカウンターの端に座り、豆のスープとミルクを注文する。店主は面倒くさそうに頷き、冷えたスープを温めもせずに皿によそうと、カウンターの上に乱暴に置いた。続けて陶製のジョッキに注がれたミルクが運ばれてくる。棚に並んでいる酒の瓶が目について仕方なかったが、ニュータイド探偵社では工作員の飲酒を禁じていた。誰も見ていないとは限らない。自分以外の誰が、炭鉱に紛れ込んでいる同じ労働スパイなのかもわからないのだ。我慢するしかない。

仕事の後にここで夕食を摂《と》り、表にある納屋《なや》同然の小屋で、蚤《のみ》だらけの藁《わら》ベッドに横になるのが日向の日課だった。

「ジェイソン・ゴーラムが、奴隷《どれい》解放派への支持を表明した」

背後から声が聞こえてきた。日向が入ってきた時には、一度、会話を中断していたが、聞かれても安全と判断したのだろう。

この酒場に集まる者たちにとって、フーと日向は馴染《なじ》みの顔であり、そして空気のような存在だった。列車の爆破事件後、ストが終了し、エアルランド系労働者が戻ってきて華丹人の賃金が下がっても、炭鉱から去らずに居座り続ける奇妙な華丹人。日向は新世界大陸の言葉は殆どわからないふりをしていたから、やばい話を聞かれても問題ない相手だと思われている。酒場の店主も、日向が「豆のスープ」と「ミルク」以外の言葉を知っているとは思っていないだろう。納屋に寝泊まりするための宿代も、華丹人労働者を取り纏める世話役を通じて店主に支払っている。

「俺たちから搾取《さくしゅ》した金を、湯水のように解放派の政府や軍に注ぎ込んでるって話だ」

「つまり、華丹人の次は黒人を安く雇おうと考えてるってことか」

「そうに違いない」

ジェイソン・ゴーラムは、この炭鉱を所有する実業家だった。

JGレールライン社の社主で、ここでくだを巻いている連中と同じエアルランド系移民らしいが、石炭を運ぶ貨物路線で儲《もう》けた金で、スカール炭鉱を始めとするいくつもの鉱山を、次々と買収していた。

「ふざけやがって。他の炭鉱の同志たちに声を掛けて、またストを起こすか」

「いや、末端の組合員たちは、前回のストで働けずに収入が減って不満を募らせている」

「じゃあどうするんだ。黒人どもを雇うつもりなら、労働列車の路線を再び爆破するとでも脅迫するか」

「無駄だろう。華丹人と違って黒人は数も多いし、大陸の言葉にも堪能だ。トラスト側もピリピリきているから、あまりやり過ぎると、いざ解放派が戦争に勝ったら、俺たちは全員、解雇されるかもしれないぞ」

会話をしている連中の方を見て、まじまじとその顔を確認するわけにもいかない。各鉱山の労働組合が手を組んでいるのと同様、鉱山を運営する側も企業合同《トラスト》を組み、利益追求と労働者への支配を強めていた。

声から判断するしかないが、いずれも知った相手だった。日向の任務は、労働組合幹部のうち、誰が直接、モーレイズに関わっているかを調べ、密告することだった。

不味《まず》いスープを飲みながら、会話を交わしている連中の名前を頭の中に刻み込む。

ニュータイド探偵社のエージェントであるフィンチに、要注意人物として報告する必要があるだろう。

「そういえば、お前のところのガキ、はいはいくらいはするようになったか」

話題はすでに別のことに移っている。

「ああ。可愛《かわい》くて仕方ねえ」

「だったら、こんなところで油を売ってないで、早く帰ってやれ」

テーブルに着いている男たちが笑い声を上げた。

ホテルのベッドに寝転がり、そんな光景を思い出していた日向は、外から聞こえてくる馬車の車輪の音と、馬の嘶《いなな》きで我に返った。

体を起こし、窓からレイヴン通りを見下ろす。

二頭立ての幌《ほろ》付き荷馬車が、ホテルに併設された薬屋の出入口の前に停まっていた。何か荷物でも届けに来たのかと思ったが、下りてきたのは女だった。

合わせの部分にフリルの飾りがついた白いブラウスに、黒色の丈の長いアコーディオン・プリーツスカート。頭には鍔《つば》の広いボンネット帽を被《かぶ》っている。大都市アグローのビル街でよく見かける、タイピストなどの職業婦人のような出《い》で立ちだった。

溜息をついて窓から離れると、日向はベッドに戻って腰掛けた。

ひと先ず任務から解かれることはなかったが、できるだけ早く伊武を見つけ出さなければならない。そのためには、あの八十吉とかいう純朴そうな見習い職人の少年も利用することになるだろう。

いつまで自分は、このような仕事を続けなければならないのか。

一瞬、そんな考えが頭を過《よ》ぎったが、無精髭《ぶしょうひげ》の生えた頬を両側から挟むように平手で強く叩《たた》き、振り払った。これを終わらせて金が入れば、日下國に帰れる。それまでの辛抱だ。

上着の下に手を差し入れ、体側にベルトで固定した隠しホルスターの中にある愛用の自動回転式拳銃《オートマチック・リボルバー》の銃把に触れる。

これを使うことにならなければいいがと、日向は願った。

「まいどー。ご家庭に明かりを点すフェル電器の者ですが」

金色の飾り文字が描かれた、ホテル玄関のガラス戸を押し開いてその女が入ってきた時、マードックは新しい恋が始まったと思った。

「荷物を引き取りに来たんだけど」

顎紐《あごひも》を解《ほど》いてボンネット帽を外すと、女は辺りをきょろきょろと見回す。

長い髪はマードック好みのブロンドで、ゆるくウェーブが掛かっていた。

「マードックさんはどちら?」

「私がそうですが……」

女はフロントまで歩いてくるとカウンターに身を乗り出し、鼻先が触れんばかりまで顔を近づけてきてマードックの顔をまじまじと見つめた。

マードックの鼓動が早鐘のように鳴る。女は美しい顔立ちをしていた。白い肌には染《し》み一つ無い。瞳は深い海の色を連想させるターコイズ・ブルーだ。どうやら視力が悪いらしく、寄り目になっている。

「手紙を送っておいた筈《はず》なんだけど」

「受け取っております」

マードックは頷いた。

「万博労働者共済組合」を通じて連絡を取った「スリーパー」から、モーレイズを象徴するウツボのマークのスタンプが押された封書が送られてきていた。中身は伊武の処遇に関する指示だった。できるだけそのままの形で傷つけないこと、フェル電器産業の関係者を名乗る相手に引き渡すこと、運び出しやすいように準備しておくことの三つだ。

これが滞りなく済めば、五千ドルが銀行を通じて支払われる約束になっている。リンディがいなくなってしまい、薬屋の営業にまで手が回らず、日銭が稼げず経営が苦しくなっていたが、それを補って十分に余りある金額だった。

血肉のない伊武の体は、興味深くはあったがマードックの性的な興奮を喚起するものではなく、扱いに困っていた。

「表に馬車を待たせてあるの。例のものは」

「もう荷造りしてありますよ」

踏み台から飛び降り、マードックはフロントの表側に回った。

「私、一人で来ているのよ。運ぶのを手伝ってくださる？」

女はフロント越しに、先ほどまでマードックがいた場所に向かって話している。

「私はこちらですが……」

戸惑った気持ちでマードックが言うと、女は分厚い眼鏡を取り出して装着した。

「ああ、よく見える」

女はリンディよりも背が高かった。見下ろされると、マードックの背筋に、ぞくぞくとしたものが走る。

「実に残念ですな」

「何が？」

ぶっきらぼうな口調で女は答える。

「あなたのようなお美しい方は、その美しさに相応《ふさわ》しい振る舞いをし、話すべきです。

私なら、あなたを淑女に育てることができるのだが……」

「淑女？　私が？　無理無理。絶対に無理」

マードックの口説き文句に雑な返事をして、女は顔の前で手を横に振ってみせる。フェル電器の者だというのは、おそらく合い言葉のようなものだろうが、女がどういう立場の人間なのかもわからない。あまり育ちが良さそうには思えなかった。

「この件とは別に、一度、食事でもどうですか。着ていく服がなければ、仕立屋を呼んで作らせましょう」

「もしかしてあなた、私のことを口説いてるの？」

女がきょとんとした顔をした。

マードックは口元に薄く笑みを浮かべた。どんな女も、最初はこんな表情を浮かべる。

小男であるマードックが必死になって口説いてくるのを、蔑《さげす》むような目で見る女もいれば、憐《あわ》れむような態度を取る女もいる。だが、どの女も、マードックの誠実さやマメさ、紳士的な洗練された振る舞いに、やがて心打たれ、最後はうっとりとした表情を浮かべて落ちるのだ。

「そう受け取っていただいて結構ですが」

「マードックさん」

その時、割り込むように男の声がした。

見ると、ジョー・ヒュウガが、フロントへと歩いてくるところだった。マードックは舌打ちしそうになるのを我慢し、いつもの笑顔を浮かべる。

「これはヒュウガ様。お出掛けですか」

「ええ。今日は遅くなるかもしれません。良ければ玄関を開けておいてください」

「承知しました」

マードックは部屋のキーを受け取った。

「あれが、伊武を盗み出した男？」

日向がホテルを出て行くと同時に、女が呟《つぶや》いた。

「ええ。馬鹿《ばか》な東洋人ですよ。伊武を探しに行くのかもしれないが、灯台下暗《もとくら》しといったところです」

マードックは肩を竦めてみせ、女を促してフロントから薬屋へと続く扉を押し開けた。

閉店中の薬屋の商品棚には布が被せられ、店内は暗かった。レジの奥には、隠すように縦横四フィートほどの大きさの木の箱が置いてあった。中身は無論、機巧人形の

「伊武」だ。

「先ほどの件ですが」

木箱を台車に載せ、通りに面した薬屋の出入口から外へと運び出しながら、マードックは言う。

「食事のこと？　考えておくわ」

気のない様子で女が答える。

妙な物音がしたのは、御者にも手伝わせて、何とか木箱を馬車の荷台に載せた時だった。

マードックがそちらを見ると、折り畳み式のボックスカメラを手にした男が立っていた。にやけた顔をして、長い金色の前髪を掻《か》き上げている。

「おお、それはシュテッヒパルメ社のロールフィルム式ポータブル・ボックスカメラ。しかも最新モデルではないですか」

思わずマードックは声を上げた。新聞に掲載されていた広告の絵とそっくり同じだ。

伊武を引き渡して金が入ったら、真っ先に購入しようと思っていたものだ。

地下室での死後記念寫真《ポストモーテム・フォトグラフィー》の撮影と、万博が開幕後の宿泊客への貸し出し用の、趣味と実益を兼ねてだ。

「ふむ。あなたは物の価値がわかる人のようだ」

金髪の男が肩を竦めてみせる。

「私も購入を考えているのです。少し見せてもらえませんか」

「おっと」

マードックがカメラに手を伸ばすと、金髪の男はそれを上に掲げた。

「これは命よりも大事な商売道具でね。人に触らせるわけにはいきません」

「ほう……命よりも？」

むっとしてマードックは答えた。

少しくらい見せてくれてもよさそうなものではないか。

だが金髪の男は、そんなマードックなど目もくれず、この様子を黙って眺めていた女の方に向き直った。

「マルグリット・フェル女史ですね」

男はそう言って、遠慮なく手にしているカメラを構えた。

「人違いじゃないかしら」

「誤魔化《ごまか》しても無駄ですよ。もう何枚か狙撃《スナップ・ショット》させていただきました」

ロールフィルムを巻き上げながら男が言う。

「その木箱の中身は何です？　ＪＧレールライン社主のゴーラム氏との密会を取材していたら、妙な場面に行き当たったものだ」

「あなたは？」

「これは申し遅れました。『ゴダム・ニュース・ポスト』の記者で、エドガー・ポートマンといいます」

それならば、マードックも毎日、ホテルに配達してもらっている新聞だ。

「あまり詮索《せんさく》すると、面倒なことになるわよ」

「ははは……。そんな脅しは私のような職業の者には日常茶飯事ですよ」

怯《ひる》んだ様子もなく、ポートマンと名乗ったその男は答えた。

それに対しては受け答えせず、女は御者に命じて馬車を動かし、ホテルの前から去って行った。

「万博の利権に絡《から》んだ企業家同士の癒着か、それとも色恋沙汰《ざた》か……どうやらそんなつまらないネタではなさそうだな」

顎に手を添え、ポートマンは独りごちている。

「あなたにも取材したい」

そして薬屋の出入口からホテル内に戻ろうとしていたマードックに声を掛けてきた。

「このホテルにジョー・ヒュウガという東洋人が宿泊しているね？　別件で取材を続けていたが、まさかゴーラム邸を出たフェルが、ここにやってくるとは思ってなかった。これは偶然と言えるのかな」

この男は何を摑《つか》んでいるのだろう。マードックは慎重に相手の顔色を窺《うかが》う。

「ヒュウガが、どういう人間かご存じないでしょう。まさに『東洋の黄色い悪魔』と言うに相応しい男だ。私は華丹で従軍記者をしている時、信じられない話を聞きましたよ」

「お客様のことに関しては、何もお答えできません」

マードックは、ホテルマンらしい毅《き》然《ぜん》とした態度で答えた。

「少なくとも、私がお見受けする限りでは、ジョー・ヒュウガ氏は、あなたよりもずっと紳士でおられるようです」

心にもないことをマードックは口にする。

「なるほど。ところで、この最新式ポータブル・ボックスカメラにご興味があるなら、今から、それについてお話でもどうです。試しに二、三枚、撮ってみていただいてもいい」

「結構。遠慮しておきます」

命よりも大事だというなら、騙《だま》して地下室に誘い込み、殺して奪ってやろうかとも思ったが、マードックは思い止《とど》まった。男の臭い死体を解体し処分するような重労働はごめんだ。

「そうですか。では、残念ですが今日は諦《あきら》めますよ。だが、いずれまた現れます」

鬱陶《うっとう》しいくらいに伸びた前髪を掻き上げ、ポートマンはマードックに背を向けると、通りを歩き始めた。

13

馬離衝《バリツ》と呼ばれる武術の特徴は二つある。

一つはその呼吸法だ。馬離衝では「相気《あいき》」と呼び、これを調和させることを目的とする。

一元、太極、三才、四神、五行の五種類の呼吸法があり、敵をねじ伏せるのではなく、調和することによって力を封じ、無力化するのが馬離衝だ。

一元は生命の源を示し、相気の基礎であると同時に極意である。修行者は、これを会得《えとく》することに一生を捧《ささ》げる。

太極とは陰陽のことである。陰は極まれば陽に転じ、陽は極まれば陰に転じる。真逆の性質を持つものは、過ぎればその正反対の力を引き出すものである。

三才は、天地人を示す。馬離衝に於《お》いては、天の時、地の利、人の和を示し、闘いは個人の技量以上に、時合いや天候に左右され、足元は砂地なのかぬかるみなのかなどの地場の状況や、味方との信頼などが重要であることを示している。

四神は、朱雀《すざく》、玄武、白虎《びゃっこ》、青龍の四方神を表す。相手との立ち位置が重要であることを示している。また相手の力を利用して投げたり、打撃を繰り出してくる勢いを利用して反撃を入れる方法などを示している。

五行は、木火土金水の相生相克《そうせいそうこく》を示している。例えば水は木を生かし、火を克する。相手の弱点を見抜き、効率よく倒すことを説いている。

修行は一元の呼吸から始まるが、その後は五行、四神、三才、太極と順に会得していき、最後はまた一元に戻って極意を目指す。

八十吉は宗家に生まれたが、せいぜい五行の呼吸の修行が終わり、四神の呼吸の修行に移ったという程度の腕前だ。心には乱れが多く、まだ力任せに相手をねじ伏せようとすることも多い。究極に至れば、ひと睨《にら》みするだけで勝負が決する。実際、この武術を創始した馬寮司《めりょうのつかさ》は、暴れ馬の首を撫《な》でるだけで大人しくさせたという逸話が残っている。

馬離衝のいま一つの特徴は、あらゆるものを武器にするという点だ。これは天帝の前では寸鉄を帯びることも許されなかったという事情による。

いざという時のために、身の回りにある、あらゆるものを武器として使う修行も日常的に課せられる。鍬《くわ》や鎌《かま》などの農具は言うに及ばず、大工道具、台所で使う包丁や鍋釜《なべかま》、椅子や酒瓶や箸《はし》や衣紋《えもん》掛けに至るまで、思い付くおよそありとあらゆる物を使う。日下國館の普請場で、うるさい土木会社の社員の顔に漆喰《しっくい》の塊を命中させたり、ピュグマイオイ族とのボーリング勝負で一投で全部のピンを倒したり、日向を襲った時に、床に転がった割れた瓶に向けて投げ飛ばしたのも、偶然ではなく狙《ねら》ってやったことだ。

「何だ八十吉、腑《ふ》抜《ぬ》けのようになりやがって」

緩慢な動作で日下國館の外壁に漆喰を塗っていた八十吉に、左官の親方が声を掛ける。

仕上げが近くなり、竹で組まれた足場は殆ど解体され、高欄から瓦葺《かわらぶ》きの屋根の上に出ての作業中だった。

「ひでぇコテむらだ。これじゃやり直しだ馬鹿野郎。余計な仕事を増やしやがって」

「すみません……」

口答えもせずに、がっくりと肩を落として俯《うつむ》いてしまった八十吉に、親方の方が驚いて目を見開いた。

「いや、どうした八十吉。いつもみたいに言い返してくりゃいいじゃねえか」

「夜中までかかってもやり直します。無駄にした材料代は出面《でづら》から引いといてください……」

「そんなつもりで言ったわけじゃねえ。別に怒ってないし、急ぐ仕事でもない。俺が直しといてやるから、ちょっと茶でも飲んで休んでこい、八十吉」

心配した様子で親方が言う。

「小半刻《こはんとき》ほど辺りをぶらぶらして、頭を冷やしてきます」

「そうしな」

道具を足下に置いて立ち上がると、八十吉は日下國館の屋根から万博会場を眺めた。

季節は秋に入っており、クリスタル湖の岸辺に生えている楓《かえで》の葉は、早くも黄色から朱色へと色づき始めている。湖面には青空が鏡のように映り込んでいた。

日下國館から、機巧人形の「伊武」が盗み出されてから、もう数か月が経《た》っていた。

会場の整備は、着々と進行しつつある。

ラグーンを挟んだ向かい側にある「電氣館」の工事も、ようやく鉄骨の棟上げが終わり、屋根を張る作業が始まっていた。工期全体からすると遅れ気味だが、それでも数か月前の状況を思い浮かべれば、驚くほどの進み具合だ。

八十吉にはよくわからなかったが、「万博労働者共済組合」の幹部が、ゴダム市内で行方不明になったり、作業中の事故で重傷を負ったりする不幸が続いたらしい。今は組合は交渉する力すらなく、まるで万博委員会の下部組織のようになっている。

「電氣館」の中には、万博会場全体に電氣を供給する巨大な蒸氣式発電機が設置され、展示しながら稼働《かどう》する予定だという。

八十吉は視線を別の方へと向けた。日下の職人たちやピュグマイオイ族の宿舎などが仮設されている会場内のミッドウェイと呼ばれる地区に、新たに巨大な土台が築かれつつあった。

――観覧車《ホイール》。

ゴダム万博の最大の目玉とされている建築物だった。

数年前に開催されたルテティアの博覧会では、不可能と言われていた三百メートル超の鉄の塔《タワー》が建設された。

新世界大陸の威信をかけたゴダム万博を成功させるには、それ以上のものを作る必要があった。各国から集まってくる客をあっと驚かせるような仕掛け。建築家や芸術家などを対象とした公募によって、委員会にアイデアが集められたが、その結果、採用されたのが、この観覧車だった。

日下の職人たちの間でも噂《うわさ》は持ちきりだった。直径七十五メートル、土台の高さを含めると最頂部は九十メートル近くなる。ルテティアの塔の三分の一程度の高さだが、この建築物は人を乗せたまま回転するのだ。

そんなふざけたものが本当に建設可能なのかどうか、議論はそこからだった。日下の職人たちの間で行われている賭《か》けでは、失敗する方に張っている者の方が若干多い。また、可能であったとしても開催初日には間に合わないだろうという見解もある。仮に完成したとしても、ゴダムに年に何度か訪れるハリケーンが来れば、倒壊の恐れがあるのではないかと言われていた。

それ故《ゆえ》に、万博委員会ではもうひとつの目玉として、日下國館で展示される「伊武」に注目していたようだが、盗難にあった伊武がどこに持ち去られたのか、未《いま》だに手掛かりすら得られないらしい。

通訳である日向とは、週に何度か顔を合わせているが、やはり伊武の行方はわからないようだった。

一時は八十吉も、日下國館から伊武を連れ出したのは日向であるとゴダム市警に訴えようかと迷っていた。しかし、己が夜毎《よごと》、伊武に会うために日下國館に忍び込んでいたことまで明らかにされてしまいそうで、恥ずかしさからの躊躇《ちゅうちょ》があった。

日向が嘘《うそ》をついているのではないかという考えもあったが、だとするとゴダム市内にいつまで経っても留まっている理由がわからない。伊武を盗むのが目的で、誰かに引き渡したのなら、さっさと姿を消してもよさそうなものだ。

伊武はどこに行ってしまったのだろう。

日下國館を出て、ラグーンに架かる太鼓橋の頂に立った八十吉は、十三層構造の日下國館を顧みる。

日向の話を信じるなら、伊武が目覚めた時に、怖《お》じ気《け》づいて逃げ出してしまったことが悔やまれた。

その手を取り、自分が日下國館から連れ出してやるべきだったのかもしれない。そうすれば今頃、八十吉はどこかで伊武と二人きりでいられたかもしれないのだ。

四方を建物に囲まれたゴーラム邸の中庭は石畳になっており、半球状《ドーム》に組まれた鉄骨には、温室よろしくガラスが張られていた。

よく手入れされた花壇には、庭師によって四季ごとに違う花が植えられている。今は紅茶のような色合いをした秋バラが開花していた。

ゴダムではこの時期、小春日和《びより》の穏やかな晴天が続く。夜は冷え込むものの、日中は比較的過ごしやすい暖かさとなるが、中庭には南国のような湿気が籠《こ》もっており、足を踏み入れるとじんわりと空気が重く感じられた。

「伊武はいる？」

中庭へと続くテラスにいた女中に、フェルは声を掛けた。

女中がフェルの出で立ちを見て、一瞬、眉《まゆ》を顰《ひそ》めてから、小さく頷《うなず》く。

フェルは、キャンバス生地をインディゴ染めし、ポケットや布の継ぎ目に銅リベットを打ったジーンズを穿《は》いていた。足元には革のロングブーツを履いている。男のような格好を通り越して、もはや炭鉱の作業員のようだ。上半身には女性用のブラウスにコルセットを着用しているので、余計にちぐはぐに見える。流行に疎《うと》く、着るものに頓着《とんじゃく》していないようにも見えるが、フェルは自分の気に入ったものや動きやすいものを自由に取り入れて着ているだけだ。

テラスからの段差を下り、大理石が贅沢《ぜいたく》に使われた中庭の石畳を進んでいくと、中央辺りに睡蓮《リリーパッド》の葉が浮かんだ人工の泉があった。

その傍らに佇《たたず》んでいる伊武の姿を見つけ、フェルは足を止める。

モスリン生地で仕立てられた古風な白いシミーズドレスに、肩にショールを掛けている。黒く艶《つや》のある髪は、後頭部の高い位置で纏《まと》められていた。

「……フェルさん」

近づいてくるフェルのブーツの音に気づき、伊武が顔を上げる。

「屋敷から出られなくて退屈している？」

「いえ……そんなことは」

驚くことに、この数か月の間に、伊武は殆《ほとん》どネイティブと遜色《そんしょく》がないほどに言葉を理解し、喋《しゃべ》れるようになっていた。本人がそれを習得しようと特別な努力をした様子はない。あまりにも自然すぎて、伊武がいつからこうなのか、思い出せないくらいだった。

フェルが調べたところでは、伊武の体の中に、蓄音機《フォノグラフ》のような録音装置や、その再生装置のようなものはない。信じられないことだが、動力はバネと撥条《ぜんまい》で、回転錘《ローター》を利用した自動巻き方式が採用されている。詳しく調べれば調べるほど、伊武が動いていることは異常だとしか思えなかった。

感情どころか生命もない人形の筈なのに、伊武の仕種《しぐさ》からは、そのようなことは一切感じられない。

「あの……彼女……いえ、『スリーパー』はまだ目覚めないのでしょうか」

「そうね。私の力不足だわ」

フェルは肩を竦《すく》めて答える。

伊武も、それから「スリーパー」も、フェルの理解を遥《はる》かに超えていた。こんなことは生まれて初めてだった。伊武を作った釘宮久蔵という機巧師や、その衣鉢《いはつ》を継いだ田坂甚内という男に会ってみたいと思ったが、いずれも、伊武の話によると、遠い昔に死んでしまっているようだ。

「私が力になれるなら、何でもします」

「もう十分、協力してもらっているわ」

泉を囲っている大理石の枠にフェルは腰掛ける。「スリーパー」を目覚めさせるという件については、今のところはお手上げだった。

一年以上前からフェルがゴーラム邸に通い詰め、時には何日にも亘って泊まり込んだりしているのは、それが目的だった。成功すれば万博の送電システムは直流方式が採用され、すべてフェル電器が請け負うことになっていたが、今やビジネスよりも機巧人形そのものへの興味の方が勝っていた。

どんなに複雑な構造のものでも、いつかは理解できるという自信があった。だが、一年や二年では時間が短すぎる。

「スリーパー」の構造を知るため、何十万にも及ぶ撥条や歯車などの部品を、一度すべて分解し、仔細《しさい》に調べた後、再び組み上げるという途方もない作業を、フェルはたった一人で数か月の間にやり遂げた。それでも目覚めさせるための鍵《かぎ》となるものは、何も見つけられなかった。

電流を使うなどのかなり荒っぽい実験を行っても、結果は同じことだった。副産物として処刑用の交流式電氣椅子《いす》などのいくつかの発明が生まれただけだ。

ゴーラム邸に伊武を運び込み、バールを使って木箱を開けた時には、まるで自分が人身売買の犯罪の片棒でも担《かつ》いだような気分になったが、裸で手足を縛られて猿轡《さるぐつわ》を噛《か》まされ、身動きが取れずにいた伊武は、確かに人間ではなかった。

伊武の喉元《のどもと》から下腹部にかけて痛々しい開腹の痕《あと》があり、乱雑にテグスで縫われていた。中身は血肉や骨ではなく、削り出しの骨格の間に、歯車がみっしりと詰まっていた。

——あなたは騙されていたのよ、伊武。

屋敷に拉致《らち》して暫《しばら》く経ち、徐々に伊武との意思疎通《そつう》が可能になってきた頃、少々、心は痛んだが、研究に協力してもらうためフェルは嘘をついた。

「あのジョー・ヒュウガという探偵は、変態のホテル経営者を通じて、あなたをどこかに売り飛ばそうとしていた。それを寸前に私が買い取ったの」

説得に当たったのが女であるフェルだったからか、それとも元々が素直な性格なのか、伊武は意外にあっさりとその言葉を信じた。地下室で酷《ひど》い目に遭ったようだから、それで信じる気になったのかもしれない。

「また少し、あなたの体をいじらせて欲しいんだけど」

「わかりました。でもその前に、あの……『スリーパー』に会わせてもらえませんか」

どうも伊武は、ベッドで寝ている「スリーパー」を、その名で呼ぶことに馴染めないようだった。

伊武と「スリーパー」を初めて引き合わせてみたのは、ほんの一週間ほど前のことだ。フェルとゴーラム、それから部屋付きの老女中らが立ち会う中、伊武は「スリーパー」と対面したが、予想していたのとは違う反応を示した。

「どうしてここに……」

口元を両手で覆《おお》い、確かに伊武はそう言った。

「お知り合い？」

フェルがそう問うと、伊武は長い沈黙の後、悲痛な様子で頷いた。

「ええ」

そして、どういう構造になっているのか、瞼《まぶた》の裏側から涙を溢《あふ》れさせ、付け加えた。

「……お友だちです」

ベッドに近づくと、伊武は物言わぬまま目を見開いて天井を見上げている「スリーパー」の手を握った。

フェルはゴーラムと顔を見合わせ、頷き合った。

伊武の体の構造は、「スリーパー」と、あらゆる面で酷似していた。二体は同じ作者の手によるものだとフェルは睨んでいたが、やはり面識があるらしい。

どちらにせよ、機巧人形の技術は、知られている限りでは、日下國以外には伝わっていない。

釘宮久蔵作と言われている金剛鸚哥《こんごういんこ》や蟋蟀《こおろぎ》の機巧人形の他、その師匠である比嘉恵《ひがけい》庵《あん》の作で、テロルに使用される予定だった鳥や猫などの小動物に似せたものなど、海外に流出した作品は多い。技術発展にも大いに貢献し、蒐集家《しゅうしゅうか》の間でも高値で取引されているが、人間を模した機巧人形は非常に稀《まれ》だった。

日下國でも、伊武の他には、破損が酷いらしいが、「仁左衛門《にざえもん》」と呼ばれる男性型の機巧人形が一体、残っているだけらしい。動いているものは皆無だ。いや、人間に紛れて気づかれていないだけかもしれないが。

ゴーラムが有力な出資者として万博委員会に名を連ね、日下國館の出展を強く推したのも、「スリーパー」のためだった。機巧人形に関する展示が行われるなら、その資料も大量にゴダムに持ち込まれる。万博終了後には、日下國の政府にゴダム市との友好のために展示物の寄進を求め、場合によってはゴーラムが資金を出して、合法的な形でそれらをすべて買い取る腹積もりもあるようだった。

「スリーパー」を目覚めさせるためなら金に糸目はつけず、どのような手段も辞さないという気概が、ゴーラムからは感じられた。万博での電流戦争の利権と引き換えに、発明家として名を馳《は》せていたフェルを呼び寄せたのもそのためだ。

但《ただ》し、ゴーラムが期待していたような成果をフェルは上げることができておらず、最近は関係も険悪になりつつある。

伊武を連れて中庭を出ると、フェルは屋敷の奥にある塔の最上階、「スリーパー」の部屋に足を向けた。フェルが屋敷のなかをうろうろしていても女中たちは何も言わないが、伊武が何者なのかは気に掛かっているようだった。まさか機巧人形だとは思いもよらないだろう。

両開きの大きな扉を押し開き、フェルは中に入る。

続けて入ってきた伊武は、早速、ベッドサイドへと向かった。

傍らの椅子に腰掛け、伊武が「スリーパー」の手を握ってやる。

「ごめんね。もっと会いに来てあげたいんだけど……」

伊武の声はどこまでも優しかった。

己と同じ境遇の相手を慈《いつく》しんでいるようにも聞こえる。

「ねえ、ちょっと聞いてもいいかしら」

フェルは慎重に声を掛ける。伊武に妙な疑いを抱かせてはいけない。

「『スリーパー』が動いていた頃のことを、伊武は知っているの？」

「ええ」

握った手をゆっくりと擦《さす》りながら伊武が答える。

「この子は、かつて日下國では『天帝』と呼ばれていました」

14

結局のところ、幡子《まんじ》半島の奥地に農民として潜入した四人の軍事探偵のうち、生きて日下軍の第二軍に帰還することができたのは、日向一人だけだった。民工に化けて潜入した野崎敬作をリーダーとする四人は、誰一人として帰還しておらず、捕虜になっているのは確実と思われたが、その生死は定かではなかった。日向も手ぶらで第二軍の本部に戻ってきたわけではない。奥地に点在する村々の情報の他、市街地の地図、駐屯している華丹軍の装備や数など、多くはないが、死んだ仲間が残した資料やメモを持ち帰ることに成功した。油紙に包み、肛門《こうもん》の奥に押し込んで隠し持っていたのだ。それが死んだ仲間に報いることだと、その時は思っていた。

師尾《しお》山を挟んでの華丹軍と日下軍との攻防は、じりじりとした一進一退の様相を示していた。

争いはまるで、戦国時代の戦のような有り様だった。

幡子市街を防衛する華丹軍の数はおよそ一万二千。新規募兵が多く、旧式の火縄銃の他、弓矢、槍《やり》や矛、柳葉刀や青竜刀で武装しているばかりである。

一方の日下軍の総数は三万五千で、数だけ見ると大きく上回っているようだが、そのうちの一万ほどは輸送や雑役を行う軍夫だった。水も合わず、慣れぬ異国での長期に亘《わた》る行軍で兵は疲弊しており、そのため脚気《かっけ》や赤痢などの病気が蔓延《まんえん》していた。日下軍は後装式小銃も装備していたが、わざわざ幡子口から持ってきた大口径の野砲は、道が険しくて輓馬《ばんば》で引いても山を越えることができず、無用の長物と化していた。

日向が幡子口にある第二軍第一師団司令部に戻ってから、三か月が経った。

体調はだいぶ回復したが、野崎ら四人の消息については未《いま》だわからず、日向は半ば諦めていた。己が指一本として失うことなく帰還できたことすら奇跡だ。野崎らは捕まり、すでに処刑されたものと考えた方がいい。そう思っていた。

だが、野崎は生きていた。それも最悪の形で。

ゴダム・パラダイス・ホテルの部屋の洗面所で体を清拭《せいしき》し、泡立てたクリームを顎に塗って髭を当たりながら、日向はそんなことを思い出していた。

自分が肉を食えなくなったのは、野崎と再会してからだ。肉だけでなく、実際には殆どの食べ物を胃が拒否する。それでも我慢して押し込むのは、死なないための儀式のようなものだ。受け付けるのは酒だけだ。アルコールは脳を痺《しび》れさせ、いろいろなことを忘れさせてくれる。

華丹戦役が終わり、日下國に帰国しても、親類を頼りに天府で暮らしていたお夕や、元気に歩き回るようになっていた勘助の顔を、もうまともには見られないようになっていた。

「野崎さんも長岡も、それから他の同僚たちも、みんないなくなってしまった」

日向がそう伝えると、お夕は目に涙を滲《にじ》ませ、切なげな表情を浮かべた。

「必ず私の元に謝りに来てくれと申し上げましたのに、長岡さんは約束を守ってくれなかったのですね」

そして頻《しき》りに長岡の最期《さいご》の様子を聞きたがったが、とても話せたものではなかった。軽佻《けいちょう》なところはあったが、冗談を好む陽気な男だった長岡の死は悲惨で、お夕が聞くにはつらすぎるだろう。野崎に至っては、どのような形で発見され、どのように処刑されたかは機密となっていた。表向きは華丹奥地に軍事探偵として潜入の後、生死不明ということになっている。

天府での生活が始まっても、お夕が毎日拵《こしら》えてくれる心づくしの料理すら、日向の胃は受け付けなかった。

嫌々食べているのは、表情では隠しているつもりでもわかるようで、お夕との関係も、徐々に悪くなっていった。

「日華貿易商会」から軍事探偵として日下軍に配属となった者たちは、その任務の性質もあり、正式な軍人ではなかった。天府は華丹戦役での戦勝景気に沸いていたが、日向は職を探すこともなく、次第に酒に溺《おぼ》れていった。

華丹で起こったことを綺麗《きれい》さっぱり忘れ、自分だけが妻子とともに幸せに暮らすのは、フーの件や野崎の件、死んでいった同僚を思うと、許されることだとは到底、思えなかった。

「自分は華丹で死ぬべきだった」

ある日、日向はその胸の内をお夕に伝えた。

夏の夕暮れのことだった。遠くでひぐらしが鳴いていたのを覚えている。

縁側に出した盥《たらい》で、お夕が勘助を沐浴《もくよく》させている最中だった。

「俺は国を捨てようと思う。それから君と、勘助もだ」

「……あなたは変わってしまいました」

日向に背を向けたまま、お夕が呟く。髪を拭《ふ》いてもらっている勘助が、きゃっきゃと声を上げている。

「やはりそう思うか」

「どこがどうとは言えません。でも、日華貿易商会で働いていた時のあなたではないと思っています」

華丹での体験と酒が、己の体だけでなく心も蝕《むしば》んでいるのを日向は感じていた。このままでは、いつか自らの手で命を絶つ時が来るだろうという確信があった。恐ろしいのは自分の死ではなく、その時にお夕や勘助にまで手を掛けやしないかという懸念《けねん》だった。そうはならないという自信がなかった。

荷物をまとめ、座毛崎《ざもうさき》の港から新世界大陸行きの船に乗ったのは、お夕にその気持ちを打ち明けてから、一週間も経たぬうちのことであった。

野垂れ死んでも構わないと思っていたから、荷物も金も、最小限しか持って出て来なかった。お夕は港まで見送りに来ようとはせず、眠っている勘助を抱いたまま、門前で「いってらっしゃい」とだけ言って日向を送り出した。

あれから何年経つのだろう。七年か、それとも八年か——。

下着姿のまま洗面所から出ると、ベッドの上に放り出してある懐中時計を手にし、日向はそれを開いた。

そろそろ出勤しなければならぬ時間だ。伊武の行方は摑めていなかったが、通訳の仕事が忙しくなりつつある。

身支度を整え、階下へ降りると、フロントにはすでにマードックが立っていた。

「おはようございます。今日は早いですね、ミスター・ヒュウガ」

気持ちの良い爽《さわ》やかな笑顔をマードックは投げ掛けてくる。

「ええ。午後から取材が入っているのです。土木会社の番頭と一緒に、新聞記者を案内するので、早めに行って打ち合わせを……」

「新聞記者？」

「『ゴダム・ニュース・ポスト』ですよ」

「おお、それなら私も愛読しています。日下國館の紹介記事が載るのですね。楽しみですな」

日向はマードックに鍵を預けると、外に出た。

レイヴン通りの交差点にある停車場で、列に並んで路面機関車《スチームトラム》を待つ。数か月前に比べると、万博会場周辺の交通事情《トラフィック》も、だいぶ整備された。

ゴダム市街の街並みも、新世界大陸のみならず全世界から来訪するたくさんの客たちを受け入れるため、急ピッチで開発が進んでいる。何しろゴダム万博は、半年足らずの開催期間中に、延べ三千万人の動員を目標にしているのだ。

ホテルや商店、レストランなどが次々にオープンし、ゴダム市を出入りする大陸列車と、市内を縦横無尽に走る路面機関車との接続が整えられた。移動はだいぶ楽になり、目に付く馬車の数が減った。路上に撒《ま》き散らされる馬糞《ばふん》の量も減り、上下水道も整備されたため、衛生面はかなりの改善が進んでいると日向は新聞で読んだ。総監督のコリン・バーネットへのインタビューか何かだったろうか。

やがて路面機関車が到着し、木箱に硬貨を放り込んで日向は乗り込んだ。合図のベルと同時に、車両が動き出す。

万博が始まれば、浮かれた観光客たちで満員になるのだろうが、今は会場へと向かう労働者ばかりが乗っていた。多くはエアルランド系白人だ。何となく、日向はスカール炭鉱時代の労働列車を思い出す。黒人は乗っておらず、東洋系も日向一人だった。有色人種は賃金が安いから、ゴダム市の外れにある安宿や宿舎から、一時間以上歩いて現場に通っているのだろう。会場内に自前の宿舎を建てて暮らすことを許されている日下の職人たちは、そういう意味では特別待遇だとも言える。

路面機関車は、万博会場の南門《サウス・ゲート》の正面にある駅に停車した。駅舎と会場が繋《つな》がっており、出口がそのまま万博会場の入口となっている。委員会から発行されている身分証を警備員に提示して中に入ると、日向は拱廊《アーケード》を歩いて行き、その先を抜けたところにある壮大なる中庭《グランド・コート》に出た。

毎日のことではあるが、その風景に日向は圧倒される。

東西に横たわるように造成された、水盤《Basin》と名付けられた人工池は、幅百メートル、長さ七百五十メートルを超える。

グランド・コートを囲うように、無数の円柱に支えられた白い石造りの荘厳な建物が並んでいた。屋根には雨樋《あまどい》の排出口を兼ねた怪物の彫像《ガーゴイル》が、万博会場を守るように見下ろしている。一体一体、意匠を凝らして作られており、同じデザインのものは一つもない。

人工池にはまだ水は引き入れられておらず、底面では作業員たちが忙《せわ》しげに働いていた。

ひと際《きわ》目を引くのは、人工池の西側の端に建立《こんりゅう》された、金色に輝く巨大な男神の立像だった。

新世界大陸発見の架空の英雄、コロンブスをモチーフに、左手に杖《つえ》、右手に鷲《わし》が上に止まった球を持ち、胸を張って佇むこの像は、万博の象徴として、「新世界大陸《ムンドゥス・ノーヴス》」という名称が付けられている。

コロンブス像が見つめる人工池の東端の向こう側は、湖門《レイク・ゲート》と呼ばれるアーチ状の建物になっていた。その先は蒸氣船が発着する波止場となっており、この大陸では五番目の広さを誇るクリスタル湖を経由して来場する客たちの入口となっている。

このグランド・コート全体が、万博の開催時には、数万個の電球によって飾られ、夜も照らされる予定になっていた。

「やあ、ミスター・ヒュウガ」

不意に声を掛けられ、日向は振り向いた。

そこには、ポータブル・ボックスカメラを構えたポートマンが立っていた。

思わず日向は手の平で自分の顔を隠す。

「私の顔は撮らないでくれ。前にも言った筈《はず》だが……」

「これは失礼」

カメラを下げ、ポートマンが前髪を掻き上げる。

「日下國館での、機巧人形の盗難事件の時以来ですかな」

近づいてきたポートマンは握手のために手を差し出してきたが、日向はわざとそれを無視した。

「今日はよろしく頼みますよ」

苦笑いを浮かべてポートマンが言う。

「すると、日下國館への取材を申し込んだ『ゴダム・ニュース・ポスト』の記者とは、あなたですか」

「そうです。まあ、半分はミスター・ヒュウガ、あなたと会って話したかったというのが本音だが」

「私と話したいなら、直接、ホテルの方に来ていただければ良かったのに」

「そういうわけにもいきますまい。のこのこ会いに行って、あなたと、あのマードックとかいう男に拉致されるのはご免ですからね」

ポートマンの言っている皮肉の意味が、日向にはよくわからなかった。

「マードック氏がどうかしたのですか？」

「とぼけなさるな。私も新聞記者の端くれ、この数か月の間に、いろいろと調べはつけてあります」

にやにやとした笑いを浮かべ、ポートマンは上着のポケットから革表紙の手帳を取り出して、それを繰った。

「あなたのいる『ゴダム・パラダイス・ホテル』だが、過去に何人か、宿泊客が行方不明になっていますね」

話に付き合う気になれず、日向はポートマンに背を向け、日下國館へと歩き出した。

「マードック氏の細君だったミセス・リンディも行方不明になっている」

「リンディさんなら、出産のために里帰りしている最中だ」

後ろにぴったりと付いてきながら喋るポートマンに向かって、馬鹿馬鹿《ばかばか》しいとばかりに日向は言い捨てた。

「出入りの業者などにもマードック氏はそう説明しているようだが、ミセス・リンディは実家には戻っていませんよ」

「何だって」

歩調は緩めなかったが、思わず日向はポートマンの方を振り向いた。

「地元の新聞社に手紙を出して調べてもらいました。間違いありません」

ポートマンの言うことは、どうも信用できない。鎌を掛けて、こちらから何か引き出そうとしているようにすら思える。

「ところで、あなたとは華丹で会っていますね、日向さん」

「私は華丹には行ったことがないと……」

「そうですか？　私の記憶が確かなら、あなたは幡子口に上陸した日下の第二軍第一師団で、諜報《ちょうほう》活動に携わっていた筈だが」

「誰かと間違えているのでは？」

とにかく、このポートマンというしつこい男から離れたかった。

「野崎さんを処刑したのは、あなただってね、ミスター・ヒュウガ」

日向は思わず足を止める。

「私は当時、アグロー・タイムスの特派員をしていましたからね。司令部であなたの姿も何度かお見かけしている。あの当時、幡子口にいた日下軍の関係者で、野崎さんの名を知らぬ者はいなかったんじゃないかな」

「貴様っ」

考えるよりも先に手が動いた。

ポートマンの襟元を飾っているクラヴァットを摑《つか》み、締め上げる。

「野崎さんがどうなったのかも、噂で聞いて知ってますよ。爆破された石室も見ました。もっとも記事にはしていませんがね。証拠がなかったし、そんなものを電文で本社に送ったら、私は華丹から生きて出られなかったでしょう」

日向は拳《こぶし》を固く握り、ポートマンの鼻面《はなづら》を殴りつけた。喧嘩《けんか》に気がついた労働者たちが、遠巻きに囃《はや》し立てたり様子を見たりしている。

「暴力になど屈しませんよ」

うっすらと鼻の下に滲んだ血を手の甲で拭《ぬぐ》いながら、ポートマンが立ち上がる。殴られて、地面に転がされても、ボックスカメラはしっかりと体で守っていた。

「本当はね、華丹から一時引き上げて座毛崎に滞在していた頃、居留地で発行されている外国語新聞で『華丹幡子での虐殺事件《マサカ》』について取り上げ、野崎さんの件を記事にしようとしたことがあります。結果は印刷所に回る前に記事は差し止め、新聞は三か月の発行停止で、私は『アグロー・タイムス』との契約を解除されました。おそらく軍部でしょうが、夜道で襲われて命を落としそうになったこともある。早々に私は新世界大陸に逃げてきましたよ」

ズボンについた土埃《つちぼこり》を払い、ポートマンは、まっすぐに日向を睨みつけた。

正面からポートマンと見つめ合い、拳を握って立ち尽くしたまま、日向は震えていた。怒りとも屈辱とも違ったこの感情を、どこにぶつけていいかわからない。

「それからのあなたの経歴を調べて驚きましたよ。新世界大陸に来てから、悪名高いニュータイド探偵社に雇われていたらしいじゃないか。あのマードックとかいう男と組んで、何を企《たくら》んでいるんだ？」

ポートマンの言っていることには、どうもちぐはぐな部分があった。深読みしすぎて、何か取り違えているらしい。

誰かが報《しら》せたのか、警備員が二人、飛んできた。事情など聞きもせず、いきなり日向を取り押さえようとする。この国では、何か揉《も》め事が起これば、悪いのは有色人種だと決めつけられる。

「何でもない。邪魔だからあっちへ行ってくれ」

だが、ポートマンは警備員たちに冷たくそう言い放った。戸惑った様子で警備員たちが日向を解放する。

「今日はビジネスの話をしに来たんだ」

警備員たちが去るのを待ち、ポートマンはそう口を開いた。

「買い取ってもらいたい寫真《しゃしん》がある」

ポートマンはポケットから何枚かの寫真を取り出した。

「あのマードックという男、あなたに秘密を持っていますよ。留守を見計らって、ホテルから妙な荷物を運び出していた」

差し出された寫真には、ホテルの外に横付けされた幌《ほろ》付きの荷馬車に大きな木箱を積み込んでいるマードックと、見知らぬ女が写っていた。

「その女性が何者か知ったら驚きますよ」

「どこの誰だ」

「寫真を買ってくれたらお教えしますよ。木箱が運び込まれた先も、おおよそ見当がついている」

「いくらだ」

「それはご相談で。本紙で一度、記事にしようとしたんですが、先に手を回されていたようで没にされました。もしかしたら、あなたなら買ってくれるんじゃないかと思いましてね」

日向の頭の中に浮かんだのは、木箱の中身は伊武なのではないかということだった。姿を消した伊武はホテルから出ておらず、マードックの手で何者かに売り飛ばされたのだとしたら……。

だが、何故《なにゆえ》にマードックがそんなことをするのか見当がつかない。

「わかった。買おう」

「そうこなくっちゃ。ところでこの木箱の中身は何なんです？　まさか死体などではないでしょうね」

「さあな」

日向はとぼけてみせた。

「では、商談は午後の取材が終わった後で。この女性の正体などは、その時に」

ポートマンはそう言うと、素早く日向の手の中にある寫真を奪い返し、去って行った。

釈然としない気分で日下國館に着くと、日向は作業中だった八十吉の姿を見つけ、早速、声を掛けた。

「……だから言ったじゃねえか。あいつは何か嘘をついているって」

日向の話を聞いた八十吉は、眉根を寄せてそう感想を述べた。

「いや、マードック氏は誠実な人物だ。信頼できないのはポートマンの方だ」

十三層の最上層、伊武が鎮座していた場所には、今は例の長須鯨《ながすくじら》の絵が入った腰掛けの箱だけが置かれている。ホテルから運び出し、八十吉が戻しておいたものだ。

「来ませんね」

様子を見に行っていた番頭が戻ってきて、困ったような表情を浮かべる。

日向は懐中時計を取り出して確認する。約束の時間はとっくに過ぎていた。

「他の取材が押しているのではないですか」

妙だとは思ったが、日向はそう言った。

取材記者がポートマンであるなら、万博の会場内にいる筈だ。

そわそわとした素振りで、また番頭が部屋から出て行く。

結局その日、ポートマンは日下國館に姿を現さなかった。

15

「ごーかーていーに明かりをーともーすフェル電器」

「それじゃ駄目よ伊武。もっと小節《こぶし》をきかせてくれないと。『明かりをおーともっす』

って感じで……」

「何をやっているのだ、君たちは」

ゴーラムが部屋に足を踏み入れると、フェルが持ち込んだ金属製の円筒形をしたフォノグラフに向かって、伊武が必死になって歌を吹き込んでいる最中だった。

「万博で展示するのよ」

「フェル電器の宣伝を兼ねてということか」

「ええ。きっとみんな驚いて、この歌を口ずさむことになるわ」

フェルはおでこに掛けていた眼鏡を下ろして目に装着すると、つるに手を添えながら、手帳を繰った。

「この後はキネトスコープの撮影よ。ダンスの振り付けは覚えているわね、伊武」

「はい」

伊武は真剣な表情で頷き、手をひらひらと不器用に動かしながら、妙なステップを踏んでみせた。

「それじゃまるで撥条仕掛けの人形よ。いや、実際そうか」

「踊りって難しいです。どうやって手足を動かしたらいいものか」

「あなたにそう言われると、返しに困るわね」

フェルが溜息《ためいき》をつく。

万博会場では、二百か所以上にフェル電器産業提供による「キネトスコープ」を設置する予定だった。高さ一メートルほどの映写機の箱に一セント硬貨を投入すると、数分間だけ電球が点《とも》る仕組みになっている。腰を屈《かが》めて拡大鏡のついた覗《のぞ》き穴に目を当て、中で再生される短い映画を鑑賞する装置だ。

ゴーラムも試作品は見ている。映像内容は老夫婦がキスをするシーンや、曲芸師がジャグリングをする様子など、たわいもないものだったが、今までは脳の記憶の中に留める他なかった動きのある光景を、記録として残す技術ができたことが衝撃的だった。

フェル電器では、キネトスコープそのものの生産よりも、再生される映像素材《ソフトウェア》の収録の方に手間取っているらしい。

「機巧人形の研究はどうなっている」

「もちろん続けているわ。伊武のお陰で、今まで不明だったこともいくつかわかった」

広い部屋の隅には、伊武の体を調べるための作業台があった。

胴体を載せるための大きな台の他に、両手両脚と首を載せるための小さな台が五つ。

革張りの簡素なもので、拘束ベルトも付いているところは、作業台というよりは拷問《ごうもん》のための道具を連想させた。

伊武のために用意したのは、屋敷の中でも最も日当たりの良い部屋のひとつだった。

それらの作業台や、フェルの持ち込んだ各種の奇妙な装置や機械、何百種類もの工具の数々は、どうも部屋の雰囲気からは浮いている。

「少し話がある」

窓を開き、外に向かって歌の練習を始めた伊武を後目《しりめ》に、ゴーラムはフェルを部屋の外へと誘い出した。

「これは？」

「おそらく、『スリーパー』の設計図か、製作過程で記録された構造図だ」

書斎にフェルを招き入れると、ゴーラムは黒檀《こくたん》の大きなデスクに着き、その上に置かれた書物をフェルの方へと差し出してきた。

表紙には毛筆で「其機《そのき》巧巧之《こうこうの》如何《いかん》を了知するに能《あたわ》ず」と書かれている。無論、フェルには読めない。

フェルはその分厚い書物を手にして、ぱらぱらと繰ってみた。どのページにも、恐ろしく緻密《ちみつ》な図面が描かれていた。

「但し書きや注釈のようなものは殆どないのね」

「おそらく秘儀秘伝の類で、わざと詳しい解説は省いているのだろう」

だがむしろ、日下語の読めないフェルには、図面だけの方が理解しやすかった。

「どうしたの、これ」

「日下國館で展示される予定のものだが、条件付きで万博開催までこちらで預かることになった」

「条件？」

「伊武の代わりに、当家にある『スリーパー』を、日下國館の展示物として貸し出すことになった」

フェルは眉《まゆ》を顰《ひそ》める。

伊武がここにいることは、ゴーラムとフェルの他には誰も知らない。屋敷で雇っている女中たちも、伊武がまさか機巧人形だとは思っていないだろう。

一方で、「スリーパー」が日下國の機巧人形の技術で作られたものなのは明らかだった。

このまま何の目玉もないままに万博開催を迎えるのは、日下國としても避けたいところだろう。そこにゴーラムから秘蔵品の貸し出しを持ちかけたといったところか。

「画工と写真師を何人か雇って、その書物は寸分違《たが》わずに複写させる予定だ」

「いいの？『スリーパー』を屋敷から出して」

どうもゴーラムの態度はおかしい。何十年も、「スリーパー」の存在はゴーラム自身と、その世話役である老女中の他には明かしていなかった筈なのだ。フェルに調べさせることとすら、ゴーラムは躊躇《ちゅうちょ》していたというのに。

「ああ、もういいんだ」

「もういいってどういうことよ」

フェルは食い下がる。

「言ったままさ。今、私の手元には伊武がいる」

「心変わりしたということ？」

ゴーラムは返答を避け、肩を竦《すく》めてみせるに留めた。

どうも、そう解釈して良さそうだ。

フェルの胸の奥底から、激しく不愉快な気分が湧《わ》き上がってくる。

長い年月の間、女神のように崇《あが》め、己の妻として扱ってきた機巧人形を、この男は捨てるつもりなのだ。当初は、「スリーパー」の機能を回復させるため、発明家であるフェルが調査と研究に呼ばれたが、実際に生きた人間のように動いている伊武を目《ま》の当たりにし、接しているうちに、そちらの方が魅力的に感じるようになったのだろう。

子供が新しい玩具《おもちゃ》を手に入れて古いものに興味を失うようなものだ。だが、そんなことが許されるのだろうか。

「エドガー・ポートマンという記者を知っているかね」

構わずにゴーラムが話題を変えてくる。

「さあ」

「この写真を撮った男だ」

ゴーラムは引き出しから数枚の写真を取り出し、それをデスクの上に置いた。

そこには、伊武の入った木箱をホテルから運び出すフェルの姿が写っていた。傍らにはホテル経営者のマードックの姿もある。

「君はこういうことに頓着《とんじゃく》しなさすぎる」

「フェル電器の社員にも、なるべく余計なことは知られたくなかったのよ」

「そちらの事情はいい。ここに写っているマードックという男は、かつて『モーレイズ』で雇っていた、誘拐、殺し、拷問のプロだ。伊武を手元に保護していると『万博労働者共済組合』を通じて、『スリーパー』に連絡を取ってきたのも彼だ」

「ちょっと待って」

眼鏡のつるの位置を直し、フェルは寫真に顔を近づける。

「あなたの言ってること、おかしいわ。モーレイズって、エアルランド系労働者の秘密結社のことでしょう？　労働組合を陰で操っているっていう……」

「そうだよ」

「じゃあ、あなたとは敵対する立場じゃない」

「私もエアルランド系だよ」

苦笑を浮かべてゴーラムが言う。

「元は炭鉱労働者だ」

「どういうこと？」

「君はフェル電器の経営には殆《ほとん》どノータッチのようだが、企業が成長し巨大化していく上で、組合対策は重要な問題なんだよ。ＪＧレールライン社が鉱山などを買収する過程で、私は何度も煮え湯を飲まされた。そこで考えたのさ。労働組合も、こちらで裏側から支配してしまえばいいってね」

ゴーラムは立ち上がり、天井まで届く大きな書棚の間にある窓を開いた。

風が入り込み、カーテンをふわりと揺らす。伊武が歌の練習をしている声が、ここまで微《かす》かに届いてくる。

「いい声だ。素晴らしい」

感嘆するようにゴーラムは言う。

「本当はモーレイズなんて存在しないも同じなんだよ。物事はバランスだ。労働組合の動向を常に監視して、こちらの都合の良いように操る。経営者側で都合の悪い人間がいれば、労働組合から恨みを買うように仕向けて始末する。労働者たちを表と裏から管理して、結局どちらも企業の利益に繋げるわけだ」

そう言ってゴーラムは振り向いた。

「昔、ある炭鉱で、華丹人を乗せた労働列車が爆破されたことがあった。労働組合の陰にいるモーレイズの仕業だと言われた事件だ。結果としては、経営者側は金を掛けず、また法にも触れずに不用になった華丹人労働者を厄介払いすることができ、保険会社からは大金が支払われた。恨みを買ったのは労働組合だけで、これを利用してモーレイズの正体を知っている組合幹部の何人かを自警団に始末させ、絞首台《こうしゅだい》に送ることに成功した。スト中だった労働者たちは有力な指導者を失い、賃下げを受け入れたまま職場に復帰した。爆破による報復で、気分だけは闘争に勝利したように錯覚していたわけだ」

昔話をするようなふりをして、フェルに圧力を掛けてきているのは明らかだった。

JGレールライン社とフェル電器産業では、資本力で百倍以上の差がある。

「フェル、君は解雇だ」

聞いたことのないような冷たい声をゴーラムは出した。

「万博の送電システムに関しては、テクノロジック社の交流方式を採用することにした。昨日、総監督のバーネットにも、その意向は伝えてある。もちろん、フェル電器の万博への出展を阻《はば》むものではないよ。キネトスコープは素晴らしい。それにフォノグラフもね。きっと話題を呼ぶと思うよ」

最後の方は、殆ど感情の籠《こ》もっていない棒読みの科白《せりふ》のような口調だった。

「待って」

フェルは食い下がる。

「万博の送電システムについては諦《あきら》めるわ。でも、伊武と『スリーパー』の研究は続けさせて」

「君は成果を出せなかった。もう一セントも出資する気はないぞ」

「いいわ。研究費用はフェル電器で負担します」

プライドはずたずたにされていたが、そこは譲れなかった。

不思議な気分だった。

伊武や「スリーパー」に対するこの感情はいったい何なのだろう。

子供の頃は、周りじゅうの人間が馬鹿に見えた。そのためか友達もできず、家族にも心を開いたことがない。部下とも反りが合わず、それが元でテクノロジック社の独立を許してしまった。

自分は今、ビジネスやプライドではない、何か別の感情で動いている。

「わかった。そちらは少々の猶予《ゆうよ》を与えよう。解雇と言ったのは取り消しだ」

最初からそうするつもりだったのか、ゴーラムが仕方ないという素振りで言った。

送電システムをテクノロジック社に任せた後も、フェルに機巧人形の研究を、しかも無償で続けさせるための駆け引きか。

フェルは眼鏡を外してポケットに仕舞うと、歩み寄って手を差し出した。

「これからも良好な関係を望んでいるわ。サー・ジェイソン」

「君が今、話し掛けているのは書棚だよ」

うんざりした調子でゴーラムが言う。

——ええ、知ってるわ。

そう答えそうになり、フェルは言葉を飲み込んだ。

外からは、相変わらず一所懸命に歌の練習をしている伊武の声が聞こえてくる。

16

――最期に、人間らしい食事を摂《と》って死にたい。

野崎の処刑は、日華貿易商会の同僚であり、特別任務班の生き残りである日向が行うことになった。

幡子口《まんじこう》から師尾《しお》山を越えた市街地の外れにある、古い寺院で野崎は発見された。

地下にある石室が、捕虜を収容しておくための仮の監獄として使われていたのだ。

民工として潜入した野崎をリーダーとする四人は、早々に捕まった後、ここに閉じ込められ、尋問を受けるなどの捕虜生活を送っていたらしい。

後でわかったことだが、荷馬車に乗せられて運ばれていた日向らのグループも、そこに連れて行かれる予定だったという。

日下軍による市街地の占領が済んでからも、町外れの小高い丘の上にある廃寺同然の寺院のことを気に止める者はいなかった。石室へと下りる狭い階段は、蓋《ふた》になった床板を上げて入って行く構造になっていた。占領直後に寺院を調べにきた日下兵は、これを見落とし、捜索済みを示す赤札を入り口の柱に釘《くぎ》で打ち付け、立ち去ってしまった。或《ある》いはこの時、石室の存在に気づいていれば、野崎ら四人は全員助かっていたかもしれない。すぐそばに前線の司令部がありながら、三か月に亘《わた》って、彼らは放置されていたのだ。

外からの明かりが入る隙間《すきま》もない石室の扉が開かれた時、日向はその場にいたわけではない。

発見から数日が経《た》ち、それが本当に軍事探偵として潜入していた日華貿易商会の野崎敬作なのか身元を検《あらた》めるため、面通しで呼ばれたのだ。

「野崎さん、よくご無事で……」

事情を知らされていなかった日向は、涙を流しながら、ぼんやりとした表情を浮かべている野崎の手を握った。

瘦《や》せさらばえ、眼窩《がんか》も落ちくぼんでいたが、間違いなく野崎だった。だが、日向の姿を見ても嬉《うれ》しそうな顔ひとつせず、何の反応も示さないことが気に掛かった。

「野崎を日下國に連れ帰るわけにはいかない。それが第二軍本部の判断だ」

そう聞かされた時、日向は耳を疑った。

「何故《なぜ》でありますか。見たところどこも怪我《けが》はしていないようですし、おかしなところは……」

言いかけて、日向は口を噤《つぐ》んだ。いや、どこかおかしい。

案内してくれた日下軍の兵士も妙だった。どこか野崎に怯《おび》えているようにも見えたし、その眼差《まなざ》しには、野崎を哀れむというか蔑《さげす》むような色合いがあった。

「口で説明するのは簡単だが、それではわからないだろう。野崎が発見された石室はそのままになっている。見れば君も、野崎を処刑しなければならない必然性が理解できる筈だ」

日向を幡子口から呼び寄せた、占領軍の旅団長を務める准将《じゅんしょう》は、唇を震わせてそう言った。冷静でいようと努めているのがわかる。

准将自らの案内で、日向は丘の上の寺院に連れて来られた。

門をくぐると、雑草が生い茂った前庭には、日下軍の兵が数名、朽ち果てた伽藍《がらん》に誰も近づけないよう見張りに立っていた。

「貴様らはここで待て」

准将は見張りの者たちに告げると、日向だけを伴って寺院の中へと入って行った。

「あの連中は、ここで何があったか知らずに見張っている」

仏堂を通り抜け、僧坊だったと思《おぼ》しき建物に足を踏み入れた。

屋根は落ちており、床は腐って崩れている。足下は瓦礫《がれき》の山だった。これでは見落とされたとしても無理はない。

奥の方に土間があり、その手前の部屋の床に、縦横一間程度の大きさの蓋のような扉があった。

「それが入り口だ。開けてくれ」

准将に命じられ、日向は従った。扉を開くと、やっとひと一人が通れる程度の幅の狭い石段が現れた。

准将は気合いを入れるように大きく何度か息を吐いた。何が待っているのか知らぬ日向でも、石段の奥にある暗い奈落《ならく》に下りていくのは勇気が必要だった。

用意していた手燭《てしょく》に火を点《つ》け、准将から先に石段を下りていく。同じく蠟燭《ろうそく》の炎で足下を照らしながら、日向も後に続いた。

数メートル下ると、そこは少し広くなっており、積まれた石の間に鉄の扉がついていた。どうやらその奥が、野崎が発見された石室のようだった。

手燭を床に置き、准将は鍵《かぎ》を取り出すと、厳重に扉を閉ざしている錠前を外した。

「危険はないが、覚悟してくれよ」

准将はそう言うと、鉄扉の把手《とって》を摑んで力を込め、扉を開いた。蝶番《ちょうつがい》が錆《さ》び付いているのか、耳障《みみざわ》りな音が谺《こだま》する。

ひどい悪臭が鼻を衝《つ》いた。腐った血肉の放つ臭いだ。

「中には入らない方がいい。明かりを翳《かざ》せば、入口から全部見える」

そう言いながら、准将は鉄扉から離れた。そちらを見ないようにしているようだった。

日向は前に出ると、半分ほど開いている鉄扉の隙間から手燭を翳した。

石畳の床一面が、どす黒く染まっている。肉片や骨片のようなものも落ちていた。床がざわざわと蠢《うごめ》いているのは、びっしりと蛆虫《うじむし》が這《は》っているからだ。室内からは無数の蝿《はえ》が立てる、震えるような羽音が聞こえてくる。

その石室は、おそらく寺院の食料貯蔵庫か何かだったのだろう。広さは三間四方といったところだった。どこかで通風はしているのかもしれないが、明かり取りになる窓のようなものは一切なかった。扉を閉めれば完全な闇《やみ》になるに違いない。

吐きそうになるのを我慢しながら、日向は入口の扉から左右を照らしてみた。

胸椎《きょうつい》とあばら骨、それに胸骨がくっついたままの胸郭が床に転がっている。

奥に鎮座しているものを見て、日向は凍りついた。

壁に沿って生首が三つ並んでいる。うち二つはかなり腐敗が進んでおり、眼球の失《う》せた虚《うつ》ろな眼窩がこちらを見据えている。おそらく野崎と一緒に民工として潜り込んだ、日華貿易商会の職員だろう。何年も机を並べて一緒に働いた同僚だ。変わり果てていても、面影は感じることができる。

「閉めよう」

准将が静かにそう言い、重い鉄扉を閉じて再び施錠した。

「この石室は、野崎の処刑が終わった後に爆破する予定だ。我々は何も発見しなかった。民工として潜入した野崎ら四人は行方不明。そういうことになる」

それがどういう状況だったのか、まだ日向は把握できていなかった。

「野崎の証言によると、あの石室に入った時は、四人とも健在だったようだ」

表に出て、床板の扉を閉めたところで、息を浅くして我慢していたのか、大きく何度も准将は深呼吸をした。

「最初のうちは、一日に一度、石室から出されて尋問を受けていたらしい。ところが、ある日を境に、誰も野崎たちを呼びに来なくなった。つまり、彼らは華丹軍が退却する際に忘れられ、置き去りにされたんだ」

「待ってください。すると野崎さんたちは、あの石室の中に……」

「九十日だ」

頭を左右に振りながら准将が呟《つぶや》く。

「水も食料もなく、自力で脱出することもままならぬ真っ暗な部屋の中で、九十日もの間、生き延びたのだ。同僚の血を啜《すす》り、肉を食らってな」

石室の内部を目の当たりにし、腐臭を肺の奥深くまで吸っても何とか堪《こら》えていたものが、一気に込み上げてきた。

僧坊の土間床に生い茂っている雑草の上に、日向は胃の中のものを洗いざらいぶちまけた。そうなるのを予想していたのか、准将はじっと黙って日向が落ち着きを取り戻すのを待っている。

「ひと通りの事情は聴取してある。野崎は非常に精神の強い男のようだ。発狂することもなく、覚えていることを冷静に話してくれた。聞きたいか」

日向は頷《うなず》いた。

心情的には耳を塞《ふさ》ぎたい気分だったが、聞かなければならぬという思いがあった。

「暗かったから、正確な日付はわからないようだが、最初の十日ほどの間は、四人とも冷静だったそうだ」

四人の男たちは、脱走したり、何か道具を隠し持ったりできぬよう、全員が裸にされていたという。

「空腹は耐えられた。だが、喉《のど》の渇きは如何ともしがたかったらしい」

石室の中はひんやりとしていたが、壁から水が滲《し》み出るようなこともなく、渇きは四人を苛立《いらだ》たせた。

最初のうちは、すぐに日下軍が野崎たちを見つけ出してくれると思っていたが、次第にこのまま誰にも発見されることなく、餓死していくのではないかという不安が、四人の心を蝕《むしば》み始めた。

真っ暗な中、四人はそれぞれ壁際《かべぎわ》や角に蹲《うずくま》ったり、横になるなどして、なるべく体力を消耗しないように努めていた。お互いに励まし合い、故郷の話や家族の話などをして気持ちを紛らせ、気力を奮い立たせていたが、誰も言葉を発しないようになるまではすぐだった。

最初に死んだのは権藤《ごんどう》という名の同僚だった。無論、日向もよく知っている相手だ。まだ二十代で若かったが、痩せていて体が弱く、いつも青い顔をして咳《せき》をしているような男だった。

死因が何だったのかはわからない。衰弱死かもしれないと野崎は証言した。閉じ込められて二十日目なのか三十日目なのか、もう把握できないほどの日数が経っていた。四人とも殆ど動かなくなっていたから、すぐに権藤の死には気づかなかった。だが、仲間が一人死んだことで、かろうじて保たれていた、残る三人の精神の均衡は脆《もろ》くも崩れ去った。

最初に権藤の死体を貪《むさぼ》り食い始めたのは、高峰《たかみね》という名の同僚だった。世話好きな男で、釣りが趣味だった。日向も何度か付き合って、上滬港《じょうこ》の隅にある桟橋で一緒に釣り糸を垂れたことがある。綺麗《きれい》な奥さんと、十四か十五か、もうだいぶ大きな息子がいた。

権藤が死んだことにすら気づいていなかった野崎は、暗闇の中から聞こえてくる、何かを咀嚼《そしゃく》し飲み下す音を、空腹のあまり聞こえてくる幻聴なのだと思い込んでいた。だがそれは三十分だったのか一時間か、延々と続いた。

「おい、誰か何か食っているのか」

野崎よりも先に、同じ疑問を口に出したのは安田《やすだ》という同僚だった。四人の中では一番若い十九歳で、日下國から上滬にやってきて、まだ半年も経たぬうちに、このような事態に巻き込まれることになった。

暗闇から聞こえてくる咀嚼の音が、一瞬、止まったが、すぐにまた何かを啜る音が聞こえてくる。もう我慢の限界だった。

「何を食ってるんだ。俺にも分けてくれ」

そう言いながら、野崎は音のする方向に這っていった。

石室の中に、食べる物が何もないのはわかりきっていた。

だが、もしかすると、紛れ込んできた鼠《ねずみ》でも捕まえて食っているのかもしれない。

高峰が何をしているのかは、もう概《おおむ》ね想像がついていたが、そうであって欲しいと、まだその時の野崎は願っていた。

「これは犬だ。死んだ犬だ」

高峰は小声で、自分に言い聞かせるように何度もそう呟きながら、食っていた。

床に横たわっている権藤の死体に触れると、もう冷たくなっていた。ぬるぬるしているものは血か。

石室の中に、ほんの少しでも明かりがあれば、野崎も食うのは諦めるか、躊躇《ためら》っていたかもしれない。だが、手探りで死体の首筋を探し出すと、野崎は四つん這いになって低い姿勢を取り、口を大きく開いて頸動脈《けいどうみゃく》のある辺りに齧《かじ》りついた。上下の歯が皮の中にめり込むと、そこから塩辛い液体が滲み出てきた。野崎は必死になってそれを舐《な》め取り、強く吸った。己の体はもう水分を失ってからからに乾いていると思っていたが、どういうわけか涙が流れた。安田も含めた三人は、夢中になって権藤の死体に群がった。

後悔の念が強く押し寄せてきたのは、空腹が満たされ、深い深い眠りから目覚めた時だった。お互いに言葉を交わすことはなかったが、高峰も安田も、同じような良心の呵責《かしゃく》に押し潰《つぶ》されそうになっていたに違いない。

暗闇の中から、時折、高峰が発する怪物のような奇声と笑い声が聞こえてくる。

いつだったか、高峰が商会の事務所に息子を連れてきた時のことを野崎は思い出した。

あれは上滬で毎年、賑《にぎ》やかに祝われる正月の時だったろうか。高峰の息子は、父を尊敬していると言っていた。それを聞いた時の高峰の、今にも泣き出しそうな、嬉しそうな顔。

安田は念仏を唱え続けていた。途切れることなく、眠ることもせずに、ずっとだ。

次に死んだのは安田だった。おそらく舌を噛《か》んでの自死だったのではないかと野崎は証言した。念仏を唱えている最中、突然、短い呻《うめ》き声とともに倒れ、そのまま動かなくなったからだ。

すでに権藤の死体は腐敗が進行しており、とても食えたものではなくなっていた。

二人目ともなると野崎は冷静で、血を少し飲むだけに止《とど》めた。もう話が通じなくなっていた高峰は、異常な食欲を見せ、殆ど一人で安田の遺体を食べ尽くしてしまった。三人目の高峰を殺したのは野崎である。それは石室に生存者がいることが発見されるほんの数日前のことだったが、眠っている間に、高峰が馬乗りになり、野崎を殺そうとして首を絞めてきたのだ。

野崎は抵抗し、反撃に転じた。長く伸びた高峰の髪を摑み、夢中で何度も石室の壁に叩《たた》き付けた。それを行いながら、野崎は長い長い咆哮《ほうこう》を上げているのに自分で気づいた。己も高峰と同じく、獣のようになってしまったのかもしれぬと、その時は思った。

遅まきながら日下軍が石室の存在を知ったのは、投降した華丹兵の証言からだった。重い扉を開いた時、野崎は石室の部屋の隅で膝《ひざ》を抱えてじっとしていたという。口周りに生えた髭《ひげ》は、乾いた血液でごっそりと固まっており、手も同様に赤黒く染まっていた。下半身には屎尿《しにょう》がこびりついて汚れており、あまりの惨状に狼狽《うろた》えた兵士が思わず銃口を野崎に向けても、虚ろな瞳《ひとみ》でそれを一瞥《いちべつ》しただけだった。

「私はもう、生きていたいとは思ってないんだ」

寺院から戻り、再び顔を合わせた野崎は、力なくそう言って笑った。

「私を処刑するなら、お前の手で頼む、日向」

傍らに立つ准将を見ると、頷いた。

「……わかりました、野崎さん」

「何か最期《さいご》に望むものは」

准将が静かに口を挟む。

「そうですな……」

首を傾《かし》げて野崎は考える。

「最期に、人間らしい食事を摂って死にたい。温かい白飯に、野菜の入った御味御汁《おみおつけ》、それから梅干しか香の物が欲しい」

野崎の望みは実行された。ゆっくりと時間を掛けて野崎は残らず食事を平らげ、おいしゅうございましたと言って箸《はし》を置いた。それを合図に、野崎の背後に立っていた日向は後装式小銃の引き金を引いたのだ。

この顚末《てんまつ》は機密になっていたが、現地に駐屯している日下軍の兵士たちの間では、尾鰭《おひれ》がついて広く噂《うわさ》となった。

義憤に駆られた日下軍の兵士たちは、華丹奥地に侵攻すると、必要以上に残虐《ざんぎゃく》な方法で、兵士のみならず、民間人である老人や女子供まで殺し始めた。従軍していた記者たちの手で、日下國ばかりでなく新世界大陸でも虐殺《マサカ》が報じられた。エドガー・ポートマンが特派員を務めていたアグロー・タイムスの報道では約二千名、華丹側の発表では一万人を超える犠牲者が出たと伝えられた。要するに誰も数を把握できない程の人数が殺されたということだ。ポートマンが野崎の件を知ったのも、この時であろう。

日向が、命の恩人であるフー・フグンや、その村に住んでいた人たちの死を知ったのも、同じ頃だった。

お前たちの仇《かたき》を取ってやったぞと、興奮気味に日下人の従軍記者が、こっそりと撮った写真を日向に見せてくれたのだ。それはフー・フグンを含む、あの村で会った老人や男女、子供たちの生首が地面に並べられている写真だった。

やはりジョー・ヒュウガとかいう日下人と、それから新聞記者のエドガー・ポートマンは殺すべきだろうな。

血の滴《したた》るようなTボーン・ステーキを口いっぱいに頬ばりながら、ゴーラムはそんなことを考えていた。

ポートマンの方は、ゴダム市警に別件で逮捕させて勾留《こうりゅう》し、取り調べを行っていた。

市警の長は万博委員会のメンバーに名を連ねており、公警察であってもゴーラムの意のままに動かせる。知っていることを全部吐くまで、当分は釈放させないつもりだ。黙秘権を行使するようなら、少しきつめの脅しをかける算段も整えている。

伊武を日下國館から盗み出すよう指示したのが誰なのかも、ポートマンの証言から、薄々、見当が付き始めていた。

伊武と、機巧の図面が描かれた書物の二つを入手しようとしていたのは、フェル電器のライバル企業であるテクノロジック社だ。依頼を受けて指示していたのはニュータイド探偵社で、形式的には私立探偵であるヒュウガが独自に動いているように見せかけている。

委員会でも同社は組合潰しや万博会場の警備のために雇っているが、こういう蝙蝠《こうもり》のような真似《まね》は、昔から連中の得意とするところだから驚くほどのことはない。解放戦争の時も、ニュータイド探偵社は解放派とも保守派とも仕事をしていた。

ヒュウガという男は、私立探偵としては、かなりの間抜けのようだ。伊武を日下國館から連れ出したはいいが、マードックに横取りされ、同じように狙《ねら》っていたらしい「其機巧巧之如何を了知するに能ず」の図面も、すでにゴーラムの手元にある。

こんなことなら、「スリーパー」の研究はフェルではなくテクノロジック社の技術者に依頼するべきだった。そうすれば、最初からお互いの利害は一致していたのだ。フェルはいろいろと知りすぎている。特に伊武に関しては、違法にゴーラムが入手していることを外部に漏らされては困る。仮に国際問題になったとしても、日下國のような極東の島国など相手にする必要もないが、万博委員を辞任させられるのは避けたかった。

これについては、ひと先《ま》ずフェルに引き続き伊武の研究を任せておくことにしよう。伊武が目覚め、動き出していることを知っているのは、マードックとフェルを除けば、後はおそらくヒュウガだけだ。奴《やつ》を始末しておかなければ、伊武を連れてゆっくりと万博を楽しむことができない。

いずれはフェルも殺すべきだろうか。「モーレイズ」からの指令としてマードックに命じれば、喜んで実行に移しそうな案件だ。

――まあいい。

万博開催までは、まだ半年ほどあるし、会期終了までなら、まだ一年はある。

明日は仕立屋を屋敷に呼んで、伊武の体のサイズを測り、万博会場へ連れて行く時に着るドレスを何着か作らせよう。

万博が待ち遠しい。

お気遣いいただいてありがとうございます」

マードックは小さく頭を下げた。受け答えに不自然なところはない。

やはり思い過ごしなのではないかという気がしてくる。

万博会場で新聞記者のエドガー・ポートマンから聞かされた妙な話が、日向の心にずっと引っ掛かっていた。万博開催が近づいてくるにつれ、どうしてもマードック本人に確かめずにはおれなくなったのだ。

「お子さんが生まれたら、リンディさんはホテルに戻ってくるのですか」

「いやあ……忙しくなるのは万博が始まるこれからですからね。家内には、子供が一歳になるまでは実家で過ごしてもらおうと考えています。私もがんがん稼いで、お金を送ってやらないと」

「……リンディさんは、実家には戻られていないらしいですよ」

「え……何を言い出すのです、ミスター・ヒュウガ」

二人の間に妙な空気が流れる。

「地元の新聞社に手紙を書いて調べてもらいました。念のため、信頼できる筋にも確認を依頼しました」

信頼できる筋とは、無論、ニュータイド探偵社のことだ。伊武の行方と関係しているかもしれないと、フィンチを通じて調査させたのだ。

結果は、ポートマンが言っていた通りの「クロ」だった。

「言っている意味がよくわかりませんな。実家に帰っていないとすると、リンディはどこにいるのです」

マードックが肩を竦《すく》めてみせる。

「それをお聞きしたいと思ったのですよ、マードックさん」

できるだけ穏やかな口調を努めて言う。日向自身が半信半疑なのだ。

暫《しばら》くの間、マードックは呆然《ぼうぜん》とフロントに佇《たたず》んでいたが、やがて鼻の上に掛けた眼鏡を外し、目から涙を溢《あふ》れさせた。

「失礼。みっともないところをお見せして……」

ポケットからハンカチーフを取り出し、マードックは瞼《まぶた》に押し付ける。とても演技には見えない。

「お察しの通りです。リンディも、それからお腹《なか》の子も亡《な》くなりました。ホテルのお客様には……特に家内と親しくしていただいたヒュウガ様には、できれば知られたくなかった……」

この反応には、日向の方が狼狽《うろた》えた。

「何があったのです」

「産中の悪阻《おそ》があまりに酷《ひど》く、医者であるリンディの父親が、母体を守るためにやむを得ず中絶したのです」

大きく深呼吸してから、消え入るようなか細い声でマードックは言った。

「それはまた……」

「納得した上での施術でしたが、優しいリンディは深く心に傷を負ってしまった。思い詰めた末に自ら命を絶ったという知らせを受けたのは、つい先々月のことです」

日向は言葉を失った。実家に戻っていないのではなく、戻った後に亡くなっていたのだ。

事情がそれでは、リンディの両親も、近隣にはひた隠しにしようとするだろう。

「差し出がましいことを聞いてしまった。何とお悔やみを申し上げたら良いか……」

「いえ、良いのです、ヒュウガ様に聞いていただき、いっそ気持ちがすっきりしました」

涙でぐっしょり濡《ぬ》れたハンカチーフで最後に洟《はな》をかみ、それをポケットに仕舞うと、マードックはぎこちなく笑顔を浮かべてみせた。

眼鏡を掛け直し、目を細めてフロントの前にある薬屋への出入口のドアに視線を向ける。

「薬屋をそのままにしているのは、元気に働いていた頃のリンディの姿を忘れられないからです。今にもその扉の向こう側から、リンディが姿を現してくれるような気がしてなりません。『あなた！　注文していた薬と雑貨の小包みは届いてない？』……なんてね」

話を聞きながら、どんどんマードックが気の毒になってきた。やはり信頼できないのはポートマンの方だった。華丹《カタイ》時代のことを持ち出して日向を脅したり、人の秘密を嗅《か》ぎ回って飯の種にしているような男だ。最初から聞く耳など持たなければよかった。

「ホテルを一人で切り盛りしているのも、忙しく働いてリンディの死を忘れたかったからです。だが、このホテルは万博が終わったら人に譲り、私は元の薬のセールスマンに戻ることにしました」

「そうでしたか……」

「ああ、そうだ！　リンディの思い出の品が仕舞ってあるのです。ヒュウガ様も形見を受け取っていただけませんか」

しんみりとした空気を吹き飛ばそうとするかのように、マードックは不必要に明るい声を出した。

「いや、私などが……」

「何をおっしゃるのです。ヒュウガ様はお客様であると同時に、大事な友人だと私は思っていますよ。家内もきっと同じ気持ちだったでしょう」

そこまで言われると、無下に断ることもできなかった。

マードックは返事を待たずに踏み台から飛び降りると、フロントの奥にある扉を開いて日向に入るよう促した。

そこは事務所のようになっていて、宿帳らしきものが整理されたキャビネットや、畳んだタオルやリネン類が収められている棚、タイプライターが置かれた机などがあった。

片隅には古びたソファがあり、皺《しわ》くちゃの毛布が放り出されている。

「ここで寝泊まりを……？」

「ええ。お見苦しくてすみません。隣が私室になっているのですが、何しろ一人なので、この方がフロントにお客様がお見えになった時に気づきやすくて便利なのです」

マードックがソファの向こう側にあるドアを指し示しながら言う。

そしてポケットから鍵束を取り出すと、私室へのドアとは別の、緑色のペンキが塗られたドアの鍵穴に差し込み、解錠して押し開いた。

その向こう側に現れたのは、地下へと続く薄暗い階段だった。

マードックはタイプライターの傍らに置いてある燭台に、マッチを擦って火を点けると、それを手にした。日向が覗《のぞ》き込むと地下へと続く階段は石造りになっており、天井と壁にはモルタルが塗られている。

「その……」

「どうされました」

地下へと降りて行く石造りの階段は、どうしても野崎が発見された石室を思い出させ、日向を怖《お》じけさせる。

「……いや、何でもありません」

気分が悪くなるのを我慢しながら、燭台を手に石段を降りて行くマードックの後に続いた。

突き当たりには、頑丈そうな鉄の扉があった。

再び鍵束を取り出し、解錠してマードックが押すと、蝶番が軋《きし》んだ音を立て、扉が開く。

地下室は暗く、扉の外からは何も見えない。日向は強く瞼を閉じた。額の生え際から汗が流れ落ちてくる。闇の向こう側から、同僚たちの生首がこちらを見ているのではないかという妄想が、拭《ぬぐ》おうとしても頭の中を過《よ》ぎった。

マードックが中に足を踏み入れると、燭台の炎で地下室の中がぼんやりと照らされた。考えていたよりも、ずっと部屋の中の様子は簡素だ。

ほっとして日向が後に続くと、マードックは机の上に置かれていたランタンに、燭台から火を移した。

「安全燈《あんぜんとう》ですね」

目の細かい金網《メッシュ》で裸火を覆《おお》ったそのランタンは、鉱山労働者なら誰もが必ず自前で持っていた道具だ。

「ほう、よくご存じですね」

マードックはそう言うと、椅子《いす》を踏み台にして天井のフックにランタンをぶら下げた。

明かりを吊《つる》すためにしては、やけに大きい。まるで肉屋が枝肉を吊す時に使うフックのようだ。

部屋の中の空気は湿気を含んでおり、黴臭《かびくさ》かった。それでも、野崎が発見されたあの石室に比べれば遥《はる》かにマシだ。

ランタンによって、部屋全体がぼんやりと照らし出された。目が慣れてくると、最初に目に付いたのは、隅にある煉瓦《れんが》を積んで作られた竈《かまど》のようなものだった。

「これは？」

「焼却炉です。ホテルで出たゴミは、すべてここで燃やしているのですよ。石油バーナーを使った最新式のもので、何でも灰にしてくれます」

マードックが、入ってきた鉄の扉を閉めた。

「リンディさんの形見というのは？」

「今、お見せします。少々お待ちを」

部屋に置かれているベッドを回り込み、マードックは奥にある棚へと向かった。病院に置いてあるような簡素なベッドで、ところどころに黒い染《し》みがあり、ベルトのようなものも付いている。ランタンが置いてあった机の上には、ポートマンが持っているものと似た、ポータブル・ボックスカメラも置いてあった。壁には畳まれた撮影用の三脚らしきものも立て掛けてある。

「ううむ、困った」

棚を探っていたマードックが呟く。

「この部屋はどうも暗くていけない。ヒュウガ様、申し訳ないが安全燈を外して、手元に翳《かざ》してもらえませんか」

「え……ああ、わかりました」

日向はそう答え、マードックから目を離し、背を伸ばして天井に吊されているランタンを取り外そうとした。

その時、銃声が部屋の中に鳴り響いた。

一瞬、何が起こったのかわからず、日向は驚いてマードックの方を振り向く。

「外したか」

ちっと舌打ちし、マードックは立て続けに五発、日向を狙って拳銃《けんじゅう》を構え、撃ってきた。

咄嗟《とっさ》に日向は飛び退《の》く。銃口から火花が飛び出し、その度に地下室の石壁や床に銃弾が当たって、細かい破片が飛び散った。

うち一発が、日向の臑《すね》の辺りを掠《かす》める。

「ううむ、まさか全《すべ》て外すとは。やはり使い慣れない道具は駄目だな。動き回るものを撃つのは難しい」

唸《うな》るように言い、マードックは拳銃をベッドの上に放り出した。

「マードックさん、何を……」

「男の死体など、臭いし興味ないからね。殺した後に運ぶのも面倒だから、私の秘密の地下室にご案内したが、どうもあなたは悪運が強いようだ」

マードックのもう片方の手には、鉈《なた》のような形をした、巨大な肉切り包丁が握られていた。

「いや、むしろ逆かな。銃弾で心臓を貫かれていれば、痛い思いをせずに死ねたものを」

臑の痛みを我慢しながら、何とか日向は腕を上げて構える。

「おや、拳闘《ボクシング》ですか？」

日向が取り外そうとしていた天井のランタンの炎が揺れ、マードックの笑みも同時に揺れた。愛用の自動回転式拳銃《オートマチック・リボルバー》は部屋に置いたままだ。

「私は喧嘩《けんか》の方は子供の頃から、からっきしでしてね。だが殺人なら得意としております。幼い頃、私を苛《いじ》めていた餓鬼大将も、喉笛を裁縫用の裁ち鋏《ばさみ》で掻《か》き切ってやった時は、顔じゅうを涙で濡らし、小便を漏らして命乞《いのちご》いしたものです」

話しながら、マードックはベッドを迂回《うかい》して日向の方へと近づいてくる。

距離を取って上手《うま》くフットワークを使い、一発入れてマードックから得物を奪いたかったが、臑を掠めていった銃弾の傷のせいで、思うようにステップを踏むことができない。

「脚に当たっていたのですか？　それとも掠っただけかな。どちらにせよ、神様は私の味方のようだ」

「マードックさん、何でこんなことを……」

八十吉の勘は当たっていたのだ。マードックが自分の命を狙う理由はわからないが、伊武もこの男に誘拐されるか殺される……いや、壊されるかしたのか。

「どんなに腕っぷしが強くても、人を殺したことのない人間は、いざという時に躊躇《ためらい》が生じる。あなたは私には勝てませんよ、フー」

「な……」

スカール炭鉱時代の偽名を呼ばれ、日向の背筋が粟立《あわだ》った。

「ニュータイド探偵社の手先としてスカール炭鉱に潜入していた頃のあなたとも、何度か会っていますよ。組合酒場《ユニオン・サルーン》のカウンターで、いつも豆のスープとミルクを啜っていましたよね」

「くそっ」

前に出ながら、日向は左のジャブから右のストレートへと連続してワンツーを繰り出す。だが、臑の痛みで踏み込みが浅く、あっさりとよけられた。マードックは一歩退き、横薙《よこな》ぎに肉切り包丁を振るってくる。

薄暗い中、目の前一寸辺りを、よく研がれた刃が掠めていくのが見えた。

「捨て身ですねえ。私にはとても真似できませんよ」

感心したようにマードックが言う。

「お前は……『モーレイズ』の者か……」

「まあ、そう捉えてもらって構いません。モーレイズに雇われていた元殺し屋ですよ。ニュータイド探偵社にモーレイズが潰されて炭鉱を追い出されてからは、薬のセールスマンとして真面目《まじめ》に働いていたんですがね。炭鉱時代に覚えた殺人や拷問《ごうもん》の味が忘れられず、こうして趣味と実益を兼ねてホテル経営に乗り出したわけです」

「では、リンディさんは……」

「お察しの通りです」

「貴様っ！」

日向は激昂《げっこう》し、机の上にあったポータブル・ボックスカメラに手を伸ばすと、それを力任せにマードックに投げ付けた。

飛んできたカメラを、マードックは手にしている包丁で叩き落とす。床に落ちたカメラが、部品を撒《ま》き散らしてバラバラになった。

「ああっ、何ということを！　買ったばかりだというのに」

マードックが悲痛な声を上げる。

その隙《すき》に、日向は地下室の出入口になっている鉄の扉に飛びついた。

ここで相手をするのは不利だ。一度逃げて、態勢を立て直してからにした方がいい。

鍵は掛かっていなかったが、鉄扉は思っていた以上に重く、日向は開くのに手間取った。

背後から襲い掛かってくる気配があり、脱出を諦《あきら》めて日向は横に飛び退く。

力任せに振り下ろされた肉切り包丁が、激しく鉄の扉に打ち付けられ、金属音とともに暗闇に火花が散った。

「その最新式ポータブル・ボックスカメラを手に入れるために、どれだけ苦労したと思っているんだ。人気商品だから、今から新たに注文しても万博の初日に間に合うかどうか」

先ほどまでとは打って変わり、マードックの口調には憎悪《ぞうお》が滲《にじ》んでいた。

「気が変わりました。一撃では殺しません。手足の腱《けん》を切って逃げられないようにし、耳を削《そ》ぎ、目玉を潰し、ペニスを切り取り、己から殺してくれと懇願するまで、時間を掛けて死を味わってもらいましょう」

何か得物になるものを求めて、日向はマードックが肉切り包丁を取り出したと思われる棚に飛びついた。だが、棚の扉はご丁寧に施錠されていて開かない。歩幅の狭いマードックが、ちょこまかと走ってきてベッドの上に飛び乗ると、再び飛び上がって包丁を振り下ろしてきた。

逃げ回っていたら、いずれ殺される。

日向は避《よ》けようとせず、下からカウンターでアッパーを合わせた。振り下ろされた包丁が耳を掠める。同時に日向の右の拳《こぶし》がマードックの鳩尾《みぞおち》にめり込んだ。蛙《かえる》が踏み潰されるような声を上げ、マードックが胃の内容物を勢いよく吐き出す。

そのまま日向は猛ラッシュに入った。ワンツーをマードックの顔にヒットさせ、さらにショートフックを二連発で脇腹《わきばら》に叩き込む。

マードックが肉切り包丁を手から取り落とし、倒れそうになった。

日向はそれを許さず、胸ぐらを摑《つか》んでマードックの体を持ち上げると、そのまま石壁に激しく叩き付けた。

足を浮かせたマードックの首を、じりじりと締め上げる。壁に押し付けられたマードックが、虫ピンで固定された昆虫のように苦しげに手足を動かしてもがく。

暫くすると、マードックはぐったりと手足を弛緩《しかん》させた。手を離すと、どさりと体が床に落ちた。

息を切らせながら、日向は地下室の中を見回す。ここに入ってきてから、おそらく五分も経《た》っていない。

起こったことについて、まだ頭の整理すらついていなかった。

力を込めて何とか鉄扉を開き、片足を引き摺《ず》りながら石段を上がると、先ほどの事務所に出た。マードックが私室だと言っていた部屋のドアの把手《とって》を摑む。鍵《かぎ》は掛かっていない。

用心深くゆっくりと開くと、その部屋は、日向が宿泊している客室とよく似た間取りになっていた。

窓はなかったが、大きめのベッドにクローゼット、それに書き物をする机が一つあり、綺麗に整頓《せいとん》されている。

何か手掛かりになるものがある筈《はず》だ。

そう考え、日向は物色を始めた。クローゼットを開くと、マードックのものと思《おぼ》しき上着やシャツなどの他に、女物の服が何着か吊されている。リンディが着ていたものだ。

さらに探って行くと、クローゼットの奥からアルバムが出て来た。何気なくそれを開き、思わず日向は口元を手で押さえた。

先ほどの地下室で、無惨《むざん》に切り刻まれ、解体されていくリンディの姿が、何枚にも渡って執拗《しつよう》に撮影されている。胎児の如《ごと》きものを写した一枚もある。おぞましいのは、死体をバラバラにした後、再び繋《つな》ぎ合わせている点だった。

どういう趣向なのか、切り離された胴体に、手脚があべこべに縫い付けられている。最後はドレスを着せられて椅子に腰掛けたリンディが写っていた。袖《そで》から出ているのは脚、スカートの裾《すそ》から出ているのが腕だ。

アルバムは他にも十数冊あった。知らない女の写真《しゃしん》ばかりで、いずれもリンディと同じく惨《むご》たらしい殺され方をしている。地下室以外の場所で撮影されたものもあった。マードックはホテルを経営し始める以前から、殺人を繰り返していたのだろう。

吐きそうになるのを我慢しながら、日向はアルバムの写真を一枚一枚、確認していく。七冊目で、やっと目的のものが見つかった。

——伊武だ。

他の殺された女たちに比べると、伊武の写真はほんの数枚と少ない。下着姿で地下室のベッドに横たわっている伊武。裸にされた伊武。さらに拘束ベルトで動けないように固定された伊武。

その次の写真は、日向にとっても衝撃的だった。

胸元から、薄く陰毛の生えた下腹部に至るまで、大きく腹が割かれている。だが、その間から覗いているのは臓腑《ぞうふ》ではなく、削り出しの金属らしき光沢を放っている骨格と、隙間なくみっしりと収められている機巧——バネや撥条《ぜんまい》や歯車——だった。

伊武の胸元に耳を当て、それらの音を聞いた時も、これほどのものは思い描くことができなかった。むしろ伊武が生身の人間でないことの方に違和感を抱いたくらいだ。

だがそこには、うっとりとするように美しく、緻密《ちみつ》に完成された機巧があった。

腹をかっさばかれた伊武は、哀《かな》しげな瞳でカメラを見ている。最後の写真は、開いた腹をテグスか何かで縫って戻した痕《あと》を写したものだった。開腹されている写真よりも、こちらの方がいっそ痛々しく見える。

撮影者であろうマードックが、伊武にあまり関心を寄せていないのは、写真の枚数の少なさや、縫い痕の乱雑さからもよくわかる。

やはり伊武は、ポートマンが持っていた写真の女に引き渡されたのだろうか。

アルバムに貼《は》られている伊武の写真を全て剝《は》がしてポケットに仕舞い込むと、日向はさらに家捜しを続けた。

次に見付けたのは、机の抽斗《ひきだし》の奥に仕舞ってあった二通の手紙だった。いずれも蠟《ろう》封《ふう》されており、宛名《あてな》はあるが差出人の名前はない。代わりにウツボを思わせる意匠のスタンプが押されている。これは見たことがあった。モーレイズのシンボルマークだと言われているものだ。

内容は簡潔なものだった。

一通は伊武に関することである。できるだけそのままの形で傷つけず、運び出しやすいように準備することを指示している。そしてフェル電器産業の関係者を名乗る者に引き渡せと書いてあった。後は報酬に関することだ。

フェル電器といえば、熾烈《しれつ》な電流戦争をテクノロジック社と繰り広げている、発明家のM・フェルが率いる大手企業だ。ただの合い言葉なのか、それとも、この件にフェル電器が実際に絡《から》んでいるのか。

そういえば、ゴダム万博の送電システムは、テクノロジック社が全面的に請け負うことが決定したという記事を新聞で読んだ。何か関係があるのだろうか。

どちらにせよ、この手紙から、少なくとも伊武がマードックの手によって分解され処分されたという線は消えた。

もう一通は、さらに簡単な内容だった。万博開催初日までに日向を殺害しろという指示。報酬は伊武の引き渡しの時と同じ五千ドル。合わせて一万ドルとなると、破格の報酬だ。今すぐホテルを手放しても、当分は暮らしていける額である。

念のため、洗面所やベッドの周囲なども探ってみたが、他にこれといったものは見付けられなかった。

「すみません。誰かいませんか。すみません」

その時、フロントから聞き覚えのある声がした。明らかにネイティブではない、たどたどしい発音。八十吉だ。

——いいところに来てくれた。

日向は心底、そう思った。

もはやホテルでの滞在を続けるわけにはいかない。そうはいっても頼る相手もなく、フィンチに連絡を取って助けを求めるにしても、ひと先ず身を隠す場所が必要だった。

マードックの私室を出ると、日向はフロントに向かった。

手持ち無沙汰《ぶさた》な様子でフロントに立っていた、ハンチング帽に半纏《はんてん》姿の八十吉が、日向の姿を見て慌《あわ》てた声を上げる。

「ひ、日向さん、耳、耳……」

何を言っているのかわからず、日向が己の左耳に手を添えてみると、何かがぶら下がっている。

夢中で家捜ししていたので気づかなかったが、日向の左半身の肩から肘《ひじ》、胸元などに掛けて、広範囲に血が滲《し》みていた。

マードックが肉切り包丁を振り下ろして飛び掛かってきた時、耳を掠めただけと思っていたが、どうやらスパッとやられていたらしい。あまりに鋭利で切れ味よく、痛みすら感じなかった。

皮一枚でぶら下がっている自分の耳を摑むと、日向はそれを一気に引き千切った。八十吉が、ひっと短い呻《うめ》き声を上げる。日向は手の平の中にある自分の耳を見つめたが、妙に気持ちは冷静だった。その辺に放り捨てる気にもなれず、困った末、それを上着のポケットの中に突っ込む。

「な、何があったんです」

狼狽えた声で八十吉が言う。

「マードックに襲われた。詳しいことは後だ。やつはもうくたばっている。一刻も早く、このホテルから出たい」

日向が簡潔にそう言うと、よくわからないながらも危急の事態であることは飲み込んだのか、八十吉は頷《うなず》いた。

二人で階段を四階まで上がり、日向が宿泊している部屋に入る。

探偵業の常で、何かあった際にはすぐに逃げられるよう、主な荷物は鞄《かばん》に纏《まと》めてあった。二分と掛からず退散の準備が済むと、日向は血のついた衣服を脱いだ。

「日向さん、着替える前に何か頭に巻いた方がいい」

器用にシーツを歯で引き裂きながら八十吉が言う。確かに、血を止めておかないと着替えても無意味だし、目立つ。

これも馬離衝《バリツ》の心得なのか、即席で作った包帯を使い、八十吉が日向の耳を覆うようにそれを頭に巻いた。

シャツを着て上着を羽織り、さらに目立たぬようソフト帽を被《かぶ》り、外に出ようとした時、ふと思い出して日向はサイドテーブルの抽斗を開いた。

以前、妻のお夕と息子の勘助宛てに書いた手紙だ。丁寧に宛先も書いてある。こんなものをホテルに置いて行けない。

「日向さん、何をしているんです。早く行きましょう」

八十吉が促してくる。

「ああ」

日向が返事をした時、蹴破《けやぶ》るように外からドアが開かれた。

そこに立っていたのはマードックだった。顔面に叩《たた》き込まれたパンチのせいで、目元が青黒く腫《は》れ上がり、上瞼が切れて血が細い筋になって流れている。

「詰めが甘かったですね、ミスター・ヒュウガ」

そういえば、慌てていたせいで、きちんと死んでいるかどうか確認していなかった。不覚だった。

どこから持ち出してきたのか、マードックは両手持ちの大きな植木鋏を手にしている。

「八十吉、どけ！」

日向は声を上げた。同時に、手前にいた八十吉に向かって、鋏を大きく開いたマードックが襲い掛かる。

機敏に八十吉が横に飛び退いたと同時に、日向は装着していた隠しホルスターから自動回転式拳銃を抜き、飛び込んで来たマードックに向かって、二度、引き金を引いた。

銃声が轟《とどろ》き、マードックの小柄な体が、後ろ向きに吹っ飛ぶ。

弾は二発とも命中していた。一発は胸、もう一発は腹部である。さすがにこれで起き上がってこないだろう。

——悪いが、俺は人を殺したことがあるんだよ。

苦い気分で日向は拳銃をホルスターに戻す。

「行こう」

そして、目の前で起こったことに青ざめている八十吉にそう言った。

「あの腰掛けのことが気になるの？」

「腰掛けではありません。あれは私にとって、とても大事なものなのです」

フェルの言葉に、伊武は抗議するように下唇を嚙《か》み、上目遣いにそう答える。

「でもあなた、あの箱に百年くらい腰掛けっぱなしだったらしいわよ」

「ああ！」

伊武が頭を抱え、嫌な考えを振り払うように首を左右に動かす。

「どうかそんなことをおっしゃらないでください！　鯨《げい》さんをお尻《しり》の下に敷いていたなんて、考えたくもありません」

「あの箱、名前があるの？　まあ、心配しなくても、箱は日下國館に戻っているそうよ」

フェルがそう言うと、伊武は心から安心したようにほっと息を吐いた。

「私の代わりに、『スリーパー』が展示されるんですよね……」

そのスリーパーは今、フェルの手によって首と胴、両手両足の六つの部分に分けられ、修繕の最中だった。

今までは手探りだったものが、伊武の体の構造を調べることで飛躍的に進捗《しんちょく》しつつある。

伊武は釘宮久蔵の助手のようなこともしていたらしく、それも役に立った。

ゴーラム邸の一角にある塔の最上階。スリーパーのために特別に設《しつら》えられた部屋。

フェルは片目に挟んだ筒状の拡大鏡を外し、いつもはスリーパーが横たわっている天蓋《てんがい》付きベッドの縁に腰掛けた。伊武も同じようにフェルの隣に行儀良く膝《ひざ》を揃《そろ》えて座る。

「スリーパーって、釘宮久蔵の作品なんでしょう？」

胴体から離れ、台の上に載ったスリーパーの首は、虚《うつ》ろな瞳《ひとみ》で中空を眺めている。胴体からは束になった数十本の管で繋がっており、それが台と台の間に緩く垂れ下がっていた。

「いえ……正しくは比嘉《ひが》恵庵《けいあん》様の手によるものだと思います」

伊武が答える。それは釘宮久蔵の師匠の名だ。

「まあ、どっちでもいいけど……。つまり、日下の機巧の技術で作られたわけよね」

「そうです」

「あなたの体と、例の書物……」

日下國館にあった、「其機《そのき》巧巧之《こうこうの》如何《いかん》を了知するに能《あたわ》ず」のことだ。

「それを参考にして、スリーパーはかなりオーバーホールしたつもりだけど、ちっとも動いてくれない……」

フェルは溜息《ためいき》をつく。

「何だか自信を失ってしまったわ。私はもう、発明家としても科學者としても終わっているのかもしれない」

「そんな……元気を出してください」

「あなたに励まされると、複雑な気分になるわね」

そもそも、弱音を吐くところを人に見せること自体、これまでの人生では殆《ほとん》どなかった。伊武は不思議な子だ。

ゴダム万博の送電システムについては、ゴーラムに近しいところにいる有利な立場であったにも拘《かか》わらず、交流陣営であるテクノロジック社に持って行かれた。万博をきっかけに、新世界大陸《ムンドゥス・ノーヴス》全体に広がっていくであろう電力網は、今後は交流が主体となり、テクノロジック社は飛躍的に業績を伸ばしていくに違いない。

いや、コネクションの問題でないのは、フェルも本当はわかっていた。ゴーラムは合理性を取っただけだ。

変圧器による電圧変換が容易で、そのために高電圧送電が可能な交流方式の方が、広く新世界大陸に電力を行き届かせるための理に適《かな》っていることは、もうフェルも気がついている。整流器《コンバータ》を使えば、交流を直流に変換することすら可能なのだ。これはもう太刀打ちできない。

フェルが古くさい直流方式にこだわっていたのは意地だ。幼い頃から天才と呼ばれ、数々の発明で世間の注目を浴び、財産も名声も得た。だが、若くして自分が一線から退いていくその実感が、どうしても許せなかったのだ。

「きっともう、スリーパーは動けるようになっています。後はきっかけが必要なだけで……」

「きっかけって何？」

必死に励まそうとしてくれる伊武に向かって、フェルの方から問うてみる。

「それは……」

「あなたが動き出したのは何故《なぜ》なの？」

「……わかりません」

伊武は俯《うつむ》いてしまった。

「目を開いた時には、見知らぬ男の子が私に縋《すが》りついておりました」

「あのジョー・ヒュウガとかいう私立探偵ではなくて？」

「はい。でも私が声を掛けると驚いて逃げてしまいました。その後に日向さんが姿を現したのです」

「どんな気分だったの」

「はい？」

伊武がきょとんとした表情を浮かべる。

「だから、目を覚ました時、縋りつかれていた時の気分よ」

「はあ……嫌な感じではありませんでした。むしろ心地好いというか、温かいものを胸に注ぎ込まれたような……」

伊武自身も、その感覚を人に伝えるのに困っているようだった。

「釘宮久蔵様、それから後には田坂甚内様からも、同じようなものを与えてもらっていた気がします。記憶が定かではないのですが、私が動きを止めたのは、甚内様がお亡くなりになって間もなくでしたから」

「スリーパーにも、そういう人がいたのかしら」

「ええ。春日《かすが》という子が……」

「やっぱり男の人？」

「いいえ、女です。元は天帝と呼ばれていた彼女に仕えておりました。最初は天帝と年《とし》端《は》も変わらぬ娘でしたが、後に会った時には年の離れた姉妹のようになり、母娘《おやこ》のようになり、最後に会った時は、老婆《ろうば》となった春日の手を、天帝が孝行な孫のように引いておりましたが……」

伊武はひと口に言うが、それは何十年もの間の出来事だったのだろう。

「ゴーラムは若い頃に、ランカイ屋が営んでいた人形芝居の小屋でスリーパーを手に入れたと言っていたわ。日下の機巧人形《オートマタ》の数々は、御維新だっけ？　政変があった後に、だいぶ海外に流出したみたい」

「機能を停止していたスリーパーも、その時に誰かに売られて新世界大陸に渡ったということでしょうか」

「かもしれないわね」

フェルがそう答えると、部屋の中に沈黙が訪れた。

「ゴーラムは、スリーパーのことをずっと妻だと思って扱ってきたそうよ。スリーパーを手に入れた時、商売の成功を祈願して、生涯、結婚せず、子供を作らず、スリーパーだけを愛することを誓ったらしいわ」

「そうなんですか」

「でも、ゴーラムはそのスリーパーを……」

捨てようとしている。

そう言いかけてフェルは口を噤《つぐ》んだ。うっかり余計なことは言わない方がいい。伊武の口からゴーラムの耳に伝わらないとも限らない。

「そうだ」

話題を変えるため、フェルはベッドサイドのテーブルに載っているグラフ雑誌やパンフレットの束を手にした。

「ゴーラムから、あなたが万博に着ていく服を見立てるよう言われているのよ。オーダーを出すために、後で着丈とか胴囲とか、あなたの体の寸法も調べないと」

「はあ……」

伊武はあまり気乗りしないようだ。

「日下式の長襦袢《ながじゅばん》や、小袖に帯の方が過ごし易《やす》いのですが……」

「そういうわけにもいかないわ。あなたが日下國館から姿を消した機巧人形だって、誰かに気づかれてはまずいでしょうからね」

ゴーラムは、私立探偵のヒュウガのことはどうするつもりなのだろうとフェルは考えた。洋装で誤魔化しても、ヒュウガには気づかれる公算が高い。

「私、ファッションには疎《うと》いのよね。うまく見立てられるか……」

伊武が膝の上に載せ、順にページを捲《めく》っているカタログを、フェルも一緒に覗き込む。

何しろ自分は、鉱山労働者が穿《は》くリベット付きのジーンズやブーツなどを平気で身に着けているような女だ。

幼い頃から近眼で眼鏡を掛けていたから、そのことで思春期に男の子たちにからかわれたことも小さな心の傷になっている。異性を意識したり、デートのために着飾ったりするような真似《まね》とも、フェルは無縁だった。

コルセットの項目を見ていた伊武が、ページを捲る手をふと止めた。

「これは……」

「どうしたの」

フェルは眼鏡を取り出し、真剣な表情で誌面に目を落としている伊武の視線の先を見た。

「ああ、胸パッドね。シミーズやコルセットの下に詰めて、胸を豊かに見せる道具よ」

「何と画期的な……」

唾液《だえき》を分泌《ぶんぴつ》する部品はなかった筈だが、伊武がごくりと喉《のど》を鳴らした。

「万博に合わせて、ゴダム市にある下着メーカーが開発したらしいわ。よく売れてるらしいけど……」

緩やかな円錐《えんすい》状に針金を巻いて乳房の形と弾力を再現し、それに布を被せたものだ。

「たいへんな発明ですね。新世界大陸の技術は、ここまで進歩しているのですか」

「あなたにそう言われると……まあいいわ」

フェルはベッドから立ち上がる。

「どちらへ？」

「中庭でも散歩して、少し頭を冷やしてくるわ」

両開きの大きな扉を開き、フェルは廊下に出た。

歩きながら、フェルは考える。

生きているかのように動く機巧人形……伊武に出会ってしまったゴーラムは、眠り続けるスリーパーよりも、伊武の魅力に取り憑《つ》かれてしまった。

それが伊武にとって良い方向に働くとは、とても思えない。できれば伊武を解放し、日下國へ帰してやりたいとフェルは思い始めていた。

だが、ゴーラムを裏切ろうとしていることが知られれば、自分は伊武やスリーパーの研究を続けられなくなるだろう。

どうするべきか。

階段を下りようとしていたフェルは、ふと足を止めた。どうせならついでに、屋敷の執事を捕まえて、伊武の服をいくつか注文するよう伝えておこう。

下着類なら細かいサイズは必要あるまい。ついでに胸パッドも注文してやれば、伊武は喜ぶだろうか。

そんなことを思いながら、フェルは踵《きびす》を返し、スリーパーの部屋へと戻る。

両開きの扉を開こうとして、ふと様子がおかしいことに気づき、フェルは息を潜めた。

話し声が聞こえてくる。中にいるのは伊武だけの筈だ。

「きっとフェルさんには必要ないのよ、胸パッドは」

伊武の声ではない。

——まさか。

気取られないように慎重に、フェルは扉を開く。ほんの数センチほどの隙間から見えたのは、台の上に載ったスリーパーの首と、楽しげに談笑している伊武の姿だった。

フェルの全身の肌が粟立つ。

血の通わぬ機巧人形《オートマタ》同士の会話。

それは、この世にあってはならぬ光景だった。

伊武の人当たりの好《よ》さが、ついそれを忘れさせてしまうが、扉の向こう側、すぐ手の届く場所に魂《プシュケー》を持たぬ者たちの世界があった。

そんな場所に踏み込んで行く勇気が、どうしてもフェルには湧《わ》かなかった。

音を立てぬよう、そっと扉を閉じ、フェルは後退《あとしざ》る。

伊武とスリーパーの微《かす》かな笑い声が漏れ聞こえてくる。

知らぬ間にスリーパーは目覚めていたのだ。だが、いつから？

そして伊武が秘密を持っていたことに、フェルは深く動揺した。

18

「大統領の到着は？」

金無垢《きんむく》の懐中時計の蓋《ふた》を開き、時間を確認しながら、コリン・バーネットは落ち着いた口調で万博委員会の若い職員に問うた。

「昨日受けた電文では、午前十一時の予定でしたが、この有り様ですから……」

苛々《いらいら》とした口調で若い職員は答える。

時計の針は、すでに十一時を十分ほど過ぎていた。ゴダム万博の開会式が始まるのは、正午からの予定だ。

バーネットは溜息をつき、関係者たちの控え室になっている建物の部屋の窓から、「壮大なる中庭《グランド・コート》」を見下ろした。

拱廊《アーケード》から溢《あふ》れ出てきた人たちが、水盤《Basin》と名付けられた人工池の周りにひしめき合っている。誰よりも早く万博を見届けてやろうと集まった、五千人あまりの客たちだった。

「新世界大陸《ムンドゥス・ノーヴス》」と名付けられたコロンブス像には大きな布が掛けられており、式典での披露を待っている。

グランド・コートからメインの会場へと続く中央通りの手前には、混乱を避けるためにバリケードが築かれていた。委員会で雇ったニュータイド探偵社の警備員たちが立ちはだかり、セレモニーが終わる前に興奮した客たちが雪崩《なだ》れ込んでこないよう目を光らせている。

今のところはいいが、開会式の始まる時間が一時間も二時間も押すようなことになれば、気の急《せ》いた客たちの間でパニックが起こりかねない。

思えばバーネットが万博の総監督の座に就いてから、トラブルの起こらない日は一日たりともなかった。大概のことでは、もう驚いたり苛ついたりすることもない。なるようになれだ。

開会宣言をする予定の大統領は、すでにゴダム市内の最高級ホテルにチェックインしている。昨晩、委員会が開いた夕食会にバーネットも同席していたから間違いない。特別な日を迎えた今日のゴダムは、路面機関車《スチームトラム》も舗装された道路も、会場に向かう人でごった返している。

大統領には二頭立ての高級四輪馬車《ランドー》を用意したが、路面機関車が満員で乗れず、歩いて会場を目指す者が予想外に多かったため、通りには立ち往生した馬車が何十台も連なる事態となっていた。いかに大統領の乗る馬車だとはいっても、何とかなるものではない。

かく言うバーネットは夕食会の後、昨晩のうちに会場入りしていた。セレモニーに間に合わせるための突貫工事の指揮を執るためだ。

形だけでも、開会式を行う段取りが間に合ったのは、奇跡に近かった。

数日前まで、会場内の花壇には花も植えられておらず、広場は地面が剝《む》き出しで芝生も敷かれていなかった。店に商品が陳列されていないくらいはマシな方で、ペンキや漆喰《しっくい》の塗られていない建物まであったのだ。

会場の至るところに、搬入に使われた木箱を解体した木材や、緩衝材として展示物を包んでいたリネン類が無造作に投げ捨てられており、それらの廃棄物を夜が明けるまでに片付けることすら、バーネットは絶望的だと考えていたのだ。

開会式に間に合わなければ責任を取って自殺するつもりで、バーネットは遺書まで用意してポケットに仕舞っておいたくらいだ。

徹夜での作業が可能になったのは、テクノロジック社の提供で会場全体に配線された交流電流のお陰である。

建前上は、今日、初めて大統領が、「電氣館」にある蒸氣式発電機のエンジンを始動させることになっていたが、もう一か月以上も前から作業のために夜も会場は煌々《こうこう》と白熱電球《マッダランプ》によって照らされている。ゴダム市内から見ると、万博会場は常にぼんやりとした光で浮かび上がっており、そのことが町中でも話題になっていた。

地元の新聞には、工事の遅れを取り戻すのは不可能であろうと散々書かれてきたが、バーネットは「電力」の凄《すご》さを、身を以《もっ》て経験した。夜中でも昼間同然の作業が可能になったのは、単純に人類の時間が倍に増えたも同じことだ。

一番の目玉であった「観覧車《ホイール》」さえ、工事は難航したが滑り込みで間に合わせたのだ。今さら大統領が三十分や一時間遅れたところで、どうということはない。

「開会式の十五分前になっても現れないようだったら、プログラムの順番を変えよう。大統領のスピーチより先に、オーケストラの演奏を始める。そう伝えてくれ」

「わかりました」

委員会の若い職員が頷く。

打ち合わせで、オーケストラの指揮者には、通常用のスコアの他に、何か予定が狂った場合に時間稼ぎするための長めのスコアも用意させている。

トラブルに慣れすぎたせいで、バーネットは先回りして手を打っておく機転が利《き》くようになっていた。


何で俺はフィンチとも連絡を取らず、こんなところにいるのだろう。

床に敷かれた布団《ふとん》の上に並べた、マードックの私室で見つけた伊武の写真を眺めながら、日向はそんなことを思っていた。

万博会場の片隅にある日下《くさか》職人の宿舎。

ゴダム・パラダイス・ホテルでの事件があった後、八十吉の口利きで、日向はこの場所に匿《かくま》われていた。

仕切りもない大部屋には、だらしなく万年床が敷き詰められ、室内に張り巡らされた洗濯紐《せんたくひも》には、洗った手拭《てぬぐ》いや地下足袋などが干されている。むさ苦しい部屋だったが、身を隠すのにこれ以上の場所はなかった。

現在、日向はゴダム市警から、マードック殺害の容疑で指名手配を受けている。新聞には、ホテルの地下室にある焼却炉から人骨の一部が出てきたこと、死体を撮影した写真が大量に発見されたこと、マードックの妻を始めとして宿泊客などにも行方不明者が出ていることなどが、猟奇的で扇情的な筆致で書き立てられていた。

それだけではない。「ゴダム・ニュース・ポスト」では、指名手配を受けているジョー・ヒュウガが、華丹戦役に軍事探偵として関わっていた過去や、スカール炭鉱に労働スパイとして潜入していた疑惑などが暴露された。来たる万博景気を狙《ねら》い、マードックと手を組んで、ホテルに於《お》いて殺人嗜好《しこう》を満足させるのと金品強奪を兼ねた犯行を重ねていたのではないかという憶測記事が、数度に亘《わた》って掲載された。ヒュウガがマードックを殺して逃走したのは、仲間割れであろうと結論づけている。

記事にはエドガー・ポートマンの署名があり、内容は世論を操作しようとする意図が強く感じられた。記事中で日向は「東洋の黄色い悪魔」と渾名《あだな》され、まるで殺人鬼のような扱いだ。マードックが抱えていた犯罪まで丸ごと背負わせて抹殺しようという思惑すら感じられる。ポートマンも一時期、行方がわからなくなっていたが、その間に何かあったのだろうか。

だが、八十吉を可愛《かわい》がっている日下職人の親方連中は、日向に同情的だった。通訳として働いていたから、多少は日向の人柄を知っていたというのも大きかった。

この新世界大陸では、犯罪や揉《も》め事に有色人種が関わっていれば、有無を言わせず責任をなすりつけようとしてくる。万博で働いている日下の職人たちも、多かれ少なかれ、嫌な思いはしてきているに違いない。

これは冤罪《えんざい》であり、日向がマードックを撃ち殺したのも、己の身を守るためのやむなき行為だったという八十吉の話を、親方たちはすぐに聞き入れた。実際に日向が片耳を失う大怪我《おおけが》をしていたせいもあるが、八十吉が信頼されていたというのが一番の理由だろう。

市警や委員会に密告される恐れがあるので、元請けである有田佐七土木会社の番頭や社員たちには、日向を匿っていることは黙っておくことになった。どちらにせよ、現場を監督する立場にある者たちはゴダム市内のホテルに宿泊しており、職人宿舎にわざわざ姿を現すことはない。

こうなってはもう、身動きが取れなかった。無闇《むやみ》にゴダム市内をうろつくのは危険だ。アグローに借りている事務所にも手配が回っているだろう。

数枚ある伊武の寫真のうちの一枚を日向は手に取る。腹を割かれ、体の中にある精密な機巧が覗《のぞ》いている寫真だ。

その寫真を、どういうわけか日向は美しいと感じた。

ホテルの部屋で伊武と過ごした、ごく短い時間を日向は思い出す。

伊武は天府に帰りたいと願っているようだった。

日向も同じだ。

だが、新世界大陸の西海岸から月に一度出ている、日下國座毛崎《ざもうさき》港行きの船に乗るための逃亡資金と渡航費を得るには、伊武をフィンチに引き渡すより他、方法がない。

八十吉は、日向が何を企《たくら》んでいるかも知らず、こうして助け、匿いさえしてくれている。

胸の奥に、何かざわざわとしたものが湧き上がってくるのを日向は感じた。

己を匿ってくれたフー・フグンと、その村に住んでいた華丹人たちのことが思い出される。あれは騙《だま》そうとしたわけではなかったが、日向が日下軍にもたらした情報と、野崎の一件で、見当違いの義憤に駆られた日下軍の兵士たちによって、結果的には最悪の事態を引き寄せることになった。

日華貿易商会は、貿易によって日下と華丹の間に強い絆《きずな》を結び、白人列強国に対する協同防禦《ぼうぎょ》に努めようという大きな理想があった。それに感銘を受け、かつての日向は野崎の誘いを受けて華丹へと渡ったのだ。

日向が愛した、お夕こと林夕《リンシー》は華丹人だった。軍事探偵として潜入した日向を逮捕したのは華丹軍だが、逃亡した日向を助けてくれたのも華丹人であったフーだ。

そしてまた、日向のかつての同僚たちが日下人であったように、フーの村を襲ったのも日下軍だ。

俺はいったい、何と戦っていたのだ？

ふと、そんな疑問が日向の脳裏を過ぎる。日下人も華丹人も変わらないではないか。そんなことを考え始めると、そもそも日華貿易商会が掲げていた白人列強国に対抗しようという理想も矛盾を孕《はら》んでくる。

スカール炭鉱時代の日向は、心を失っていた。日向の密告でエアルランド系の労働者が何人死のうが知ったことではなかったが、彼らにも家族がおり、それぞれに人生があった。そんなことも想像できなくなっていた。

白人たちの間にも差別があり、エアルランド系は蔑《さげす》まれている。秘密結社モーレイズが発足したのは、そのためだと聞いていた。そのエアルランド系は、奴隷《どれい》解放戦争によって自由になった黒人たちを見下しており、自分たちの仕事を奪う脅威と感じている。有色人種たちの間にもまた、確執があった。

この滑稽《こっけい》さは何だろう。

理想に燃えていた頃の自分は、国を愛していた。

今は、自分が愛していた「国」とはいったい何だったのかを考えている。

少なくとも日下政府でないことは確かだ。国を愛することと、他国や他民族を脅《おびや》かすこともまた、イコールではない。

伊武はどうなのだろう。ふと日向はそんなことを考えた。

人の世にすら属していない伊武は、もはや何をも超越しているのだろうか。それとも孤独なのだろうか。

おそらく伊武は、親しい人たちとの、たくさんの別れと死に触れてきたに違いない。

もしかすると人だけではなく、国家、民族、或《あ》るいは文明の死とも。

あの緑色の瞳は、そんな光景をじっと見つめてきたのではないだろうか。

そんなことを思い浮かべると、遥《はる》かに卑小に思われるが、野崎を射殺したあの日から、何が正義なのかすらも日向はわからなくなっている。

国家繁栄のために働くのが正義だと思っていた時には、考える必要がなかった。答えは他人が用意してくれていたからだ。

迷いがあった。

これまでの人生は、何かの意思があるようでいて、流されるままに生きてきた。

そのことに今さらながら気がついて、日向は愕然《がくぜん》とする。

今回の件もそうだ。アグローで自堕落な生活を送っていた自分は、ただ金のためだけに、かつて袂《たもと》を分かった筈《はず》のニュータイド探偵社の依頼を受けたのだ。そこには正義どころか何の意思も存在しない。

だが、妻子との再会を取るか、それとも伊武を取るか。その二択なら答えは決まっている。

その一方で、また判断を誤り、罪を重ねてしまうのではないかという不安が心の片隅にあった。

八十吉を騙して伊武を犠牲にし、それで日下國に帰ったとして、自分はまともにお夕の顔を見られるのか。勘助に父親らしく接することができるのだろうか。

だが、選択の余地はなかった。何としてでも日下國に帰るという決意が必要だった。

心を鬼にしなければならない。

そう考え、日向は伊武の寫真を片付けると、代わりに鞄の中から、書きかけだった妻子宛の手紙を取り出した。

便箋《びんせん》を広げて、もう一度だけ内容を確認すると、それを戻して封をした。

日向自身がゴダム市まで出掛けてこれを出すわけにはいかないから、宿舎で働く女中に託すことにした。

迷った末、差出人には「父より」とだけ書いた。

ゴダム市警が郵便物を調べているかもしれないし、万博会場内の宿舎気付では、そもそも返事が届くかどうかもわからない。手紙を読めば、誰からのものなのかは、お夕にも息子の勘助にもわかる筈だ。

「いよいよ開会式が始まりそうだぜ」

一階に下りて飯場で働く女中に事情を話して手紙を預けると、八十吉が職人たちと一緒に、どやどやと宿舎に戻ってきた。

「観覧車の作業は終わったのか?」

「何としてでも開会式が終わるまでに仕上げろって指示だ。終わらせてきたさ」

八十吉は吐き捨てるようにそう答え、乱暴に椅子《いす》を引いて飯場のテーブルに着いた。

「午後から大統領を乗せるっていうのに、今、試運転の真っ最中だ。信じられねえよ」

用意されている薬缶《やかん》から冷めたお茶を碗《わん》に注ぎ、それを八十吉は一気に飲み干す。

「明日からは一般客も乗せるそうだ。狂気の沙汰だよ。作業中にも緩んで外れたボルトやナットがぽろぽろ降ってくるんだぜ？　あんなのに何百人も乗せたら、きっと大事故が起こる」

日下國館の建設作業はとっくに終わっていたが、有田佐七土木会社を通じて、日下の職人たちは観覧車の組方として新たに作業を任されていた。非熟練工が多い万博の労働者では、危険を伴う高所でのボルト締め作業などが務まらなかったのだ。

そこで、猿《ましら》のように木製の足場や屋根瓦《やねがわら》を飛び交って作業をしていた日下の職人たちに、仕事の依頼が持ち込まれたのである。

この数日、突貫工事に近い作業を続けてきた日下の職人たちは、皆、疲弊していた。開会式が終わっても、当分、作業の方は終わらなそうだった。手抜き工事で何とか間に合わせた作業の手直しのために、客が引けた夜になれば、また駆り出される。

夜までの間、少しでも休むために、職人たちは出された飯を掻《か》き込むと、布団で横になるために続々と二階へ上がり始めた。すでにテーブルに突っ伏して大鼾《おおいびき》を掻いている者もいる。

「日向さん、一緒に会場内に繰り出してみないか」

豚汁を啜《すす》り、握り飯を頬張っていた八十吉が言う。

「今日なら人混みに紛れ込める。いつまでも宿舎に隠れているだけじゃ、埒《らち》が明かないぜ」

確かに、八十吉の言う通りだった。

日向は髭《ひげ》と髪を伸ばし、出《い》で立ちも垢抜《あかぬ》けた西洋風から、日下の職人たちと同じ和装にしていた。土木会社の社員や、東洋人を見慣れているポートマンのような相手は誤魔化せないが、幸いに白人たちには、日下人や華丹人の顔が、みな同じに見えるらしいから、この程度の変装で事足りる。

八十吉と一緒に宿舎の外に出ると、グランド・コートの方角から、オーケストラの奏《かな》でる「わが祖国、その誇りは受難なり《My country the pride is suffering》」の荘厳なメロディが聞こえてきた。いずれ国歌として制定されるであろうと言われている曲だ。メロディに合わせ、集まっている万博の客たちが歌詞を口ずさむ声が聞こえてくる。続けて昼花火が打ち上げられ、雷粒《らいつぶ》が鳴り響く音とともに、色とりどりの彩煙が空に花開いた。

この期《ご》に及んで、まだ作業が続いている建物や店がいくつもあった。塗り立てのペンキの匂《にお》いが、辺りに漂っている。

「どこに行くんだ？」

早足で先を行く八十吉の足取りには、何か目当てがあるようだった。

「気になっているものがあるんだ」

辿《たど》り着いたのは、宿舎からさほど離れていないミッドウェイ地区の、小さなレストランやカフェ、土産物屋が軒を連ねている一角だった。

店の看板には、飾り文字で「キネトスコープ・パーラー」と書かれている。

「これは？」

「M・フェルが発明したキネトスコープ……動く寫真が見られるパーラーさ」

それならば万博を紹介する新聞記事で読んだことがある。一セント硬貨を入れると数分間だけ箱の中の電球が点《とも》る仕組みになっており、レンズのついた穴から中を覗いて鑑賞する装置だ。

「興味深いが、遊んでいる場合ではないな」

「違う。よく見てくれ」

パーラーの軒下に設置されている数台のキネトスコープのうちの一つを、八十吉は指差した。店内にも十数台が設置されているようで、開店準備に追われた従業員たちが、忙しく立ち働いているのが見える。キネトスコープを展示するだけでなく、軽食や飲み物を出す店も兼ねているようだ。

キネトスコープの箱には、いずれも簡単な内容を示すタイトルが書かれたプレートがビス留めされていた。

八十吉が指差したキネトスコープのタイトルは「踊る機巧人形《オートマタ》」となっていた。

「気になるだろ？」

日向は頷いた。確かに気になる。キネトスコープはフェル電器の提供でもある。

「あと半刻《はんとき》もしたら、この辺りにも客が雪崩れ込んでくる。たぶん、もう動かせるようになってるよ。一セント硬貨、持ってるかい」

周囲に人は大勢いたが、それぞれの作業で手いっぱいで、日向や八十吉の存在は気にも掛けていない。

装置に硬貨を投入すると、カタカタと音が鳴り始め、覗き穴のレンズの部分に光が点った。八十吉が先に腰を屈《かが》めて中を覗き込み、数秒もしないうちに顔を上げ、日向にも見るように促した。

日向は覗き穴に目を当てた。

——君はいったい何をやっているのだ、伊武。

思わずそんな言葉が口から出そうになる。

箱の中では、古めかしいデザインのドレスに月桂冠《げっけいかん》を頭に乗せた伊武が、ひょこひょこと手足を動かして踊っていた。まるで盆踊りのような動きだ。

「伊武だよな？」

背後から八十吉が声を掛けてくる。

「ああ、おそらくそうだ」

日向が顔を上げると同時に、キネトスコープの明かりが消えた。

「あの……フェルさんは来ていないんですか」

「開会式への出席はキャンセルすると言っていたよ。まあ、無理もないがね。大統領がキーを差し込んでエンジンをスタートさせる『電氣館』の蒸氣式発電機は、ライバルのテクノロジック社の設計と施工によるものだ。胸くそが悪いだけだろう」

大統領が乗っている馬車と同じ仕様のランドーの座席に向かい合って座り、ゴーラムと伊武はそんな会話を交わしていた。

伊武は薄い紫色をしたバッスル・スタイルのドレスを着込み、生花が飾られた鍔広《つばびろ》の帽子を被《かぶ》っていた。心なしか、胸回りがいつもより少し豊かに見える。

ゴーラムは上機嫌だった。万博の開会式に来賓として出席した後は、伊武を伴って、じっくりとパビリオンを見て回るつもりだった。無論、万博委員会の重鎮であり、同時に大口スポンサーであるゴーラムは、どこに行っても特別扱いになる。

万博会場へと向かう道は混み合っており、馬車はなかなか前に進まなかった。伊武は先程から窓越しに外の風景を眺めている。馬車を囲むようにして、路面機関車に乗るのを諦《あきら》めた庶民たちが、隙間《すきま》なくのろのろと歩いているのが見えた。

懐中時計を見ると、間もなく正午になろうという時間だった。遠くからオーケストラの奏でる音が聞こえてくると、歓声と、開会式に間に合わなかったことへの落胆と怒りを表す声が、同時に馬車の周囲で湧き上がった。

——始まったみたいね。

グランド・コートから聞こえてくるオーケストラの音に、日下國館へ向かう太鼓橋を渡ろうとしていたフェルは足を止めて振り向いた。

空中に昼花火の彩煙が広がるのが見え、一瞬遅れて雷粒の破裂音が聞こえてくる。

伊武は会場に到着したかしら。ゴーラムは……。

そんなことを考えてから、フェルは再び太鼓橋を渡り始めた。

日下國館は、クリスタル湖から水を引き入れた人工の潟湖《ラグーン》の中央にある島に建っている。

渡り切った橋の袂から、日下國館の十三層の巨大な木造の建物までは並木道になっており、見慣れないピンク色の小さな花を満開にさせた木が植えられていた。

ああ、これが伊武の言っていた、桜の木ね。

フェルはそれをよく見るために、眼鏡を取り出した。この花が咲く頃になると、日下國の人々はお弁当やお酒を手に外へと繰り出し、ピクニックのようなことをして楽しむのだと伊武は言っていた。

話を聞いた時にはぴんと来なかったが、成る程、実物を見ると、そんな気分に駆られるのもよくわかる。

――毎年春になると、年老いた甚内様や、そのお弟子さんたちと、中洲《なかす》観音の桜見物に出掛けるのを私は楽しみにしておりました。

首と手足を胴体から外し、機巧の構造を調べている最中に、伊武が、うっとりと目を閉じてそう言っていたのを思い出す。

釘宮久蔵の衣鉢《いはつ》を継いだ最後の機巧師、田坂甚内は、いろいろとあって、だいぶ年を食ってから久蔵に弟子入りしたらしいが、久蔵の死後は長く伊武の修繕を続け、晩年は多くの弟子を取っていた。

——お前が心配だ、伊武。

臨終の間際《まぎわ》、甚内は伊武一人を枕頭《ちんとう》に呼び、手を握ってそう言ったという。

——誰かに思われなければ生きていけない。お前を作った何者かは、確かにそういう仕掛けをお前の中のどこかに隠した。

——そのからくりの謎《なぞ》を解くことができずに死んでいくことだけが悔いだ。

甚内は最期にそう言って息を引き取った。

伊武を任せられる弟子は、とうとう育てることができなかったようだが、百年経《た》ったこの世界で、自分が釘宮久蔵や田坂甚内の衣鉢を継ぐことはできないだろうか。

フェルはそう思った。独学と自力で、二人を超える機巧師になることは可能だろうか。

不意に強い風が吹いた。長いブロンドの髪をフェルは手で押さえる。桜の花びらが辺りに舞い散った。

その風景を見て、まだ少しだけ迷っていたフェルの心が決まった。

やはり伊武は、日下國に送り返してやるべきだ。

自分を侮辱したゴーラムにも、ひと泡吹かせてやりたい。

羽織っている男物の外套《がいとう》の裾《すそ》を翻《ひるがえ》し、足を止めていたフェルは再び歩き出す。

「マルグリット・フェル様ですね」

日下國館の前まで来ると、開催初日に合わせてやってきた日下政府の外交官らしき人物が、揉み手で挨拶《あいさつ》してきた。他にも代表団の出迎えがずらりと十数名、並んでいる。

「お会いできて光栄です。世界的に有名な発明家のフェル様が、このように美しい女性だったとは知りませんでした」

たどたどしく聞き取りにくい発音で、カイゼル髭を生やしたその男は言った。面倒な世辞など必要ないのに、ビジネスで会った相手に容姿を褒められて、こちらが喜ぶとでも思っているのだろうか。

「無理を言ってごめんなさい。開会式が終わる前に見学は済ませるわ」

午後には大統領の見学も予定されている。

歓迎のため、代表団の者たちは全員がきっちりと羽織袴《はおりはかま》で正装していた。

「お一人ですか？」

フェルが、お供の社員の一人も連れてきていないことが気に掛かったのか、髭の男が言った。

「ええ。お忍びですからね。日下國に於ける機巧人形の高い技術には、当社も関心を持っています。いずれは貴国にフェル電器の現地法人を設立して、当社の技術を広く伝えたいとも思っています」

「それは素晴らしい」

感嘆したように髭の男が頷《うなず》く。

口から出任せだったが、言っているうちに、それも悪くないとフェルは感じた。電流戦争に負けた今、フェル電器は新しい方向性を模索しなければならない。機巧人形の技術を研究する日下法人を設立するというアイデアは悪くない。何なら自ら日下國に乗り込んでいってもいい。但《ただ》しそれは、フェル電器産業や日下國の発展のためではなく、自分と伊武のためにだ。

「時間があまりないわ。私が興味あるのは、ジェイソン・ゴーラム氏から提供された機巧人形だけ。案内してくださる?」

フェルがわざわざ日下國館に足を運んだのはそのためだった。

伊武に入れあげたゴーラムは、結局、スリーパーを手放し、万博が終わるまで、この日下國館で晒《さら》しものにすることに決めた。

以前のゴーラムからは想像できなかったことだ。ゴーラムはずっと、スリーパーを妻として人間同様に扱ってきた。

それが今は飽きた玩具《おもちゃ》を放り出すように粗末に扱っている。むしろ遠ざけようとしている風にすら感じられた。

日下國館は、万博会場内にあるパビリオンでは最も早く完成したというから、会場の他の場所のような慌《あわ》ただしさはなかった。

蟋蟀《こおろぎ》同士を闘わせるためのものだという盆や素焼きの壺《つぼ》、捔力《かくりょく》という名の格闘技に関する解説、独特の技術で描かれた美人画など、十三層の建物の内部は、所狭しと日下國の文化を紹介する展示で埋め尽くされている。

それらを横目で見ながら通り過ぎ、フェルは最上層に至った。十三層目には、ひとつ下の十二層から、支柱のない螺旋《らせん》階段をぐるぐると回りながら上って行く。これ一つ取っても力学的に殆《ほとん》どあり得ないような構造をしており、日下國の高い職人技術がわかる。それに気づける建築家が、果たして新世界大陸に何人いるか。

最上層に足を踏み入れると、そこにはスリーパーが鎮座していた。

無論、ここではスリーパーとは呼ばれていない。伊武の話では、スリーパーの本当の呼び名は「天帝」だというが、それもよく聞いてみると、単に「王」というような意味らしい。高貴な者には名前すらないのだ。

ゴーラム邸ではずっとネグリジェを着ていたスリーパーは、今は金糸の飾りが入った豪華な着物を何枚も重ね着させられていた。癖のある栗色《くりいろ》の髪は念入りに梳《す》かれ、垂髪に結われている。額にはティアラのような金属製の飾りが付けてあった。案内してきた髭の外交官の話だと、これは古い時代の日下の天帝の格好を模しており、着物は五衣《いつつぎぬ》、髪の飾りは釵子《さいし》というものらしい。

とても似合っていて、綺麗《きれい》だった。

これが本来のスリーパーの姿なのだろうという神々《こうごう》しさと威厳に満ちている。

彼女と話をしてみたかった。

——スリーパーはもう起きている。

そのことを伊武が伝えてきたのは、ほんの二週間ほど前のことだった。

「それは、いつから？」

「もう何十年も前、ゴーラムさんと出会った時からだそうです」

意外なことを伊武は言い出した。

「ただ、体は動かず、声を発することもできなかった。それで眠っているように見えたのです」

フェルは頷く。伊武の体を調べていて感じたことだが、日下國で大事に保管されていた伊武とは違い、海外に流出したスリーパーの体は、どうもかなり雑に扱われてきた節があった。何者かが一度分解していい加減に組み直したり、独自に修繕したと思われる箇所が至るところにあり、機巧を動かしている奇跡のようなバランスが失われていた。

「涙を流すことだけはできたようで、何かを伝えたい時はそうしていたようですが、ゴーラムさんには気づいてもらえなかったみたいです」

前に一度、伊武とスリーパーが会話をしているところを見つけてしまった時のことをフェルは思い出した。あの時は、どうしても部屋の中に入る勇気が出なかった。聖域に踏み込むような恐怖があったからだ。

「自分が、もう話したり動いたりできるようになっていることは、内緒にしておいてねと言われました。でも、フェルさんには場合によっては伝えてもいいと……」

こちらの知らぬところで、二人はそんなことを話していたのか。

「ゴーラムには秘密なの？」

「そういうわけではありません。でも今は……」

伊武が言葉を濁す。

ゴーラムの心変わりを、スリーパーが微妙に感じ取っているということだろうか。

「フェルさん、どうかこのことは……」

「わかっているわ。私はずいぶん、伊武に信用されているのね」

「だって、フェルさんはお友だちですもの」

伊武が何気なく発したその言葉は、何もかも投げ出して伊武を助けようとフェルに思わせるのに十分な衝撃を与えた。

「そうね、伊武。私もそう思ってるわ」

フェルは自分の右の手の平を見る。

その時、伊武と交わした指切拳万《pinky swear》の感触が、小指に残っている。

「とりあえず……」

あれこれと懸命に話している髭の外交官の言葉を、殆どうわの空で聞いていたフェルは、不意に口を開いた。

「あの海の怪物《シー・サーペント》の絵柄が入った箱は腰掛けではないから、この機巧人形を座らせるのはやめた方がいいわ」

伊武が見たら、きっと怒り出す。この箱のことを、伊武はとても気に掛けていた。

妙なことを言い出したフェルに、外交官は怪訝《けげん》そうな表情を見せた。

「近くで見てもよろしくて？」

いた。


「はあ……」

フェルの言葉に、外交官が頷く。

スリーパーに近づくと、フェルは顔を近づけて覗き込むふりをし、耳元でそっと囁《ささや》いた。

「ゴーラムはあなたを捨てたわ。盗まれた伊武の代わりに、友好のため無償で日下國政府にあなたを譲ることに決めたと、今朝の新聞に書いてあった」

注意深く観察したが、スリーパーが視線や表情を動かす気配はない。

「つらいかもしれないけど、もう少し辛抱して。何とか隙を探して伊武はゴーラムの元から引き離すわ。そして日下國に送り返す。あなたも助けるつもりよ」

やはりスリーパーに変化はない。まるで置物の人形に話し掛けているような、拍子抜けする手応《てごた》えのなさだった。ゴーラム邸で見た光景は幻だったのではないかと、フェルは少し不安に駆られる。

「今日はこれでいいわ。また来ます」

踵を返し、フェルは下へと降りる螺旋階段に足を向けた。

「これは……」

不意に外交官の男が声を上げ、部屋にいた他の政府関係者たちがざわつき始めた。

「……機巧人形が涙を流している」

フェルは振り向く。先ほどと変わらぬ表情のまま、スリーパーはその大きな瞳《ひとみ》から涙を溢れさせていた。

「今、私はこの鍵《キー》を、万博委員会から託されました」

大統領が右手に持った鍵を掲げながら声を発すると、集まっている群衆は声を潜め、静粛にその言葉を聞こうとした。

来賓席の一番隅に座り、その光景を見ていたバーネットは感心した。

演説は政治家の最も大事な能力の一つだが、声楽家のように心地《ここち》好《よ》く、腹の底からよく響く声を持っているだけでなく、聞かせどころで聴衆の注意を引く技術も、この男は心得ている。

奴隷解放戦争の立役者だった国民的英雄。その威光は、背後に聳《そび》え立つ、黄金に輝く巨大なコロンブス像にも引けを取っていない。

結局、大統領は三十分近く遅れて会場入りした。

本来はスピーチの後にコロンブス像の除幕式を行い、しかるのちオーケストラの演奏を行う筈だったが、いくつかのプログラムを前倒しにすることで時間を稼ぎ、何とか進行の辻褄《つじつま》は合わせた。

「このキーは『電氣館』に設置されている三千馬力の蒸氣式発電機に連動している。キーによってエンジンが始動し始めた時、この国の新たな歴史が始まるのです」

大統領の声はよく通り、グランド・コートの隅々にまで届いている。

「皆さんは、蒸氣式発電機がどのような燃料で動いているか知っていますか」

ゆっくりと群衆を見渡して大統領は問いかける。

「石炭？　いや、違います。我々移民たちの夢、希望、そして未来こそが、この新しいエネルギーの燃料となるのです！」

大統領の言葉に呼応して、群衆たちの間に歓声が上がった。

壇上には、鍵穴が設《しつら》えられた箱が設置されている。無論、中は空洞だ。

実際には、大統領が鍵を差し込むと同時に伝令が走り、「電氣館」に設置されている蒸氣式発電機から、電力が水盤の底にある十五台のピストン・ポンプに供給される。そして噴水が高さ三十メートルまで一気に噴き上がる段取りとなっていた。

オーケストラの鼓手がティンパニーを鳴らし、雰囲気を盛り上げる。

勿体《もったい》ぶった素振りで、大統領が鍵穴にキーを差し込んで回した。暫《しばら》くは何も起こらなかったが、やがて地鳴りのようなものが聞こえ始め、重力に逆らって水が柱となり、高く空へと舞い上がった。

細かい飛沫《しぶき》が虹《にじ》を作り出し、婦人たちが飛沫に驚いて短い悲鳴を上げ、日傘で避《よ》けようとする。

オーケストラがファンファーレを鳴らし、再び演奏を始めた。

「よい一日を！」

大統領は、ひと際大きな声でそう言うと、手を振りながら壇上を降りた。

無事、開会のセレモニーが終わったことに、バーネットは胸を撫《な》で下ろした。

中央通りのバリケードが外され、待ちわびていた客が、ぞろぞろと会場の奥へと移動を始める。

ゴダム万国博覧会が、いよいよ開幕したのだ。

19

「ジェイソン・ゴーラムを探そう。きっとこの会場のどこかにいる筈だ」

一セント硬貨をもう一枚使い、腰を屈めてキネトスコープを覗き込んでいた日向は、顔を上げると確信を持ってそう言った。

「どういうことさ」

傍らに立っている八十吉が、頭に被っているハンチング帽の位置を直しながら言う。

「あの映画はメッセージだ」

日向は八十吉を促して、先に立って歩き出した。

ゴダム万国博覧会の開会式は、まだ続いている。JGレールライン社は万博の大口スポンサーで、社主であるゴーラムは万博委員会の重鎮として名を連ねている。おそらく来賓席に座っている筈だ。

「メッセージ？」

「タイトルが思わせぶりすぎる。あの内容なら、『踊る女』でも何でもいい。何でわざわざ『踊る機巧人形《オートマタ》』なんて付ける必要があるんだ」

万博会場内には同様の装置が二百台ほど設置されており、一台たりとも同じ内容のものはないという触れ込みだった。

まるでこちらの注意を引くかのようなタイトルだ。実際、八十吉はそれに引き寄せられたのだ。

「伊武が踊っている部屋の背後には窓があった。映っていたのは、この会場にある観覧車《ホイール》だ。窓の外に、他の建物は映っていない。おそらく高台にあるからだ」

「すると……」

小さなレストランやカフェ、土産物屋などが並ぶ、会場のミッドウェイ地区を出ると、クリスタル湖を一望できる拓《ひら》けた場所に至った。

湖門《レイク・ゲート》にある波止場に、蒸氣船が停泊しているのが見える。

「観覧車が映っていた角度から考えると、該当する建物はあれだけだ」

日向が指差した先、湖の畔《ほとり》には小高い丘があり、その中腹に塔のある大きな屋敷が見えた。

「あれは……」

「今言った、ジェイソン・ゴーラムの屋敷だ」

ゴダムの街にやってきた時に、地図を買って周囲の重要な建物や施設などは、ひと通り頭に叩《たた》き込んである。

「伊武はあそこにいるのか」

「わからない。少なくともあの映画が撮影された時にはいたのだろう」

「そのジェイソン何とかってやつを捕まえて締め上げるのか？」

八十吉はゴーラムが何者なのか、わかっていないようだ。

「難しいな。ゴーラムの周りはおそらく護衛だらけだ。下手をするとスピーチに来ている大統領よりも厳重かもしれないぞ」

ゴーラムの警備を請け負っているのは、おそらくニュータイド探偵社だ。

そしてJGレールライン社にも、日向は浅からぬ因縁がある。スカール炭鉱を経営していたのは同社だ。ゴーラムと面識はないが、当時、労働組合にスパイを送り込むようニュータイド探偵社に指示していたのは、おそらく彼だろう。

今回の伊武誘拐を依頼したのもゴーラムなのだろうか。

マードックの元にあった、伊武をフェル電器の者に引き渡せという手紙は、モーレイズからの指示のようだった。炭鉱を経営するJGレールライン社と、かつて激しく敵対していた組織だ。

それならば、何ゆえにモーレイズの指示で引き渡された筈の伊武が、ゴーラム邸にいるのか。

そこで一つの奇怪な考えが日向の頭を過《よ》ぎった。

どちらも根は同じところに属しているのではないかという推察だ。

かつて日向は、スカール炭鉱で何人もの労働組合の幹部をモーレイズに近しい者だと密告し、絞首台《こうしゅだい》に送った。労組側も報復のために、鉱山の企業合同《トラスト》側に雇われた管理職などを拉致《らち》して殺している。実行していたのはマードックのような人間だろう。

だがそれも、経営者であるゴーラムにとって都合の悪い身内を消すための自作自演だったとしたら……。

スカール炭鉱で働く華丹人《カタイ》が大勢乗っていた労働列車がモーレイズに爆破された時も、結局、最終的に得をしたのはトラスト側だけだった。

この万博でも同じようなことが起こっている。万博労働者共済組合は最初のうちこそ活発に活動していたが、組織が固まった後に、幹部が次々と事故に遭ったり行方不明になり、今は指導者もおらず交渉力もない弱者の集まりになっている。

てんでんばらばらに労働者たちが働いているよりも、形だけ纏《まと》まっている分、ずっと支配しやすい状況だ。これは偶然か。

「キネトスコープの展示をしているのはフェル電器産業だ。おそらくフェル電器の中に裏切り者というか、伊武を助けようと動いている者がいるに違いない」

そう願いたかった。あのキネトスコープの箱の中で動いていた映画が、事情を知る誰かに伊武の居場所を伝えるために撮影されたものである可能性は高い。

壮大なる中庭《グランド・コート》へと向かう中央通りに出たところで、日向と八十吉は、開会式のセレモニーを終えて会場に雪崩《なだ》れ込んでくる群衆たちと、正面からぶつかることになった。

先頭にいる連中は、気が急《せ》いて殆《ほとん》ど走るように向かってくる。

す。

「くそっ」

激流のような人の流れに逆らい、掻き分けながら、日向はグランド・コートを目指
伊武が会場のどこかに来ている気がした。もしそうならゴーラムの周辺に違いない。この直感が外れたなら、会場を出て辻馬車《つじばしゃ》を拾い、ゴーラム邸に向かうつもりだった。ゴダム市警の目が光っている市内に出るのは避けたかったが、その場合は仕方がない。

グランド・コートに出ると、噴水が滝のような音を立てて噴き上がっていた。

開会式を見物していた万博の最初の客たちは、すでに広く散っていたが、それでもかなりの人混みだ。

新発明のフルーツ・フレーバーのガム、特殊な技術でキャラメルをコーティングしたポップコーン、見た目も鮮やかな七色の綿飴《コットン・キャンディー》、万博にあるものは、屋台売りのお菓子に至るまで、何もかもが新しい。

つい先程まで、大統領が演説していた筈の演壇の周囲も、人はまばらだった。来賓用の特別席にも、すでに人影はない。

ふと、八十吉の姿がないのに気づき、日向は辺りを見回した。人混みではぐれたか。

「ジョー・ヒュウガじゃないか」

不意に声が聞こえて、日向はそちらを振り向く。

「驚いたな。どうやって会場内に入ったんだ？」

水盤《Basin》と名付けられた人工池の、石造りの手摺《てす》りの傍らに立っていたのは、ポータブル・ボックスカメラを構えたポートマンだった。

「貴様こそ何をやっているっ」

思わず荒っぽい声が出た。にやけていたポートマンが、怯《ひる》んだ表情を見せる。

「開会セレモニーの取材だよ。私は記者だからね」

「待て」

日向のあまりの剣幕に後込《しりご》みし、立ち去ろうとするポートマンの腕を摑《つか》む。

「俺がマードックを殺したと、新聞に妙な憶測記事を書いてくれたよな」

「ああ、そうさ」

吐き捨てるようにポートマンが言う。

「私にだって家族がある。ゴダム市警の留置場で、深く反省したよ。身の丈以上の欲を出すと、ろくなことにならない」

「誰かから脅しを受けているのか？」

ポートマンの目が泳いでいる。おそらく図星なのだろう。

「前に、暴力になど屈しないと言っていたよな？」

「自分の身に降りかかることならね。留置場にいる最中、年老いた私の母が馬車に轢《ひ》かれて死んだ。次はお前の妻子だと言われた。それで取引に応じない馬鹿《ばか》がどこにいる」

「……このマークに見覚えはあるか？」

日向はポケットから一通の封筒を取り出した。

それはマードックの部屋から持ち出してきたものだ。差出人のところにある、ウツボを思わせる意匠のスタンプを、ポートマンの目の前に突きつける。

途端にポートマンが顔を青ざめさせた。わかりやすい男だ。

この男を脅しているのは「モーレイズ」だ。日向に全《すべ》ての罪を押し付けるような例の記事も、その指示に従って書いたものなのだろう。

「例の写真《しやしん》はどうした」

日向に買い取るようにポートマンが言っていた写真のことだ。

「市警に取り上げられたよ」

つまり、ゴダム市警の中にもモーレイズの息のかかった者がおり、ポートマンはそいつを通じてウツボのスタンプ入りの封書を渡されたり、脅されたりしているのだろう。

「一つだけ質問がある。あの写真にマードックと一緒に写っていた女、あれは誰だ」

「知りませんね」

「嘘《うそ》をつくな。何者か知ったら驚くと、お前が言っていたんじゃないか」

「手を離してくださいよ。あなたは自分の立場がわかっていないようだ。私が叫び声を上げれば、たちまち警備員が集まってきますよ」

「いや、立場がわかっていないのはお前だ」

ポートマンの手を摑んだまま、日向は着物の合わせの内側に手を差し込み、腋《わき》の下にある隠しホルスターから自動回転式拳銃《オートマチック・リボルバー》を抜いた。

そしてポートマンの着ているコートの陰に銃を隠すようにして、腹に押し付ける。

「冗談はよしてくださいよ」

手摺りに背中を預ける形になったポートマンが、仰《の》け反《ぞ》るような姿勢で言う。

「冗談？　俺がどういう人間か、お前はよく知っているんじゃないのか」

恫喝《どうかつ》のためにはったりを掛けると、ポートマンが再び顔を青ざめさせた。

「声を上げたら、即、ズドンといくからな」

「あの女が誰なのか教えればいいのか？」

「そうだ。誰から聞いたかは言わない。保証する」

「……フェル電器産業の社主、マルグリット・フェル女史だよ」

「嘘をつくな」

腹に押し付けた銃口に、日向はぐっと力を込める。

「嘘じゃない。あまり知られていないが、有名な発明家のM・フェルは女なんだ」

信じても良さそうだ。嘘だとするなら、もう少しマシなことを言うだろう。

「その発明家のフェルが、何で伊武を引き取りに来るんだ」

「へえ、あの木箱の中身、日下國館から盗まれた機巧人形だったのですか？」

ポートマンが歪《ゆが》んだ笑みを浮かべた。

一瞬、本当に引き金を引こうかと日向は迷った。

このまま生かして帰しては、何を書かれるかわからない。

だが、嫌な男ではあるが、殺されるようなことは何もしていない。

「ねえ、あの人たち、喧嘩《けんか》してるよ」

不意に、小さな女の子の声が聞こえた。

日向はそちらに目を向ける。日傘を差した婦人に手を引かれた小さな女の子が、泣きそうな顔でこちらを指差していた。

婦人はそそくさと女の子の手を引いて足早に去った。これ以上、続けていると、ポートマンが助けを呼ばなくても警備員がやってくる。

「お前、泳げるか」

「え？　ああ」

唐突な質問に、ポートマンが咄嗟《とっさ》に返事をした。日向は拳銃《けんじゅう》をホルスターに仕舞うと、ポートマンの小股《こまた》を掬《すく》い上げ、手摺りから真っ逆さまに水の中へと放り込んだ。数メートル下で派手な水音が上がった。周囲でそれを見ていた者たちが驚きの声を上げた時には、日向はもう走り始めていた。

――間違いない。あれは伊武だ。

薄紫色の豪華なドレスに、顔を隠すような鍔広《つばびろ》の帽子。見えたのはセットアップされた艶《つや》やかな黒髪と、顔の下半分だけだったが、間違えようがない。毎晩毎晩、日下國館の最上層に忍び込み、それこそ穴が開くほど見つめ続けた顔なのだ。

馬車を見失わないように、人混みを掻《か》き分けて八十吉は走る。

伊武と向かい合うように、馬車の窓の向こう側にはセイウチのような髭《ひげ》を生やした大男が座っていた。日向の言っていた、ジェイソン・ゴーラムとかいうやつだろうか。

騎馬隊に先導され、会場内をパレードのように移動していく列の先頭には、大統領の乗っている馬車があった。奴隷《どれい》解放戦争に勝利し、国際社会で新世界大陸《ムンドゥス・ノーヴス》の顔となった彼は、今や国民の英雄である。車上から少し手を振るだけで、群衆から歓声が上がった。

伊武が乗っていたのは、そのすぐ後ろに付いている馬車だった。日向とは群衆の波の中ではぐれてしまっていた。おそらくグランド・コートに向かったのだろうが、今は伊武を優先するべきだ。

「伊武！」

走りながら八十吉は叫ぶ。

列の動きはゆっくりだったが、沿道は小旗を振って歓迎している見物客で埋め尽くされており、馬離衝《バリツ》の心得がある八十吉でも、その隙間をかいくぐって行くのは困難だった。

八十吉が声を張り上げた時、ほんの少しだけ伊武が探すように窓の外を窺《うかが》う素振りを見せたように思えたが、気のせいかもしれない。

「この列はどこに向かっているんだ」

迂回《うかい》して先回りするつもりで、八十吉は手近にいた男に声を掛けた。

一度ではうまく言葉が通じず、身振り手振りを加えて何度か同じ質問を繰り返す。やっと意思が通じたのか、迷惑そうな顔をしていた男は、無言で彼方《かなた》を指差した。その先には、ゆっくりと回り始めている巨大な観覧車の骨組みが見えた。

「どうしたのかね、伊武」

「いえ、何も……。誰かに名前を呼ばれたような気がして……」

伊武は不安げな表情で、馬車の窓から沿道にいる群衆を見下ろしている。

「見てごらん。あれが万博の目玉の観覧車だ」

さして気にもせず、ゴーラムは伊武の正面から隣の座席へと移動すると、遠くに見える巨大な丸い骨組みを指差した。

「大統領と、それから私たちが、一番乗りであの先進的な建築物を堪能《たんのう》することができる。ゴンドラが頂点まで行けば、きっと鳥にでもなったような気分になるだろう」

ゴーラムは伊武の肩に手を載せ、自分の方へと引き寄せた。

「大丈夫なのですか。あんなに大きなものが動くなんて……」

「怖がることはない。これから先、半年もの間、あの観覧車は延べ何万人、いや何百万人もの客を乗せて回り続けるんだ」

万博の象徴である観覧車だけは、何としてでも初日に間に合わせるようにと、総監督のバーネットには厳命していた。あれが初日に動いているのといないのとでは、開会式に集まった記者たちや観客たちの印象は大きく変わる。万博の観客動員にも影響するだろう。

今朝方まで突貫工事を行っていたようだが、どうやらバーネットは、やり遂げたらしい。

今日は人生で最良の日になりそうだ。

伊武を連れて、ゆっくりと万博見物を楽しみ、夜には大統領を始めとする来賓たちを集めた祝賀の晩餐会《ばんさんかい》で、伊武を新しい妻として披露するつもりだった。ゴーラムは新世界大陸でも十指に入る富豪だ。皆が祝福してくれるだろう。新世界大陸に移民してきたばかりの頃、暗い炭鉱の奥でツルハシを握っていた時には想像もできなかった未来を、自分は築き上げてきたのだ。

「観覧車に乗った後は、電氣館で蒸氣式発電機の見学だ。ピュグマイオイという珍しい部族の展示もある。それから……」

「日下國館には行かないのですか？」

伊武が顔を上げ、ゴーラムを真《ま》っ直《す》ぐ見据えた。

思わず吸い込まれそうになる、瑪瑙《めのう》のような緑色の瞳。

「気になるのかね」

「はい」

「だが今日は我々はキャンセルだ。君が日下國館から盗まれた機巧人形だと気づく者がいたら困るからね」

優しく諭すような口調だったが、暗にその話はするなという威圧をゴーラムは込めた。

日下國館に提供したスリーパーの姿は、今日は見たくない。いや、できれば永遠に。どんな恋にも必ず始まりと終わりがある。自分のスリーパーへの無償の恋は、もう終わったのだ。

「スリーパーとは、日下國にいた時からのお友だちでした」

珍しく、伊武の方からゴーラムに語り掛けてきた。

フェルとはだいぶ親しくなっているようだが、ゴーラムと二人きりの時は、殆ど伊武は自分から何か話そうとはしない。そのことをゴーラムは寂しく思っていた。

「ああ、前にそう言ってたね」

スリーパーの話はあまりしたくなかったが、適当にゴーラムは相槌《あいづち》をうつ。

「あの子は、ずっと昔に目覚めております。気がついておりましたか、ゴーラムさん」

「何……何だって」

群衆の上げる声が、伊武のか細い声をところどころ消してしまう。

「目覚めても口も利《き》けず、体も動かなかったのは、日下國に安置されていた私とは違い、海外に売られてからは修繕も受けられずに、ずっと雑に扱われてきたからでしょう。スリーパーは人から人の手へと何度か売られ、最後は見世物小屋と人形芝居を生業《なりわい》にするランカイ屋の手に渡った」

「伊武、君は……スリーパーと話をしたのか?」

見世物小屋の暗い天幕《テント》の中で、初めてスリーパーを見た時のことをゴーラムは思い出す。

その頃のスカール炭鉱には、まだ竪坑はなく、露天掘りの採掘場にはモールヴィルという町の名前すら付いていなかった。

石炭を運ぶ貨物路線で最初の成功を収め、炭鉱買収のための視察に訪れていた、まだ三十代前半の若者だったゴーラムは、広場に張られていた天幕小屋に興味を抱いた。それは巡業に来ていたランカイ屋で、木馬が四つしかない小さな手回しのメリーゴーラウンドやブランコなどの遊具の他、仮設の見世物小屋や、簡単な骨組みに幌《ほろ》を被《かぶ》せただけの人形芝居の小さな劇場もあった。

最初にスリーパーが舞台に出てきた時、ゴーラムは生身の娘が人形のふりをしているだけだと思っていた。当て振りの人形遣いが、背後でスリーパーを操っている。きっと芝居のどこかでこの娘が目覚め、人形遣いを逆に叩いて笑いを取るなどの、寸劇《コント》めいた趣向なのだろうとゴーラムは思っていた。

「あの子が目覚めたのは、ゴダム市内の狭いアパートメントの一室だったそうです。隣にはまだ若かったあなたが寝ていた。その頃のあなたは多忙で、新世界大陸を飛び回っていたそうですね。専用の大きな旅行鞄《りょこうかばん》にあの子を入れて、ホテルの部屋は必ずダブルかツイン。景色が見えるようにあなたは必ず窓際《まどぎわ》に椅子《いす》を出して座らせてくれて、仕事が終わると何時間でも話し掛けてくれた。あの子はそう言っておりました」

その頃の光景が、鮮烈にゴーラムの脳裏にも思い出される。

「あの子は眠ってなどいなかった。何十年もの間、横たわったまま、ずっとゴーラムさんのことを見続けていたのですよ。あの子は時々、涙を流してはいませんでしたか。それだけがあの子に残されていた機能でした」

馬車は徐々に観覧車へと近づいて行く。

回転軸を支える八本の支柱は遠目には華奢《きやしや》に見えたが、目の前まで来ると、数人の大人が手を繋《つな》いでも抱えきれないほどの太さだということがわかる。回転軸からは放射状にスポークが伸びており、二列に並んだ外輪にぶら下がっている三十六台のゴンドラは、ゴダム市内を走る路面機関車《スチームトラム》なみの大きさがあった。一台あたりの定員は六十名で、ゴンドラ内にはランチカウンターもあり、飲み物や軽食を楽しみながら、空中散歩を体験できる寸法になっていた。

その土台の下には、電氣館にある蒸氣式発電機に匹敵する三千馬力の出力を誇る蒸氣エンジンが、この観覧車を動かすためだけに設置されている。回転軸の駆動スプロケットと蒸氣エンジンの間に渡されているチェーンの重量は九トン、使われているボルトとナットの総重量は十二トンを超える。何もかもが破格の建造物だった。

「私には心があると、あの子は涙を流すことで訴えていたのです。ゴーラムさんは気づいてあげられたのでしょうか」

物言わぬスリーパーをベッドの上で抱く時、いつも彼女は涙を流していた。

それを見る度、ゴーラムは己が拒絶されたような深い絶望の気持ちを抱いていた。

自分に抱かれるのがそんなに嫌なのかと。

だが、伊武の話を聞くと、どうもそうではないらしい。スリーパーは必死になってゴーラムに、自分の心はここにあるのだと伝えようとしていたのか。

「日下國館で私が目覚めたのは、私に思いを寄せてくれた男の子がいたからだと思います。あの子……スリーパーにとっては、ゴーラムさんがそうだったのでしょう」

騎馬隊と馬車の列が止まる。先回りしていた音楽隊が、大統領を始めとする来賓たちを歓迎するファンファーレを演奏する。

「ゴーラムさん、あなたは事業を大きく成功させる間に、たくさんの人を不幸に陥《おとしい》れてきたみたいですね。その度に、あの子が寝ているベッドサイドに跪《ひざまず》いて手を握り、懺悔《ざんげ》していたとも聞きました。あの子はそんなゴーラムさんのことも許していた」

もう間違いない。それはゴーラムとスリーパーしか知らないことだ。伊武はスリーパーと話をしている。

「私の体の構造を調べることで、驚くことにフェルさんは独学と自力であの子を動かせるところまで直してしまいました」

御者が馬車を降り、外からドアを開く。

「あの子はあの子なりにゴーラムさんを愛していたのだと思います。きっと受け入れてくれた筈《はず》なのに、土壇場《どたんば》であなたはそれを裏切ってしまった」

伊武は立ち上がると、スカートを摘まんで裾《すそ》を上げ、上品な所作で御者が用意した踏み台に足を下ろす。

「ですからゴーラムさん、私はあなたのことが好きになれません。ごめんなさい」

振り向きもせずにそう言い、伊武は馬車から降りた。

膝《ひざ》の上に載せた拳《こぶし》を震わせたまま、ゴーラムは暫《しばら》くの間、座席から動くことができなかった。


大統領とゴーラムら来賓たちが観覧車に乗ることを知った八十吉は、人混みを離れて鉄柵《てっさく》を乗り越え、観覧車の裏手へと回り込んだ。

ここひと月以上の間、八十吉は鳶《とび》の親方たちと一緒に、組方として観覧車の建設に携わっている。作業用に支柱に取り付けられた梯子《はしご》に手を掛け、命綱も使わずに八十吉はそれを登り始めた。

ゴンドラまで辿《たど》り着くには、地上四十二メートルにある回転軸のところまで登り、そこから放射状に外輪を支えているトラス構造のスポークを渡って行かなければならない。

しかも、作業中は観覧車は止まっていたが、今は動いている。ホイールはおよそ二十分で一周するから、ゴンドラが一番低いところから頂点に達するまでに要する時間は、たった十分だ。もたもたしていると乗っているスポークが垂直になり、踏ん張ることができずに落下してしまう。

回転軸に辿り着くと、八十吉は地上から気づかれぬよう、鉄骨の陰に身を隠した。軸に巻き付いた巨大なチェーンが、軋《きし》んで鈍い音を立てている。うっかり足を滑らせてそちらに落ちたら、たちまちスプロケットの間に挟まれてミンチにされてしまうだろう。

「あっ」

不意に突風が吹き、八十吉が給料日に奮発して買った、お気に入りのハンチング帽を奪って行った。この高さになると遮るものがないから、地上とは比べものにならぬほど風が強い。

舌打ちして帽子は諦《あきら》め、八十吉は地上を見下ろした。幸い、伊武がゴンドラに乗るよりも先に、回転軸に辿り着けたようだった。

ゴンドラに乗降するためのプラットフォームには、たくさんの人がいた。殆《ほとん》どが万博委員会の関係者や新聞の記者たちなどであろう。ちょうど大統領が、護衛たちと一緒にゴンドラに乗り込むところだった。

続けて、あのセイウチのようなゴーラムという大男と、薄紫色のドレスを着た伊武がゴンドラに乗ろうとする。心なしか二人は距離を取っているように見えた。一緒に乗り込んだ護衛の数を八十吉は数える。たったの二人だ。

これは好機だった。日向が言っていた通り、ゴーラムの周辺は人が多すぎて近づくのは難しそうだったが、ゴンドラに乗っている間なら何とかなる。

ボルトの出っ張りなどを頼りに、八十吉はスポークとして外輪を支えている鉄骨を移動し始めた。急いでいるつもりなのだが、どんどん回転は進んで行き、あっという間に時計でいう八時の辺りまで伊武の乗っているゴンドラが上がってきた。

鉄骨に抱きついて這《は》うようにして進む八十吉に驚いて、羽根を休めていた鴉《からす》が飛び立つ。まだホイールの半径の半分ほどのところまでしか辿り着いていない。

ゴンドラが九時の辺りに差し掛かり、スポークが水平に近い状態になると、八十吉は意を決して立ち上がった。

そのまま一気に、幅二尺もない鉄骨の上を、ゴンドラに向かって走った。足を踏み外したら一巻の終わりだ。

――間に合った。

走り込んできた勢いのまま、八十吉は大きく跳躍して伊武が乗っているゴンドラの屋根に飛び乗った。その衝撃でゴンドラが激しく前後に揺れる。中から男たちの慌《あわ》てる声と一緒に、伊武と思《おぼ》しき女の悲鳴が聞こえてきた。

呼吸を整えて強く拳を握り、ゴンドラの屋根に嵌《は》め殺しになっているガラス窓を八十吉は気合いとともに正拳突きで叩き割った。破片が音を立ててゴンドラ内に落ち、また中から悲鳴が聞こえてくる。

八十吉は室内に飛び降りた。護衛の一人が、直ちに八十吉に掴みかかってくる。

その勢いを殺さぬように相気《あいき》し、馬離衝《バリッツ》でいうところの四神の呼吸で、八十吉は相手を背負い投げにした。

逆さまになった護衛が背中からゴンドラの窓にぶち当たり、ガラスが音を立てて割れた。幸いに外には飛び出さず、そのまま床に落ちて昏倒《こんとう》する。

すぐさま振り向き、八十吉はもう一人の護衛を見た。ベルトに挟んだホルスターから拳銃を抜くため、銃把を固定しているかぶせの留め金を外そうと四苦八苦している。すぐに抜けるようにしていなかったのは、油断していたからだろう。

八十吉は走り込み、相手の顎《あご》にぶちかましの要領で頭突きを入れる。

崩れ落ちた相手が抜きかけていた拳銃を奪い、八十吉はそれをゴーラムに向けた。

ゴーラムがゆっくり両手を挙げる。

「助けに来たよ、伊武」

ゴンドラの隅にぺたりと座り込み、驚いたように口元を手で覆《おお》って、この様子を見ていた伊武に向かって、八十吉は言った。

「俺と一緒に行こう」

「あなたは……」

伊武が声を上げる。

「名前は存じませんが、私に縋《すが》り付いていた方ですね」

「いや、そうだけど……」

八十吉は慌てた声を上げた。

「胸に顔を埋めていたではありませんか」

「あ、あれは……」

「私を撃ったとしても、ここからは逃げられんぞ」

手を挙げていたゴーラムが、二人の会話に割り込んできた。

「下のプラットフォームには、たくさんの人がいる。無論、警備員も、警察官もだ」

「そんなことはわかっている」

ゴンドラは十二時の位置を過ぎ、二時の辺りに差し掛かっていた。

何かの異変が起こったことは、地上でも気がついている筈だ。ゴーラムが言う通り、ゴンドラが戻ってくるのを待ち構えて、警備員や警察官たちが集まっているかもしれない。

八十吉はゴーラムに銃口を向けながら、じりじりと伊武の方に移動して行く。

「伊武、俺に抱きついてくれ」

「ええ！」

伊武が素っ頓狂《とんきょう》な声を上げる。

「け、けっしていやらしい気持ちで言ってるんじゃない！　つまりその……」

「……飛び降りる気か」

しどろもどろになっている八十吉の言葉を遮り、ゴーラムが低い声を出した。

「そ、そうなんだ。あんたいいこと言う。だから伊武さん、時間がないんだ。頼むよ」

「馬鹿な。何十メートルあると思ってるんだ。死ぬぞ」

ゴーラムがそう言った時、どこからか凄《すさ》まじい破裂音のようなものが聞こえた。

同時に、一瞬の浮遊感とともに、観覧車の外輪全体が、がくんと数メートル落下する感触があった。ゴンドラの出入口の閂《かんぬき》が壊れ、扉が大きく開く。

何があったのかわからなかったが、咄嗟に八十吉は拳銃を放り捨て、座っている伊武の手を握って立たせると、正面からしっかりと抱き締めて抱え上げた。

そのまま勢いを駆って、ゴンドラの外に飛び出す。

回転軸に辿り着いた時に目を付けていた通り、眼下には物売り屋台の大きな天幕があった。

空中で体を捻《ひね》り、八十吉は自分の体が下になって落ちていくよう、体勢を整えた。


「あれは……」

グランド・コートから逃げ出し、八十吉と伊武を探していた日向は、信じ難い光景を目《ま》の当たりにした。

観覧車の巨大な外輪が回転軸から外れ、大きく支柱からずれ落ちている。ずしんとした地響きが、遠く離れた日向のいる辺りでも感じられた。

周囲の者たちが、観覧車の方を見てざわざわと声を上げる。

事故か。

突貫工事で無理やり間に合わせたのだ。懸念《けねん》していたことが起こっただけなのかもしれない。

だが、もっと信じ難い光景が、続けて目に飛び込んでくる。

観覧車は、ゆっくりとだが確実に、転がり始めていた。

ざわつきが増し、誰かが神に祈りを捧《ささ》げる声が聞こえた。そして子供の泣き声。女の悲鳴。

転がる速度は徐々に上がってきている。思わず日向は、その先に何があるのかを見た。

電氣館だ。

日下國館とは、ラグーンを挟んだ対岸にあるパビリオンだ。内部には巨大な蒸氣式発電機が設置されている。

傾斜になっているのか、観覧車の外輪は、どんどん勢いを増している。

途中で止まらなければ、直径七十五メートルある巨大な鉄の外輪が、そのまま電氣館に突っ込んで轢《ひ》き潰《つぶ》しかねない。横倒しになれば日下國館にも被害が及ぶ。

日向は走り始めた。日下國館の周囲に伊武がいる可能性もある。あの長須鯨《ながすくじら》の絵が描かれた箱を、伊武はとても気に掛けていた。

人の流れは見事に二分されていた。

大事故の惨状を見届けようと、野次馬根性で観覧車が転がって行った先に向かって走って行く者、そして会場の南門《サウス・ゲート》に向けて移動を始める者たち。

夢中になって走っている最中に、日向は妙な相手とすれ違った。

——何だ。

身に着けているのは和装だった。とはいっても小袖《こそで》のようなものではなく、幾重にも重ね着した、ちょうど帝家の者が式典などで着る五衣《いつつぎぬ》のような衣服だ。

今日は万博開催の初日だから、会場の至るところで民族衣装を着た者がダンスを披露したり、大道芸の催し物などが予定されていた。南門に向から人の群れの中にも、珍奇な衣装に身を包んだり、派手な化粧をした者が、多数まざっている。汚れるのも構わず、豪華な刺繡《ししゅう》の入った着物の裾を地面に引き摺りながら、その娘は歩いて行く。

そして振り向いた。髪留めなどは付けておらず、腰の辺りまである緩く癖のある髪は栗色《くりいろ》をしていた。瞳《ひとみ》は琥珀《こはく》を思わせる色合いをしている。

日向は戸惑った。見たところ似ても似つかないが、娘は伊武と同じ気配を身に纏っていた。思わず日向が足を止めたのも、そのためだ。

娘は日向に一瞥《いちべつ》だけくれると、再び他の客たちと一緒に、中央通りの向こうに見える、南門へと続く拱廊《アーケード》の方へ歩き出した。

——あれは誰だ。

そちらを追うべきか、日下國館へ向かうか迷っているうちに、轟音《ごうおん》が聞こえてきた。周囲で悲鳴が上がる。

日向が振り向くと、観覧車が電氣館に激突したところだった。

煙と塵《ちり》が上がり、屋根と、それを支える鉄骨が、ゆっくりと崩れ落ちていく様が見えた。観覧車が建物に半分食い込んだまま動きを止める。

その光景に気を取られていた日向が、もう一度、振り向いた時、そこに先ほどの娘の姿はなかった。

八十吉と伊武が落ちたのは、ビールを売る屋台だった。

分厚い幌生地が使われた天幕は、六角形のシートの角を柱で支え、自立するように太い綱で引っ張られており、その先は地面に深く打ち込まれた杭《くい》に結びつけられていた。

落下しながらも、八十吉は冷静だった。伊武が怪我《けが》をしないよう、しっかりと抱き締めて放り出さないようにする。

八十吉の背中が天幕に落ちると、衝撃でシートを固定している綱が引っ張られ、勢いよく杭が地面から引っこ抜けて宙に舞った。同時に支柱が倒れ、シートの真ん中に落ちた八十吉と伊武は、天幕に包み込まれるようにして着地した。

崩れて形を失ったシートの内側から、巻き込まれた店番や売り子たちの怒号が聞こえてくる。積み上げていた樽《たる》が崩れたのか、炭酸の抜ける音がした。

伊武の手を握り、八十吉はシートの中から這い出す。

もたもたしている暇はない。警備員や警察官が来る前に、この場から離れなければ。

八十吉はそう思ったが、意外にも崩れたテントの周囲に人が集まってくる様子はない。

理由はすぐにわかった。観覧車を支えていた回転軸が外れ、外輪がゆっくりと転がり始めている光景が目に入った。

観覧車のゴンドラに乗降するためのプラットフォームに目をやると、そちらはパニックになっていた。逃げるのに夢中で、誰も天幕に落ちてきた八十吉と伊武になど目もくれない。無理もない。今、観覧車が横倒しになれば、ここにいる多くの者が巻き込まれ、死亡することになる。

「うう……何と乱暴な。怖かった……」

八十吉に続いて這い出してきた伊武は、天幕の上にぺたりと座り込んだまま、泣きそうな顔をしている。

「伊武」

八十吉は手を差し出し、伊武を立たせた。

「おいらが君を日下國まで連れて行く。付いてきてくれるかい」

「その前に名前を教えてください」

考えてみると、伊武と会うのは目覚めた時以来だった。八十吉は伊武に会うため、日下國館の最上層に毎晩のように忍び込んでいたが、伊武が八十吉を知るわけがない。

「轟《とどろき》八十吉です」

「八十吉さん」

伊武が自分の名を呼んでくれている。

それだけで、八十吉の背にぞくぞくとしたものが走った。

「早速ですが、お願いがあります」

「何でしょう」

「私が……その……腰掛けていた箱が気に掛かるのです。あれがないと、私は……」

おろおろとした口調で伊武が言った。

その時、ひと際大きな音が聞こえてきた。見ると、観覧車が電氣館に激突し、屋根を崩落させ建物を押し潰しながら動きを止めたところだった。

電氣館のすぐ向こうには、ラグーンを挟んで日下國館が聳《そび》えている。

あの箱は今、日下國館にあった。取りに戻っていると余計な時間が掛かる。万博会場から抜け出てゴダム市の外に逃げるなら、大事故による混乱に乗じることができる今しかないと思ったが、伊武は八十吉を見上げ、潤《うる》んだ瞳で必死に訴えかけてくる。

「大事なものなんですか」

「ええ、とても」

あの箱が何なのかはわからなかったが、伊武に求められたら行くしかない。

「わかりました。何とかします。おいらに任せてください」

「ああ……ありがとう」

そう言うと、伊武はくるりと八十吉に背を向けた。

「……背中のボタンを外してくれませんか」

「えっ、な、何です？」

いきなりのことに、八十吉は狼狽《うろた》えた声を上げた。

「この格好は動きにくくて仕方ありません。脱いでいきます」

確かに、臀部《でんぶ》のラインを強調するためにスカートの下に穿《は》いている腰当てのバッスルや、足首まである何重にもフリルの飾りが付いたドレスは、動き回るのに適しているようには見えない。

「し、失礼……」

恥ずかしがったり、照れたりしている時間はない。顔が熱くなってくるのを感じながら、八十吉は伊武が着ているドレスの背中を留めているボタンを次々に外す。

ドレスを脱ぎ捨て、伊武は下着の白いシミーズとドロワーズだけの姿となる。顎で結ばれているリボンを解《ほど》き、被っている帽子も投げ捨てた。

「そうだ……これも」

続けて伊武は、シミーズの胸元に手を突っ込み、緩やかな円錐《えんすい》状をした、胸当ての如《ごと》きものを取り出した。

「それは？」

目のやり場に困りながら八十吉は言う。

「胸を大きく見せるための、画期的な発明品です」

それを投げ捨てようとして、手を振り上げた伊武の動きが止まる。

「行くよ、伊武」

「……くっ」

迷いを断ち切るように苦悶《くもん》の声を上げ、手にしているそれをかなぐり捨てると、日下國館に向けて走り出した八十吉の後に付いて、伊武も一緒に走り出した。

20

「君は……」

日向が螺旋《らせん》階段を駆け上がり、日下國館の最上層に踏み込むと、そこにはポートマンの寫真に写っていた女がいた。

「……やっと現れたわね」

女は男物の外套《がいとう》を羽織り、鉱山労働者が穿くリベット打ちされたジーンズと、牛飼いのような革のブーツを履いている。傍らには、例の長須鯨の絵が描かれた箱が置いてあった。

「何をしている」

「あなたと同じ目的じゃないかしら。伊武はこの箱をとても大事にしている。会場のどこで、誰と一緒にいたとしても、必ずこれを取りにくるわ」

青い瞳で日向を見据えながら女はそう言った。

どこか焦点が合っていないような、不気味な眼差《まなざ》しをしている。

「悪いけど、伊武はテクノロジック社には渡さないわ」

「何の話だ」

「ふーん……。とぼけているのかしら。ニュータイド探偵社を通じてあなたに伊武を盗み出すように依頼したのって、テクノロジック社のぼんくらどもなんだけど、知らなかった？」

「マルグリット・フェルだな」

「そうよ」

「フェル電器産業の社主の……」

「ええ」

フェルは肩を竦《すく》めてみせる。

「ジョー・ヒュウガね。新聞で読んだわ。『東洋の黄色い悪魔』だっけ」

「愛読紙は『ゴダム・ニュース・ポスト』か？　だったら、別の新聞を購読することをお薦めするよ」

「フェルさんっ！」

「日向さん！」

その時、日向の背後で声がした。いずれも聞き覚えのある声だ。

振り向くと、伊武が八十吉に連れられて螺旋階段を駆け上がってきたところだった。

「安心して、伊武。あなたの大事な箱は無事よ」

日向を挟んでフェルが伊武に声を掛ける。

「スリーパーは……」

「私がここに来た時には、もういなかったわ。これだけが落ちていた」

そう言いながら、フェルは床の上にある髪飾りのようなものを拾い上げた。それを見つめながら、フェルは言葉を続ける。

「テクノロジック社の連中が事故のどさくさに持ち出したか、それとも、一人で歩き出したか……」

「伊武、あの女の人は誰だ」

八十吉が声を上げる。

「マルグリット・フェルよ」

伊武の代わりにフェルが自分で答える。

「あなたは、ヒュウガの手下？」

「手下なもんか」

不服そうに八十吉が返事をする。

「フェルさん、八十吉さんは例の、私を目覚めさせてくれた人です」

「ああ、縋りついていたっていう男の子？」

「あ、あ、あれは……」

八十吉が裏返った声を出す。

「だとしたら八十吉くん、あなた、騙《だま》されているわ。この男はニュータイド探偵社に雇われてるの。伊武を見つけ出し、引き渡せば大金が支払われる約束になっている」

「そんな……嘘《うそ》ですよね、日向さん」

だが、日向は八十吉の言葉に首を縦にも横にも振らなかった。

「おいらは信じませんよ！　あの女が出鱈目《でたらめ》を言っているだけでしょう」

「彼女の言う通りだよ」

放っておくと、取り乱した八十吉がフェルに摑《つか》みかかりそうだったので、仕方なく日向は口を開いた。

「俺の目的は最初から、伊武を助けて日下國に送り返すことではなく、ニュータイド探偵社に売り渡すことだった」

借金を清算し、日下國行きの船便の乗船券を手に入れて、別れた妻のお夕や、息子の勘助と再び暮らすための資金を得る。それだけが目的だった。

「うう……」

知らず手を貸していたことに打ちひしがれたのか、八十吉が短く呻《うめ》き声を上げた。

そして伊武を守るように立ち塞《ふさ》がりながら、日向と距離を取って下がる。

「ジョー・ヒュウガ！　伊武は絶対にあなたには渡さないわ！」

ビシッと人差し指を突き出し、フェルが声高らかに宣言した。

「俺はこっちだが……」

「フェルさんが指差してるの、私です！」

日向と伊武が同時に声を上げる。

フェルは無言で胸の谷間から眼鏡を取り出すと、それを装着した。

そして日向のいる場所を確認し、今度こそしっかりと指差した。

「ジョー・ヒュウガ！　伊武は絶対にあなたには渡さないわ！」

「あっ、二回言った！」

八十吉が声を上げる。

それを無視し、フェルは言葉を続けた。

「電流戦争には負けたけど、機巧人形の技術はフェル電器が独占させてもらう」

「ＪＧレールライン社と……いや、ジェイソン・ゴーラムとの間で、そういう話になっているのか」

「もう関係ないわ」

「仲間割れでもしたのか？」

「うるさいわね」

フェルが苛立《いらだ》ったような口調で吐き捨てる。

「ゴーラムなら、あの観覧車に乗っていたから、たぶん……」

八十吉が呟《つぶや》いたきり、沈黙が訪れた。

フェルは先ほど拾い上げた髪飾りのようなものを外套のポケットに入れた。

そして代わりに手に握られて出てきたのは、上下二連式の超小型拳銃《マフ・ピストル》だった。

「私は伊武を連れて、今からこの万博会場……いえ、ゴダム市から出て行くわ」

銃口を日向に向けながら、フェルが言う。

「ゴダム市を出入りする大陸列車は、すべてJGレールライン社の路線だぞ」

「ご忠告ありがとう。もちろん方法は考えてあるけどね」

「撃てるのか？」

「眼鏡さえ掛けていればよく見えるの。外さないわ」

相手が本当に撃つ気があるのかどうかは、目を見ればわかる。

だが、この女の場合は眼鏡のレンズが瓶底のように分厚くて、どちらか読めなかった。

「大人しく今すぐ、この日下國館から出て行くなら、見逃してあげる」

両手を挙げ、日向はじりじりと後退《あとしざ》った。

八十吉と伊武が、階段を降りて行こうとする日向に道を空ける。

日向が観念したと見たのか、フェルにも、それから八十吉にも隙《すき》が生じた。

それを見逃さず、日向は素早く着物の合わせに手を突っ込み、腋《わき》の下の隠しホルスターから自動回転式拳銃を抜いた。

フェルが慌てて発砲したが、銃弾は大きく逸《そ》れ、天井に当たった。

手の平にすっぽり入ってしまうような大きさのマフ・ピストルは、銃身が短すぎて、相手の体に押し付けて撃つくらいでないと、まず当たらない。

諦めた振りをして下がり、フェルから距離を取ったのはそのためだ。

すぐにフェルは二発目を撃ったが、それは螺旋階段の手摺《てす》りを掠《かす》めて木屑《きくず》を飛ばした。これで弾は終わりだ。

日向はフェルの方に向けていた銃口を、飛び掛かってきた八十吉に向ける。

そして引き金を引いた。

銃弾が八十吉の右の太腿《ふともも》を貫通する……。

筈だった。

驚くべき身のこなしで八十吉は体ごと空中で一回転し、マサカリの如く日向の顔めがけて踵《かかと》を打ち下ろしてきた。

日向は何とかそれをよけたが、踵が左肩口に強《したた》かに当たる。

八十吉の胸や腹を撃つのは忍びなく、急所を外して狙《ねら》ったのが失敗だった。

均衡を崩し、日向は螺旋階段を転げ落ちた。

落ちきったところで、素早く体勢を立て直し、上層への開口部に銃を向ける。

そこで不意に、声がした。

「君は仕事が遅いな、ジョー・ヒュウガ」

見ると、螺旋階段のある広い十二層の部屋には、フロックコートのポケットに手を突っ込んだフィンチが立っていた。背後には警備員を十数名従えている。ニュータイド探偵社の者たちだろう。

「ビジネスでは、物の価値は不変ではないのだよ。もう伊武は高値では雇い主に引き渡せない。ゴーラム氏の方から直接雇い主にコンタクトがあり、盗み出すような真似《まね》はする必要がなくなった」

上層からは、八十吉が様子を窺《うかが》っている気配が伝わってくる。

アグローにある私立探偵事務所にフィンチが姿を現した時、この仕事は断っていればよかったと、日向は後悔した。

「もう報酬を払う気はないってことか」

「そう受け取ってくれて構わない」

「話が違う」

「いつまで経《た》っても任務を遂行できない君自身の責任だと思うがね」

フィンチは苦笑を浮かべて肩を竦めてみせる。

「それから、ゴーラム氏は重傷だが、先ほど馬車で病院に運ばれた。その直前に、瀕《ひん》死《し》のゴーラム氏から万博会場を警備する当社の従業員を通じて指示があってね」

「何だ」

「伊武を回収し、伊武を奪って行った日下人を殺せということだ。両方とも上にいるな？」

「さてね」

「連れてきているのは、後ろにいる者たちだけではない。すでにラグーンに架かる太鼓橋も、ゴダム市警が押さえている。そこをどけ。君は解雇だ、ヒュウガ」

スカール炭鉱の時と同じような幕切れだった。

ある日、フーこと日向が、いつものように豆のスープとミルクの夕食にありつくため組合酒場に入ると、どういうわけか労働スパイだったことが知られており、もう少しで日向は拉致《らち》され、殺されそうになった。逃げられたのは奇跡だった。

日向はフィンチに見捨てられ、労働組合にスパイであることを密告され、始末されそうになったのだ。ニュータイド探偵社が労働スパイを送り込んで、たくさんの人間を絞首台《こうしゅだい》に送ったという事実を隠すために。

そして今度は、公警察であるゴダム市警に囲まれている。

日向は手にしている自動回転式拳銃をフィンチに向けた。

「何の真似だ」

フィンチが眉根《まゆね》を寄せる。

「もちろん、お前を撃つのさ」

躊躇《ちゅうちょ》なく日向は引き金を引いた。

銃声とともに、胸元を押さえてフィンチがその場に崩れ落ちる。

続けざまに日向は、フィンチの背後にいたニュータイド探偵社の警備員たちを撃った。

銃弾を受けて三人が倒れる。弾が尽きると日向は銃を放り出し、拳闘の構えを取った。上手《うま》くフットワークを使い、一人はこめかみに左フックを、もう一人は顎《ジョー》に右アッパーを叩《たた》き込んでノックアウトした。

だが、そこまでだった。

まだ十人ばかり残っている警備員たちに囲まれ、寄って集《たか》って取り押さえられる。動きを封じられて蹲《うずくま》る日向に、容赦なく蹴《け》りと警棒の雨が降ってきた。

「日向さん！」

その時、声がした。

床に転がり、頭を抱えて守っていた日向の目の端に、八十吉が上層から、螺旋階段の手摺りを跳び越えて躍り出てくるのが見えた。

真下にいたやつの後頭部に突き立てた膝を叩き込んで、まず一人を倒し、続けて摑みかかってきた相手の出足を払って転倒させると、その首に足を載せて床に押し付けたまま、次に飛び掛かってきた相手を受け流して投げた。

床に転がった警棒を拾ってからは、あっという間だった。まるで太鼓のバチのように両手に一本ずつ持つと、目や喉笛《のどぶえ》、鳩尾《みぞおち》、金的などに的確に突きを入れ、折れやすい鎖骨や、皮一枚しか守るもののない臑《すね》を狙って強かに叩き込む。

ほんの一、二分の間に、残っていた警備員たちは、残らず床に這いつくばることになった。

「大丈夫ですか、日向さん」

「何でお前、俺を助けるんだ」

体の節々が痛かったが、幸いにどこか折れたり、ひどい出血はしていないようだ。

床に倒れていた日向は、何とか上半身を起こす。

「放っておけませんよ。それに、あの男との会話を聞いてました」

そう言って八十吉は、部屋の隅に倒れているフィンチを見た。

「日向さんは、騙されていたんですよね。そうですよね?」

「八十吉、お前、そのお人好《ひとよ》しの性格、何とかした方がいいぞ」

フィンチの胸元には血が滲《にじ》んでおり、ぴくりとも動かない。

これでもう、金が入る当ては消えた。

日向は、八十吉の着物の胸倉を掴み、自分の方に引き寄せる。

「会話を聞いていたならわかっているな。太鼓橋はゴダム市警に封鎖されている。もたもたしていると、橋を渡って島に入ってくるぞ」

「どうすれば……」

「俺が太鼓橋で時間を稼いでやるから、遊覧用の舟を使ってクリスタル湖に出るんだ。後はお前らで何とかしろ」

日向は立ち上がると、床に放り出していた愛用の自動回転式拳銃を拾い上げ、薬莢《やっきょう》をバラバラと床に捨てると、ホルスターについているポケットから新たな銃弾を取り出し、装塡《そうてん》し直した。

「八十吉、君が伊武を守ってやれ。この先も、ずっとだ」

日向はそう言い残すと、部屋から高欄を渡した外回廊に出て、あれこれと展示がなされている間を一気に走り抜け、飛ぶように階段を降りた。日下國館のすぐ近くで起こった観覧車の激突事故のせいで関係者は残らず避難したのか、人気はない。

日下國館の外に出ると、日向は満開の桜並木を抜け、太鼓橋を渡ろうとした。

そして、橋の向こう側からやってくるゴダム市警の制服を着た一団と出くわした。相手を威嚇《いかく》するため、日向は銃を取り出すと、適当な一人を選んで、その脚を狙って発砲した。

太鼓橋の方から銃声が聞こえてきたのは、長須鯨の絵が描かれた箱を抱えた伊武と、フェル、そして八十吉が日下國館の建物の外に出た時だった。

遠目に、ゴダム市警の制服を着た十数人の警官たちと日向が揉《も》み合っているのが見えた。

銃声がまた何発か響く。どちらが撃ったものなのかはわからない。

「日向さん……」

伊武が心配そうな声を上げる。

「八十吉くん、案内して」

「わかりました」

フェルに促され、八十吉は駆け出す。

日下國館の周辺の様子は、建設や造園に関わっていたから詳しい。太鼓橋からだいぶ離れた桟橋に出ると、そこには遊覧用に客を乗せるカヌーや舢舨《サンパン》などの、各国の小舟が浮かんでいた。

見慣れた日下國の猪牙舟《ちょきぶね》を選んで八十吉は飛び乗る。箱を伊武から受け取り、手を引いて乗せてやると、フェルも続けて乗り込んだ。舟の上に置いてあった艪《ろ》を使い、八十吉は舟を漕《こ》ぎ出した。

電氣館は、蒸氣式発電機の燃料に使われている石炭から火が出たのか、激しく燃え上がり、大量の白い煙を棚引かせていた。消火活動もままならぬようで、もはや燃えるに任せている。

「どうやって万博会場やゴダム市から伊武を連れて抜け出すんですか」

どうも、このフェルという女は、何を考えているかわからない。

方法は考えてあると言っていたが、口から出任せなのではないかと八十吉は疑っていた。

「クリスタル湖に出たら、湖岸の広い場所に飛行船が待機しているのが見えるわ」

自信ありげにフェルが言う。

「宣伝用に午後から万博会場の上空を飛ばす予定だったのよ。それを使ってゴダム市の外に脱出し、後はJGレールライン社以外の路線を乗り継いで西海岸に出ましょう。日下國行きの船便の券は、うちの会社で手配するわ」

ラグーンへと水を引き込んでいる幅の狭い水路を抜けると、猪牙舟は見渡す限り清い水を湛《たた》えた、広大なクリスタル湖に出た。

21

ゴダム万博は大失敗に終わった。

奴隷《どれい》解放戦争の立役者だった大統領は、観覧車が脱輪する大事故で無惨《むざん》にも命を落とした。新世界大陸の国民は、この訃報《ふほう》に嘆き悲しみ、杜撰《ずさん》な工事が次々と明るみに出た万博委員会への怒りは、そのまま万博に足を運ぶ客の数に影響した。

総監督であるコリン・バーネットが、遺書を残して自宅のベッドルームでピストル自殺をしたのは、万博も会期半ばに差し掛かった七月のことである。

ゴンドラから振り落とされ、重傷を負って入院していたジェイソン・ゴーラムが退院したのも、ちょうど同じ頃だった。

ゴーラムが命を落とさずに済んだのは、セイウチのように肥満した体の脂肪が、ゴム鞠《まり》のように機能してクッションになったのだろうと、治療を担当した医師は新聞にコメントを寄せた。そのことで暫《しばら》くの間、ゴーラムは巷間《こうかん》で笑い者になった。

「旦那様《だんなさま》……よくご無事で」

退院したゴーラムを屋敷で迎えたのは、老齢の執事と、スリーパーの世話を任せていた老女中の二人だけだった。他にも何人かいた使用人たちは、ゴーラムが病院のベッドで生死の境を彷徨《さまよ》っている間に、皆、辞めてしまった。

「ありがとう。私のことを心配してくれるのは、今となっては君たちだけだよ」

自分は伊武も、そしてスリーパーも失ってしまった。

ゴーラムはそう考えていた。

いずれも万博会場から忽然《こつぜん》と姿を消し、その行方はわかっていない。

「奥様がお待ちですよ」

ゴーラムの上着を受け取りながら、老女中がそう言った時、最初は聞き間違いかと思った。

「塔の上の部屋で眠っておいでです。旦那様がお届けになるよう命じたのではないのですか」

困惑した表情をゴーラムが浮かべたので、老女中も訝《いぶか》しく思ったようだ。

聞くところによると、ゴーラムが入院している最中に、奇妙な日下國風の衣服を着たスリーパーが、いつの間にか屋敷の軒下に座っていたらしい。

相変わらず何の反応もないスリーパーを、執事と女中が苦労して塔の最上階の部屋に運び込んだ。そして元のネグリジェに着替えさせ、ゴーラムが退院して戻ってくる日を待っていたのだという。

部屋に入ると、確かに天蓋《てんがい》付きベッドの上には、胸元まで掛布を載せたスリーパーが横たわっていた。

ゴーラムは感動のあまり、ベッドの傍らに立ってスリーパーを見下ろしたまま、暫くの間は痺《しび》れたように動けなかった。

「妻と二人きりになりたい。気を利《き》かせてくれるかね」

スリーパーが自らの意思で屋敷まで戻って来てくれたとしか思えなかった。ゴーラムは鼻を啜《すす》り上げ、気がつけば目からは涙が溢《あふ》れ出していた。

「畏《かしこ》まりました」

ゴーラムの様子に、もらい泣きしていた老女中が、頷《うなず》いて外に出て行く。

もう離さない。金輪際、君以外には目をくれるものか。

虚《うつ》ろな目で天井を見上げているスリーパーに向かって、ゴーラムは心の中で誓いを立てる。

あまり空気を入れ換えていないのか、部屋の中は何やら埃《ほこり》っぽかった。

ゴーラムは窓の方へ向かった。内鍵《うちかぎ》を外して大きくそれを開く。

「お帰りなさい」

不意に背後から、聞いたことのない幼い女の声がした。

ゴーラムは振り向く。

そこにはジョーゼット生地の白いネグリジェ姿のスリーパーが立っていた。

緩やかな癖のついた栗色の髪が、腰の辺りまで垂れ下がっている。足下は素足だった。

「ああ……」

夢遊病者のように、そちらに向かって二、三歩足を進めた後、ゴーラムは膝《ひざ》を突いた。

スリーパーの足下に跪《ひざまず》くような形になる。

「私は……君にひどいことをした……」

己がしたことを悔い、ゴーラムは涙を流した。

若い頃とは違い、すっかり薄くなってしまったゴーラムの頭に、スリーパーが小さな手を載せる。

「あれは一時の気の迷いだった。君というものがいながら、他の機巧人形に惹《ひ》かれるなど……」

どんな言葉を並べ立てても、我ながら安っぽい言い訳にしか感じられない。

「お別れが言いたくて待っていました」

そして静かにスリーパーの口から告げられたのは、冷水を浴びせるような言葉だった。

スリーパーを捨てた自分は、今度はスリーパーに捨てられるのだ。ゴーラムはそれを感じた。

あと少しで、彼女の心も体もこの手の中に入ったというのに。私を目覚めさせてくれ
「見世物の芝居小屋から、私を連れ出してくれてありがとう。私を目覚めさせてくれてありがとう。私を愛してくれてありがとう。でも、これで終わりです」

炭鉱労働者とその家族たちでひしめき合う小さな天幕小屋の舞台に出てきたスリーパーを、初めて見た時のことをゴーラムは思い出す。

二人で過ごした狭いアパートメントの部屋。

大きな旅行鞄《りょこうかばん》にスリーパーを入れての列車の旅。

事業が上手くいった時は、スリーパーと二人分のグラスを用意して祝杯を上げ、ライバルや邪魔者を陥《おとし》れたり片付けたりした時は、涙を流して何時間もスリーパーの手を握って己の罪を懺悔《ざんげ》した。

数々の成功を収め、クリスタル湖の畔《ほとり》にこの屋敷を建てた時も、一番眺めのいい、この塔の部屋をスリーパーの寝室にした。

スリーパーは、ゴーラムの心を映し出す鏡だった。彼女こそが己の魂の在処《ありか》だった。

「事業の成功を祈っています」

「欲しいものなど、もう何もない」

君以外には。

だが、その言葉を口にする資格は自分にはない。

もうスリーパーの気持ちが戻ってくることはないだろう。

「……フェルのところに行くといい。きっと君を助けてくれる」

ゴーラムの言葉に、困惑した表情でスリーパーが頷く。

「それから、最後にプレゼントをさせてくれ。君がいつか目覚めた時にと思って仕立てたコートと帽子がある。その格好で表を歩くのは良くない」

涙を拭《ぬぐ》って立ち上がると、ゴーラムは広い寝室の片隅にあるクローゼットを開いた。

ずらりと並んでいるのは、全《すべ》てスリーパーのために仕立てた高級婦人服だ。

その中から、ゴーラムはできるだけ目立たぬよう、職業婦人風の地味なグレーのロングコートと、同系色の鍔広《つばびろ》のボンネット帽、それから動きやすいように、できるだけ踵《かかと》の低い靴を選んだ。

「今、この屋敷には、私の他は執事と、君の世話をしていた女中の二人しかいない」

姿見の前で着替えているスリーパーに向かって、ゴーラムは言う。

「この塔の下に、湖畔に下りるための通用口がある。そこから小道が通っているから、そちらを使えば、誰にも会わずに屋敷の敷地から出られる」

「この服、大事にします」

スリーパーが振り向いて言う。

そしてゴーラムの傍らに近づいてくると、爪先立《つまさきだ》ちして首に手を回し、硬い髭《ひげ》で覆《おお》われたゴーラムの頬に、触れるようなキスをした。

「さようなら、あなた」

部屋からスリーパーが出て行った後も、ずいぶんと長い間、ゴーラムは頬に手を当てたまま、呆然《ぼうぜん》と立ち尽くしていた。

開け放ったままの窓から、涼しい風が部屋の中に入り込んでくる。

スリーパーが去ってしまった部屋で、彼女が眠っていたベッドの縁に腰掛け、ゴーラムは深く項垂《うなだ》れた。

頬にはまだ、スリーパーが残してくれた感触が残っていた。これが消えないうちは、自分はまだ生きていられる。ゴーラムはそう思った。

その時、部屋のドアをノックする音が聞こえた。

「旦那様、おられますか？」

両開きのドアの片側を数十センチばかり開き、遠慮がちに顔を覗《のぞ》かせたのは執事だった。

「お客様がおいでです。旦那様の御快気をお祝いに来たとか……」

「追い返せ。今日はもう誰とも会わない」

妙だった。

この部屋への出入りを許しているのは世話係の女中だけで、たとえ取り次ぎがあったとしても、執事はこの部屋には直接は来ない。それに声も震えている。

そう思った次の瞬間、扉の隙間で何かが閃《ひらめ》き、鉈《なた》のようなものが、執事の頭を真ん中から二つに割った。

何が起こったのかわからず、ベッドに腰掛けたまま、悪夢でも見ているような気分でゴーラムはその光景を眺める。

執事の体がずるずると崩れ落ち、続けて静かに扉が押し開かれた。

そこに立っている小男には見覚えがあった。髭を剃《そ》って髪型と眼鏡を変えているが、それはモーレイズで雇っていた殺し屋、マードックだった。

「失礼。お目に掛かるのは初めてですな、ゴーラムさん」

ポケットから白いリンネルを取り出し、マードックは慣れた手付きで肉切り包丁の刃についた血と脂《あぶら》を拭っている。

「何の真似だ」

吐き捨てるようにゴーラムは言った。この男のことを忘れていた。

「ゴダム・パラダイス・ホテル」でヒュウガに撃たれたマードックは、瀕死《ひんし》の状態で病院に担《かつ》ぎ込まれた。

役に立つ男だと思っていたから、医者に金を握らせて死亡したことに仕立てた。市警に圧力をかけてヒュウガを殺人犯として指名手配させ、ポート何とかという新聞記者に煽《あお》り記事を書かせた。

新しい名前と地位を与え、いずれまた何かあれば「モーレイズ」から指令を出して使うつもりだったが、どうやら「眠れる者《スリーパー》」ことモーレイズの黒幕がゴーラムであることを、どこかで突き止めたらしい。

「驚きましたよ。我がモーレイズのボスが、敵対していたトラスト側のボスと同一人物だったとはね」

「誰から聞いた」

「おや、今から死ぬのに、そんなことを知ってどうされるのです?」

マードックが口元に歪《ゆが》んだ笑みを浮かべる。

あのポート何とかという新聞記者か。

少し脅したただけで簡単に転向した腰抜けだから、そんな大胆な真似ができるとは思っていなかった。いや、小心者で愚か者だからこそ、このような行動に出たか。

「今となっては、フー……いや、ジョー・ヒュウガにも同情しますよ。スカール炭鉱では、たくさんの家族ある人間が死んだ。私もずいぶん手を下しましたがね、実際にやった者と、安全な場所からそれをやらせていた者、比べるなら、どちらの罪が重いとお考えですか」

ゴーラムは無言を返す。

「答えられないみたいですね。では、体を切り刻みながら、ゆっくりとお伺いしましょう。これはあなた自身が、遠い昔にモーレイズに出した指示でもあるのですよ。労働者から利益を搾取《さくしゅ》するトラスト側のボスを倒せってね」

マードックは手にしている肉切り包丁をゴーラムに向かって構えた。

「殺人は私の得意とするところでしてね。簡単には死なせませんよ」

22

その部屋は暗く簡素で、中央に置いてある電氣椅子《いす》の他は、目に付くものといえば天井からぶら下がっている白熱電球《マツダランプ》くらいだった。

――ご家庭に明かりを点《とも》すフェル電器、犯罪者をあの世へ送るテクノロジック。

日向の頭に皮肉に思い出されたのは、フェル電器が一時期、頻《しき》りに新聞広告などで広めようとしていた宣伝文句だった。

「何か最期《さいご》に望むものは」

死刑執行人《electrician》が日向に問う。

同じ質問に、日華貿易商会で働いていた日向の同僚、野崎敬作は人間らしい食事を求めた。自分の場合は、望むとすれば何なのだろう。

「何も」

少しだけ考えてみたが何も浮かばず、日向はそう答えた。

自分には償わなければならない罪が多すぎて、この処罰が軽いのか重いのかすらもわからない。

だが、不思議と満足していた。

この遠い異国の地で、最後に伊武や八十吉に会えたことが、そんな気分にさせてくれたのかもしれない。

日向は目を閉じ、あの日のことを思い出した。

「確保しろっ!」

伊武たちを逃がす時間稼ぎのために、太鼓橋でゴダム市警の一団を相手にすることになった日向は、腕と脚、それに腹にも銃弾を受けた。さすがに動けなくなった日向に、警官たちが一斉に飛び掛かる。

日向も何人かの脚を銃で撃ち抜き、またほかの何人かを太鼓橋の上から欄干越しに、水を湛《たた》えたラグーンに放り投げて奮闘したが、その辺りが限度だった。

太鼓橋の上に仰向けに手足を押さえ付けられた日向が力尽きようとした時、何かが上空の太陽の光を遮り、通過していくのが見えた。

それは銀色に輝く飛行船だった。

離陸したばかりなのか、頭上のほんの低いところを通過していく飛行船の窓に張り付いて、こちらを見ている伊武と、一瞬、目が合った。

「いいぞ!」

思わず日向は叫んでいた。

「何ならそれで、日下國まで飛んで行け!」

押さえつけられたまま、日向は声を上げて笑った。

状況は最悪だったが、気分は最高に高揚していた。

巨大な葉巻のような形状をした、その飛行船の横腹には、フェル電器産業《Fell Electric Industry》と、大きく会社のロゴが描かれていた。

「目玉が飛び出さないようにするためだ。我慢してくれ」

不意に執行人の声が聞こえ、日向の意識は引き戻された。

きつく布で目隠しがされる。床に脚をビス止めした椅子に座らされると、頭と胸、腰と両手両足が、椅子に付けられたベルトで固定された。

続けて頭に何か、ヘルメットのようなものを被《かぶ》せられた。後頭部に、何やらちくちくとした電極の感触。さらに足首にも何か取り付けられる。

──野崎さん、やっと自分もそちらに行くことができそうですよ。

目隠しの内側で思い出されたのは、華丹戦役が勃発《ぼっぱつ》する前の上滬《じょうこ》での光景だった。事務所で忙しく働く日華貿易商会の面々。冗談ばかり言っている長岡、釣り竿《ざお》を磨いている高峰、若い社員たち、給仕している林夕《リンシー》……日向の妻、お夕の姿。

輝くような日々を自分から奪って行ったのは戦争だ。

国を愛し、己を犠牲にし、殺《や》られる前に殺れと煽《あお》り、自らは絶対に戦地には赴かぬ醜悪な年寄りどもが、死んで来いと若い連中を送り込む。

それは寺院の石室の中で野崎らに起こった悲劇を超える狂気だ。

不意に最初の衝撃が全身を襲った。日向は激しく痙攣《けいれん》する。執行人が言っていた通り、強く眼圧が掛かり、破裂しそうなほどに目玉が内側から押し出された。

十数秒に亘《わた》る通電でも日向は死ぬことができず、二撃目が加えられることになった。

日向が最後に考えていたのは、失禁して濡《ぬ》れたズボンの不快さから、早く解放されたいということだった。


「日下國も、私が眠っている間にずいぶんと様変わりしてしまったのですね」

近づいてくる座毛崎《ざもうさき》港を、甲板の手摺り越しに眺めながら、ふと伊武が寂しげに呟いた。

「天府はもっと変わってしまったと思うよ」

伊武の傍らに立つ八十吉が口を開く。八十吉にとっても、およそ二年振りの故国だった。

新世界大陸の西海岸を出港した蒸氣コルベット船が、日下國の座毛崎港に到着したのは、ゴダム万博での事件があってから、ひと月ほど後のことだった。

船に乗っている乗客の殆《ほとん》どが甲板に出て来ている。

そのうち日下人は三分の一ほどで、後は外国人ばかりだ。

「おいらの家族が天府に住んでいる。行くところがないなら、伊武も来たらいい」

「良いのですか」

「もちろんだよ」

それは日下國館に忍び込み、伊武の姿に見とれていた時に八十吉が思い描いていた夢想が実現したにも等しい。

伊武は今は長い髪を簪《かんざし》で簡単に髷《まげ》に結い、地味な色合いの小袖《こそで》を着ている。気が逸《はや》ったのか、早くも例の箱を紐《ひも》で何重にも巻き、背負っていた。このひと月ほどの航海中、箱が見知らぬ相手に腰掛けやテーブル代わりに使われるのを阻止するため、伊武はだいぶ苦労していた。

物言わぬ機巧人形として展示されていた時のような遊女の出《い》で立ちや、万博でゴーラムと一緒にいた時のような豪華なドレス姿ではなかったが、どこか素朴な美しさが伊武にはある。

無言でいた時にはあれほど近寄りがたく神々《こうごう》しかったが、動き出した伊武にはどこか抜けたところがあり、親しみやすい雰囲気があった。

その証拠に、座毛崎の港に降り立った伊武に、駆け寄ってくる少年がいた。

「これは新世界大陸からの船で間違いありませんよね」

息を切らしながらそう声を掛けてきた少年は、十二、三歳といったところだった。

手には何やら、手紙のようなものが握られている。

「あなた方の他に、日下人の客は乗っておられましたか」

「ええ、二、三十人は」

「新世界大陸にいる父が日下に帰ってくるのです。手紙が届いたのですが、いつ頃になるのかわからなくて……」

「それはお困りですね。お父上の名は？」

伊武に代わり、八十吉が話を引き取った。

「日向丈一郎です」

伊武と八十吉は顔を見合わせた。

「ちょっとその手紙を拝見」

何か言おうとする伊武を制し、八十吉が少年から手紙を受け取った。

『ディア、お夕。ディア、勘助』で、その手紙は始まっている。

『お夕、今も君のことを愛している。こちらに来てからの私は、後悔ばかりだ』

『勘助、父はいつも、君の成長した姿を思い浮かべている。最後に会ったのは乳飲み子の頃だったが、ちゃんと母上の言うことを聞いて、良い子にしているか』

『今、取り掛かっている仕事が終わったら、大金が入る。私はそれを手に日下國に帰りたいと思っている。良ければまた一緒に住んで、汁粉屋でも古着屋でも何でもいい、何か商売でも始めて』……。

文字の上には水滴の跡があり、インクが滲んでいる。

もうそれ以上は読んでいられなかった。

これは間違いなく、日向によって投函《とうかん》されたものであろう。

便箋《びんせん》を封筒の中に戻し、差出人を見ると、「父より」とだけ書いてあった。

「座毛崎に寄港する新世界大陸からの客船は月に一度だけです。その度に、こうして迎えに来ているのですが……」

「残念ながら、こういう名前の人は、この船には乗っていませんでした」

日向のことについては伝えない方がいいだろうと判断し、八十吉はそう言った。

伊武はそわそわしていたが、結局は八十吉の判断に従った。

ふと見ると、少し離れたところに若草色の小袖を着て日傘を差した女性が立っていた。

細身で綺麗《きれい》な人だった。この人が日向の細君であろうか。

女性が会釈《えしゃく》してきたので、八十吉も新調していたハンチング帽を取って頭を下げた。

少年は丁寧に伊武と八十吉に礼を言い、その女性の方に向かって走り出す。

「もし、お名前は？」

その背中に声を掛けたのは、伊武だった。

「勘助です！」

少年は振り向いて伊武に手を振り、向日葵《ひまわり》のように明るい笑顔を見せた。


――ジョー・ヒュウガ、とうとう死刑執行されたのね。

大都市アグローの中心地にある、フェル電器産業の本社ビルの広い社主室で、取り寄せた『ゴダム・ニュース・ポスト』の紙面を眺めながら、フェルはそう思った。

ゴーラムにとって都合の悪いことを一身に押し付けられ、電氣椅子に送られたような形だった。裁判で一度下された判決は、ゴーラムが死んでも覆《くつがえ》らなかったようだ。

ゴダムで起こった猟奇殺人事件とは違い、新世界大陸の隅々まで鉄道網を広げるJGレールライン社の社主の突然の死は、『ゴンドワナ・マガジン』を始めとするいくつかのグラフ雑誌などでも特集が組まれている。

ゴーラムは何者かの手によって殺され、部屋の中で首も手足もバラバラになって発見されていた。蒐集《しゅうしゅう》していたコレクションが盗まれていたというのは、おそらくスリーパーのことだろう。動かぬ筈《はず》の人形が走り去るのを、屋敷に雇われていた女中が見たという記事はオカルトめいているが、スリーパーの行方は、フェルの方でも人を雇って捜しているものの、まだ摑《つか》めていない。

溜息《ためいき》をつき、フェルは新聞をデスクの上に投げ出すと、立ち上がって部屋の隅にある蓄音機の元へと向かった。

円筒形の蠟管《ろうかん》をセットする。

伊武と八十吉は、無事、日下國に到着したであろうか。

身の回りのことが片付いたら、自分も日下國へ向かい、フェル電器産業の日下法人を天府に設立するつもりでいた。

発明家であることを捨て、機巧師となって伊武のことをもっと知りたい。

やがて蓄音機のホーンから、いつぞやゴーラム邸で吹き込んだ、伊武が歌うフェル電器の宣伝歌が、静かに聞こえてきた。

参考文献

『悪魔と博覧会』エリック・ラーソン著　野中邦子訳（文藝春秋）
『ホワイト・シティの幻影　シカゴ万国博覧会とアメリカ的想像力』
大井浩二著（研究社出版）
『恐怖の谷』コナン・ドイル著　延原謙訳（新潮文庫）
『ピンカートン探偵社の謎』久田俊夫著（中公文庫）
『モリー・マガイアズ　実録・恐怖の谷』久田俊夫著（巌松堂出版）
『審判』バリー・コリンズ著　青井陽治訳（劇書房）
『悲劇の死』ジョージ・スタイナー著　喜志哲雄・蜂谷昭雄訳
（ちくま学芸文庫）
『日清戦争』大谷正著（中公新書）
『旅順虐殺事件』井上晴樹著（筑摩書房）
『FASHION 世界服飾大図鑑』キャリン・フランクリン監修
深井晃子日本語版監修（河出書房新社）

解説

池澤春菜

スチームパンクというジャンルがある。

イギリスのヴィクトリア朝からエドワード朝まで、1837年から1910年を中心とした、蒸気機関が発達したもう一つの世界を舞台としたSFだ。

日本で言うなら、明治から大正。時代が大きく動き、新しいものが次々と生まれ、狂騒的なエネルギーに満ちた時代。世界はまだ未知のものに溢《あふ》れ、科学が無限の可能性を秘めていた時代。

そして江戸時代、この時代もまた、SF的夢と浪漫がみっちり詰まっている。市井《しせい》の人々の力が増し、たくさんの発明品が生み出され、大仰で勢いがあって、ときにはかばかしいほどの洒脱《しゃだつ》さに満ちた時代。なのに、こんな楽しい時代を舞台にした和製スチームパンクは、まだまだ少ない（とわたしは思う）。もちろん名作はある。光瀬《みつせ》龍《りゅう》の『寛永無明剣《むみょうけん》』、半村良の『産霊山《むすびのやま》秘録』、最近だと伊藤計劃《いとうけいかく》と円城塔の『屍者《ししゃ》の帝国』も、日本が舞台となる箇所があった。

でも、もっと読みたい。わくわくしたいのだ。トンデモガジェットと奇想天外に満ちあふれた、だけどきちんと地に足の着いた痛快お江戸スチームパンク。ヘンテコな時代の波に乗って、思いもかけない遠くへわたしを連れて行ってくれるとびきりのエンターテインメントはないものか……!!

あった。

乾緑郎の『機巧のイヴ』はまさに、わたしが求めていた最高の小説だった。これだよこれこれ!と首がもげるほど頷《うなず》きながら、一気呵成《いっきかせい》に読み切った。

その二巻目が出るというのだ。解説を書けば、一足早く読むことができる……なんという役得。時代劇的言い回しで言うならば、押っ取り刀で承った。

前作『機巧のイヴ』は単行本が2014年、文庫版が2017年に出ている。5編からなる連作短編だ。

もちろん、一巻目を読んでいなくとも、この二巻目を楽しむことはできる。でも、ところどころ出てくる前作の登場人物や事件をより楽しむためにも、ここで軽く一巻のおさらいをしておこう。

舞台はいずれも、日本のようでいて日本ではないもう一つの国、日下國《くさかのくに》。幕府ならぬ天府と、女系によって継承される天皇家ならぬ天帝家が対立している。時代はわたしたちの世界で言うなら、江戸後期頃か。

一作目「機巧のイヴ」。幕府が催す、コオロギ同士を戦わせる闘蟋《とうしつ》の大会において、相手方のコオロギが機巧であることを見破った江《え》川《がわ》仁《に》左《ざ》衛門《えもん》。褒美《ほうび》として貰《もら》ったコオロギを飼うための精緻《せいち》な養盆を元手に、馴染《なじ》みの娼婦《しょうふ》・羽《は》鳥《とり》とそっくりの機巧を作って貰おうと天才機巧人形師と言われる釘宮久蔵《くぎみやきゅうぞう》を訪《おとな》う。本作で登場する十三層の娼窟《しょうくつ》や、釘宮久蔵、闘蟋などが登場するシリーズの嚆矢《こうし》。幾重にも重なる謎《なぞ》が美しい、機巧ミステリ。

続く「箱の中のヘラクレス」では、伊《イ》武《ヴ》が偏愛する長須鯨《ながすくじら》の腰掛け、もとい箱の由来が明かされる。湯屋を手伝う天徳鯨《てんとくげい》右衛門《えもん》は、駆け出しの相撲取りだ。八百長を持ちかけられた鯨右衛門を襲う思いがけない運命とは。

「神代《かみよ》のテセウス」の主人公は、本作でもうひとりの機巧師として名を上げられた田《た》坂甚内《さかじんない》。と言っても、登場時の田坂は公儀隠密だ。不審な金の流れを追ううちに、田坂は伊武と出会い、天帝家に隠された「神代の神器」または「其機《そのき》巧巧之《こうこうの》如何《いかん》を了知する能《あたわ》ず」と呼ばれる大きな謎の存在を知る。

「神代のテセウス」で明かされた大きな謎は、「制外のジェペット」へと引き継がれる。ジェペットとは、ピノキオを作ったおじいさんの名前。天帝の身の回りの世話をする帳内《とばりのうち》のひとり春日《かすが》と天帝の、秘密の企《たくら》み。本作にも出てくるあの登場人物の生き生きとした姿が愛らしい。

そして最終章「終天のプシュケー」、全ての伏線が収束し、機巧と魂の神域に踏み込んだ物語は見事な昇華を見せる。

今作は連作短編から長編となり、より大きく、より外連味《けれんみ》に満ちた物語となった。舞台も日下國から、活気と可能性に満ちた新世界大陸へ。

もう一つの世界のことをあまり現実に当てはめて考えるのも野暮な話だが、世界コロンビア博覧会のモデルは１８９３年シカゴで開催されたコロンブス万国博覧会であろうか。作中でも「百年ほど前までは」とあるように、一気に百年後の時代だ。

前作の登場人物は当然ながら退場、残るは機巧のみ。個人的には、ユーモアの大増量が嬉《うれ》しかった。きっちりと、それこそ機巧のように精緻に組み上げられた前作も良いけれど、今作はところどころ声を上げて笑えるポケットがある。なので一番のお気に入りキャラは、フェル女史、次点で八十吉《やそきち》（日向《ひゅうが》さん、ごめん。でもなんか湿っぽいんだもの)。ようやく目覚めた伊武が、神秘的だった前作と違って、かなり残念な子になっているのも好き。

馬離衡《バリツ》が出てきたのにも、ニヤリ。今更解説するまでもないかもしれないが、バリツとはかのシャーロック・ホームズが身につけていたとされる格闘技だ。当然架空の格闘技であり、ルーツは柔術とも武術とも言われている。でも、元は馬寮司《めりょうのつかさ》とか、天子の前では寸鉄帯びること叶《かな》わず、ゆえに馬離衡はあらゆるものを武器とする、とか、大真面目《おおまじめ》に語られるのも良い。滔々《とうとう》と自慢げに語る八十吉が大変可愛《かわい》らしい。

出会った人々を惑わし、運命を変えていくという点では、伊武はむしろイヴではなくリリスかもしれない。だが、伊武自身はどこまでも変わらない。ただひたすら無垢《むく》で無邪気なまま、変わりゆく世界を渡っていく。その伊武と出会った時、人は自分自身の中に潜んでいた本当の姿と向き合うことになる。そういう意味では、伊武はまた魂の鏡なのかもしれない。

著者の乾緑郎氏の来歴は、前作で大森望さんが詳細に書いて下さっているので、ここでは簡単に。

１９７１年生まれ。鍼灸師《しんきゅうし》、劇作家として活躍する傍ら、２０１０年『忍び外伝』で第２回朝日時代小説大賞を受賞し、小説家としてのスタートを切る。

その後は第９回『このミステリーがすごい！』大賞受賞の『完全なる首長竜の日』、鍼灸師という希有《けう》な経歴を活かした『鷹野《たかの》鍼灸院の事件簿』、劇作家としての経験ゆえに書けるミステリ『ライプツィヒの犬』、時代小説からミステリのアンソロジーと、縦横無尽に筆を振るわれている。

まだ明かされていない謎がたくさんある。

魅力的な登場人物のその後も知りたい。

次の舞台は、日本に戻った伊武、もしくはまた１００年後の現代、もしかしたら一気に未来かもしれない。

時代の濁流をまるで変わることなく泳ぐ伊武、新しい岸辺に辿《たど》り着いた時にどんな物語が待っているのか。

二巻目を書き上げたばかりの乾さんに言うのは憚《はばか》られるが、できればなるべく早く次を読ませていただきたい。

だって、ここで本書のタイトルを思い出していただきたいのだ。『機巧のイヴ　新世界覚醒篇』。普通、覚醒した後にはどうなるだろうか。まれに二度寝することもあるけれど（そして今作の伊武だと、二度寝、すごくしそうだけど）、普通は覚醒したら、活動ないしは活躍する。むしろここからが本領発揮のはず、今までを壮大なプロローグにするくらいの勢いで暴れまわってほしい。
正座して待ってます。

（二〇一八年四月、書評家）

この作品は『yom yom』vol.44〜48に連載された。

乾 緑郎著
機巧のイヴ
幕府VS天帝！ 二つの勢力に揺れる都市・天府の運命を握る美しき機巧人形《オートマタ》・伊武《イヴ》。SF×伝奇の嘗てない融合で生れた歴史的傑作！

小野不由美著
魔性の子
—十二国記—
孤立する少年の周りで相次ぐ事故は、何かの前ぶれなのか。更なる惨劇の果てに明かされるものとは——「十二国記」への戦慄の序章。

円城 塔著
これはペンです
姪に謎を掛ける文字になった叔父。脳内の仮想都市に生きる父。芥川賞作家が書くこと読むことの根源へと誘う、魅惑あふれる物語。

筒井康隆著
家族八景
テレパシーをもって、目の前の人の心を全て読みとってしまう七瀬が、お手伝いさんとして入り込む家庭の茶の間の虚偽を抉り出す。

筒井康隆著
富豪刑事
キャデラックを乗り廻し、最高のハバナの葉巻をくわえた富豪刑事こと、神戸大助が難事件を解決してゆく。金を湯水のように使って。

筒井康隆著
くたばれＰＴＡ
マスコミ、主婦連、ＰＴＡから俗悪の烙印を押された漫画家の怒りを描く表題作ほか現代を痛烈に風刺するショート・ショート全24編。

筒井康隆著

夢の木坂分岐点

谷崎潤一郎賞受賞

サラリーマンか作家か？　夢と虚構と現実を自在に流転し、一人の人間に与えられた、ありうべき幾つもの生を重層的に描いた話題作。

筒井康隆著

虚航船団

鼬族と文房具の戦闘による世界の終わり――。宇宙と歴史のすべてを呑み込んだ驚異の文学、鬼才が放つ、世紀末への戦慄のメッセージ。

筒井康隆著

旅のラゴス

集団転移、壁抜けなど不思議な体験を繰り返し、二度も奴隷の身に落とされながら、生涯をかけて旅を続ける男・ラゴスの目的は何か？

筒井康隆著

ロートレック荘事件

郊外の瀟洒な洋館で次々に美女が殺される！史上初のトリックで読者を迷宮へ誘う。二度読んで納得、前人未到のメタ・ミステリー。

筒井康隆著

パプリカ

ヒロインは他人の夢に侵入できる夢探偵パプリカ。究極の精神医療マシンの争奪戦は夢と現実の境界を壊し、世界は未体験ゾーンに！

筒井康隆著

懲戒の部屋

―自選ホラー傑作集1―

逃げ場なしの絶望的状況。それでもどす黒い悪夢は襲い掛かる。身も凍る恐怖の逸品を著者自ら選び抜いたホラー傑作集第一弾！

機《き》巧《こう》のイヴ
新世界覚醒篇

新潮文庫　い－130－2

平成三十年六月一日発行

著者　乾《いぬい》緑《ろく》郎《ろう》
発行者　佐藤隆信
発行所　株式会社新潮社
郵便番号　一六二―八七一一
東京都新宿区矢来町七一
電話 編集部（〇三）三二六六―五四四〇
読者係（〇三）三二六六―五一一一
http://www.shinchosha.co.jp

価格はカバーに表示してあります。

乱丁・落丁本は、ご面倒ですが小社読者係宛ご送付ください。送料小社負担にてお取替えいたします。

印刷・大日本印刷株式会社　製本・株式会社植木製本所

ISBN978-4-10-120792-6 C0193